1

Ich spürte die schwere, kalte Champagnerflasche in meinen Händen. Um mich herum glückliche Gesichter. Nur ich fühlte mich elend, so elend.
Ich ließ den Korken los, es gab einen Knall, aber der Champagner blieb in der Flasche.
»Gut gemacht, Chef, man könnte meinen, Sie machen das jeden Tag.«
Schön wär's. Genau genommen war es das erste Mal seit langer Zeit, dass wir mit Champagner feierten. Fünf Flaschen und ein ganzer Einkaufswagen voll ungesunder Snacks, mehr als genug für heute. Von den Resten würden meine Entwickler eine Woche lang leben. Ich gönnte es ihnen. Einige waren von Anfang an dabei und in den letzten Jahren hatte keiner von uns ein nennenswertes Privatleben gehabt. Es war ein tolles Team. Ich versuchte, mir nichts anmerken zu lassen. Die Musik wechselte. Love on the Line von Barclay James Harvest. Ich schluckte.
»Wer hat denn die Scheiß-Mucke ausgesucht?«, fragte Moni vom Empfang und leerte ihr fast volles Glas mit einem Schluck.
Wir hatten das Feiern alle bitter nötig.
»Ist doch die Lieblingsmusik vom Chef«, sagte Frank, der Marketing, Personalwesen und auch ein bisschen Buchführung machte. Keines davon war seine Kernkompetenz, aber er war sensationell genügsam. Und dann brachte Mike einen Toast auf mich aus. Mit Mike zusammen hatte ich die SuperStorageSpezial GmbH gegründet.
Die Jungs und Mädels tranken auf mich und klatschten. Bestimmt wurde ich rot.
»Auf die 3S«, ergriff ich das Wort. So nannten wir die Firma seit der ersten Kundenpräsentation, als der Geschäftsführer meinte, die Idee wäre ja klasse, aber er würde niemals von einer Firma etwas kaufen, deren Name nach 'Döner spezial mit alles' klänge.
»Und das beste Team der Welt.« Ich hielt mein Glas in die Höhe und schaute in die Runde. Jetzt bloß nicht weinen, nur gut, dass die Musik gewechselt hatte und jetzt wieder irgend so ein deutscher Gangster-Rap lief, auf den meine jungen Kollegen so

standen.
»Ich will euch nicht mit einer langen Rede langweilen, ihr wisst, was wir heute feiern. Gestern hat Dalli, der größte Discounter Europas, unsere erste Installation abgenommen. Und nächste Woche werden wir auf dieser Basis die Version 2.1 in die Freiheit entlassen. Ich sag nur Feature complete.«
Alle wussten dass es so etwas nicht gab, aber wir johlten ausgelassen. Ich dachte an all die 14-Stunden-Tage, die Wochenenden, die ich an Folien für Kundenpräsentationen gearbeitet hatte. Immer dieses Ziel vor Augen. Und dann tranken wir alle auf unseren Erfolg und ich grinste gekünstelt.
Es bildeten sich Grüppchen, ich hörte das quietschende Lachen von Moni. Mike demonstrierte zwei Kollegen ein paar Disco-Fox-Schritte.
Ich ging zu ihm. »Du, ich pack's.«
Er musterte mich besorgt. »Jetzt schon? Alles in Ordnung?«
Ich wusste nicht, ob er mich meinte oder die Firma, weil er etwas ahnte.
»Klar«, sagte ich und grinste fröhlich. Auch das lernt man als Chef einer Firma, immer gute Laune zeigen, immer Vollgas. »Wir sehen uns morgen.«
»Morgen ist Samstag, liegt irgendwas an?«
»Ach ja, Blödsinn, dann also am Montag. Genieß das Wochenende.« Ich gab ihm einen aufmunternden Klaps auf die Schulter, den ich jetzt eigentlich selbst gut gebrauchen hätte können, und nahm den Fahrstuhl in die Tiefgarage.

Nicht mal das Schnurren meines Porsche 911 4S konnte mich heute aufmuntern. Geleast. Firmenwagen. Wann sie wohl meine privaten Kreditkarten sperren würden?
Ich hatte Informatik studiert, meine Diplomarbeit über Softwaredesign von Speichersystemen geschrieben. Und schon damals die Idee gehabt, wie man das einfacher und schneller machen konnte, als jemals zuvor. An dem Thema bin ich hängengeblieben. Erst war ich bei einer großen Beratungsfirma, ich wollte Kohle verdienen. Aber nach ein paar Jahren lernte ich in einem Projekt Mike kennen, den genialen Entwickler. Und nach einer langen Nacht mit erstaunlich wenig Alkohol wussten wir, wir würden es schaffen. Nach einer weiteren Nacht—dieses Mal mit erstaunlich viel Alkohol—gründeten wir die 3S und

verpassten ihr diesen unsäglichen Namen, dem wir aus Aberglauben treu blieben. Es folgten die Gründerjahre, in denen es für uns nur noch einen Lebensinhalt gab: die Firma. Da war kein Platz für nichts, vor allem nicht für Gedanken an Morgana. Endlich, vor einem Jahr, kam der Auftrag. Nachdem wir fast sieben Jahre akquiriert hatten, hatte sich Dalli für unsere Software entschieden. Allerdings wollten sie nicht direkt bei uns kaufen, sondern bei einer Beratungsgesellschaft. Unsere Firma war ihnen zu klein. Wir waren alle außer Rand und Band, wir feierten eine ganze Nacht durch. Aber bei mir folgte bald der Kater. Wir fokussierten uns ganz auf diesen Kunden, um die Deadlines zu schaffen, doch die Zahlungstermine verstrichen einer nach dem anderen. Als unsere Hausbank nervös wurde, wurde ich es auch. Ich versuchte alles, aber an die Beratungsfirma kam ich nicht ran, die reagierten einfach nicht. Schließlich fand ich heraus, dass sie einer anderen Gesellschaft gehörte, die auf den Cayman Islands eingetragen war. Und da endete die Suche, es gelang mir nicht herauszufinden, wer die Hintermänner waren. Game Over. Die hatten uns im ganz großen Stil betrogen, uns in den Ruin getrieben. Den anderen sagte ich nichts. Ich brauchte ein motiviertes Team. Aber vor allem brauchten wir Geld. Sehr kurzfristig. Diese Woche kam alles zusammen, die Software war endlich stabil, der Kunde zufrieden. Und 3S praktisch Pleite. Montag hatte mein Freund Giselher von der Bank, der sich gerne zu unserem jährlichen Golfevent einladen ließ, mir die Pistole auf die Brust gesetzt. Zahlung der ausstehenden Kreditzinsen bis zum Letzten dieses Monats, sonst war's das. Ich hatte alle abgeklappert, die uns hätten helfen können, ohne Erfolg. Ich hatte dabei oft an Bhas gedacht, ich hatte gehört, dass er jetzt erfolgreicher Partner in einer Firma war. Bhas würde mir helfen, da war ich mir ganz sicher, aber ich hatte schon seit so vielen Jahren keinen Kontakt mehr zu ihm gehabt. Keine E-Mail-Adresse, keine Telefonnummer, gar nichts. Fuck Bhas. Fuck the Universe. Immer, wenn man wirklich Hilfe braucht, ist man allein.

2

Ich setzte mich vor meinem PC, es war spät, die anderen feierten wahrscheinlich noch. Ich las mir die Top-Treffer zum Thema Selbstmord durch. Minutenlang starrte ich auf den Bildschirm, ich fühlte mich so leer. Endlich stand ich auf, ging in den Keller und richtig, da stand die staubbedeckte Flasche Whiskey, die Mike mir bei der Einweihungsparty meiner Wohnung geschenkt hatte. Ungeöffnet. Ich mochte Whiskey nicht besonders, aber heute war sein Tag. Mit neuer Energie ging ich wieder hinauf in die Küche. Die Flasche ließ sich trotz ihres Alters erstaunlich leicht aufschrauben, den Staub entferne ich nur am Hals, ich nahm ein Wasserglas, füllte es zur Hälfte und trank einen Schluck. Widerlich. Wie das im Hals brannte. Aber das brachte mich zur Vernunft. Ich nahm mein Glas und die Flasche, kehrte zurück zum PC und suchte nach 'Schnell viel Geld' - 103 Millionen Treffer, die mir alle nicht weiterhelfen würden. Der erste Tipp war, pro bezahlter Online-Umfrage 25 Euro zu verdienen. Ich rechnete kurz nach. Ich brauchte 400.000 Euro bis zum 31. Das waren also 16.000 Online-Umfragen. Keine gute Idee. Verdammt. Aus dieser Nummer kamen wir einfach nicht raus. 'Schnell viel Geld verdienen illegal', schlug mir die Suchmaschine nach Eingabe der ersten drei Wörter vor. Gut, war ja nicht meine Idee, ich wählte die Suchbegriffe und bestätigte. Der zweite Link, der dank diverser Sonderzeichen alles andere als vertrauenswürdig aussah, versprach schnellen Reichtum mit einer Roulette-Methode. Ich ahnte, wer hier schnell reich werden würde und überlegte, ob jetzt nicht der richtige Zeitpunkt war, um mit Drogen anzufangen. Aber ich verwarf die Idee, bald würde ich mir gar nichts mehr leisten können, schon gar keine Drogen. Und wenn mich die Pleite ins Gefängnis brachte, wahrscheinlich verschleppte ich gerade den Konkurs der 3S, dann wäre ich dort auf Entzug. Ich bewunderte mich, wie rational ich diese irrationalen Gedanken durchpflügte, und tippte ein: 'Untertauchen im Ausland'. Meine Gedanken schweiften ab.

Irgendwo im Süden, Wärme, Meer, Strand, ein Cocktail. Aber ich war nicht reich, ich hatte mir immer nur ein kleines Gehalt ausgezahlt, alles in die Firma gesteckt, wie weit würde ich mit den paar Euro kommen, die ich mir über meine Bankkarte auszahlen lassen konnte? Verdammt, irgendwas musste ich doch tun. Aber was? Ich entschied mich, ins Bett zu gehen. Der letzte Zufluchtsort in Zeiten der Not. Hauptsache nicht noch mehr Whiskey, der zweite Schluck war genauso furchtbar gewesen wie der erste. Ich schüttete den Rest in die Spüle. Vielleicht kam mir die rettende Idee im Traum, wenn ich überhaupt ein Auge zu bekam.

Um zwei Uhr nachts lag ich immer noch wach. Es half alles nichts, ich stellte den Wecker auf sechs, ich würde am Samstagmorgen alle anrufen, die ich kannte, und um Geld betteln. Mir fiel einfach nichts Besseres ein, obwohl ich das bei den erfolgversprechenden Bekannten schon gemacht hatte. Es scheiterte schon daran, dass meine Freunde selbst kein Geld hatten. Einige hätten mir gern geholfen, aber sie konnten es schlicht und ergreifend nicht. Vielleicht hatte einer von ihnen ja inzwischen im Lotto gewonnen. Ich musste dann doch noch eingeschlafen sein, sonst hätte mich das *Pling* einer frisch eingetroffenen Messenger-Nachricht nicht wecken können. Ich fluchte herzhaft und fischte nach meinem Handy. Tatsächlich eine Botschaft. Statt eines Namens wurde eine Telefonnummer als Absender angezeigt, die ich nicht kannte. Wer war das?

»Wir sehen uns in Myanmar«, stand da. Und dann folgte ein Name. Bhas. Ich setzte mich auf, knipste das Licht an, rieb mir die Augen. Hielt mir das Handy vor die Nase. Der Text war der gleiche. Bhas. Genau jetzt, da ich ihn brauchte. Und da stand noch etwas. Sechs Zeichen, Buchstaben und Zahlen. Was war das? Sah aus wie ein Buchungscode. Mein Kreislauf kam überraschend schnell in Schwung. War ja auch schon Viertel vor sechs, um die Zeit stand ich sowieso jeden Morgen auf. Warum nicht heute, auch wenn Samstag war?
Ohne mich anzuziehen, ging ich zum PC, es war schon hell, das ist das Schöne am Sommer. Nachdem ich den Rechner geweckt hatte, suchte ich nach Bhas. Das hätte ich längst mal gemacht haben können, ganz so häufig war der Name nicht. Mein Freund

Bhaskar Sidonius Trumpf. Mein bester Freund. Den ich seit dreißig Jahren nicht mehr gesehen hatte. Den ich komplett aus den Augen verloren hatte. Doch Bhas hatte nur sehr wenige Spuren im Netz hinterlassen. Er war bei keinem der Social Networks, ich fand keinerlei Kontaktinformationen. Nur einige Artikel der Boulevardpresse. Er sah immer noch gut aus, so wie früher. Trug Anzüge, die wahrscheinlich teuer waren, ich hatte kein Auge für so etwas, aber die Menschen auf den Fotos neben ihm sahen alle so aus, als müssten sie nicht hungern. Ein Bild zeigte ihn, wie er in die Kamera grinste und einen überlebensgroßen Scheck für irgendeine Benefizaktion überreichte. Eine Million Euro stand da. »Der erfolgreiche Unternehmer B. Trumpf«, war das Bild untertitelt. Eine Million. Er war reich, gar keine Frage. Und er war mein Freund. Und er hatte sich bei mir gemeldet. Ich spürte eine Welle der Euphorie. Alles würde gut werden. Eine Million, das reichte, um uns zu retten und für Bhas war das nur eine weitere kleine Ausgabe. Ich würde ihm einen Teil unserer Firma verkaufen, das war sogar eine richtig gute Anlage.

Aber wie kam ich in Kontakt mit ihm?

»Wir sehen uns in Myanmar.«

Der Buchungscode. Er wollte, dass ich dorthin reiste, um ihn zu treffen. Ganz einfach. Eine Stunde später hatte ich gefunden, was ich suchte. Er hatte einen Flug für mich reserviert und ein Hotel. Und der Flug ging heute Nachmittag. Ich hätte keine Sekunde länger warten wollen. Selbst wenn Bhas aus Gründen, die ich mir nicht vorstellen konnte, die 3S nicht retten würde. Myanmar klang wie ein überaus einladendes Exil. Wo war dieses Land überhaupt? Ich hatte noch ein bisschen Zeit, also lud ich einen Reiseführer auf meinen E-Reader und begann zu lesen.

3

Ich flog mit Emirates über Dubai nach Yangon. Oder Rangun, wie es früher hieß. Viel weiter war ich im Reiseführer nicht gekommen. Ich hasste diese Dinger, sie langweilten mich zu Tode. Aber zurück zu diesem unsäglichen Flug.
Bhas hatte einen Platz in der Economy reserviert. Oder Cattle Class, wie die Amerikaner sagen, weil man sich fühlen darf wie eine Horde Rinder in einem Gatter. Der Typ spendet mal eben so eine Million und für mich, seinen besten Freund, knausert er beim Flugticket. Zum ersten Mal beschlichen mich Zweifel, ob er sich auf unser Wiedersehen genauso freute wie ich.
Der Flug war ausgebucht. Economy kann durchaus erträglich sein, wenn der Nebenplatz frei ist. War er aber nicht. Immerhin war der Asiate im knallroten Hemd, der neben mir saß, eher schmächtig und ragte nicht auf meinen Sitz. Trotzdem hatte ich meinen Rucksack neben meinen Füßen unter den Vordersitz quetschen müssen, - die Gepäckfächer waren bis in den letzten Winkel gefüllt -, und die Decke und das Kopfkissen seitlich in den Sitz gestopft. Schlafen konnte ich im Flugzeug sowieso nicht.
Lästigerweise war an meinem Platz das Entertainment System ausgefallen. Ich flog beruflich viel, vor allem ins Silicon Valley. Und ich verbrachte meine Flüge normalerweise damit, ununterbrochen Filme zu schauen. Ich hatte keine Ahnung, was ich die nächsten Stunden mit mir anfangen sollte. Umsetzen ging nicht, weil der Flug ja ausgebucht war. Ich drückte den Knopf, der die Stewardess herbeirief, und klagte ihr mein Leid. Sie lächelte freundlich und erklärte mir, dass das Problem bekannt sei, aber leider erst bei der Wartung in einer Woche gelöst werden könnte. Da ließe sich nichts machen. Und sie lächelte wieder.
Der Flug von Dubai nach Yangon dauert fünf Stunden und vierzig Minuten. Ich blätterte gelangweilt durch das Bordmagazin. Zehn Minuten. Noch fünf Stunden fünfzehn bis zur Landung. Ich holte meinen Reiseführer raus. Myanmar hieß

früher Burma. Oder Birma. Lag irgendwo zwischen Thailand und Indien und wurde im Wesentlichen von Buddhisten bewohnt. Schön. Früher hatten es die Engländer besetzt. Dann kamen die Japaner, die zunächst als Befreier bejubelt wurden, sich aber derart daneben benahmen, dass sich die Burmesen mit ihren alten Besatzern gegen die Japaner verbündeten und sie wieder vom Hof jagten. Später dann die unvermeidliche Militärdiktatur und heute eine Frau mit einem Namen, den ich mir nicht merken konnte, die sogar den Friedensnobelpreis gewonnen hatte. Und die Vertreibung der Ronhingya. Mir schwirrte der Kopf, viel hatte ich mir nicht merken können. Und immer noch vier Stunden Flug vor mir. Wann kam endlich eine Mahlzeit?

Gelangweilt und ein wenig neidisch musterte ich die anderen Reisenden, deren Bildschirme bunt flimmerten. Ich überlegte, den Film meines Nachbarn mitzuschauen, wenn auch ohne Ton, doch da lief schon der Abspann. War bestimmt besser so: Wenn ich richtig gesehen hatte, hatte er eine Art asiatisches Musical geschaut. Scheinbar wahllos klickte er sich durch das Menü und blieb bei der Musikauswahl hängen. Er entschied sich für ein Album und das Coverbild erschien. Das Erstaunen stand mir offenbar ins Gesicht geschrieben, jedenfalls drehte er sich zu mir und fragte: »Sie kennen das Album?«

»Und ob«, entfuhr es mir. Er hatte sich für 'Berlin, a concert for the people' entschieden. Das legendäre Live Album von Barclay James Harvest, das 1980 bei einem Konzert vor dem Reichstag aufgenommen worden war. Mindestens 175.000 Zuschauer hörten zu - gratis. Und nochmal eine ungezählte Anzahl von Fans auf der anderen Seite der Berliner Mauer.

»Ich liebe diese Platte.«

»Ich auch.« Er lächelte. »Ich liebe progressive Rock. Schade, dass der aus der Mode gekommen ist.«

Ich sah ihn mir genauer an. Ich fand es sehr schwer, das Alter von Asiaten zu schätzen. Sie bekommen kaum Falten und sehen daher immer jünger aus, als sie sind. Also war er wahrscheinlich älter, als ich dachte. Aber trotzdem höchstens dreißig. Ungewöhnlicher Musikgeschmack, dachte ich. Guter Musikgeschmack.

»Waren Sie damals dabei, in Berlin?«, fragte er mich.

»Nein, ich war erst dreizehn, lebte in einem Kaff in Westdeutschland und ging noch zur Schule. Aber diese Musik

machte meinen besten Freund zum Star.«
Er schaute mich neugierig an und ich versank in meinen Erinnerungen.
»Mein bester Freund hieß Bhas. Es ist schwer zu beschreiben, aber er hatte immer schon so eine Art, die man einfach gern haben muss. Kennen Sie das?«
Er nickte höflich und lauschte aufmerksam.
»Jeder mochte ihn, und trotzdem war er ein Schüler von vielen, bis zu der Karnevalsfeier in der 7. Klasse. Es gab kein richtiges Programm. Die Lehrer hatten uns freie Hand gelassen. Bhas, ich und ein paar Freunde hockten nachmittags zusammen und hatten keine Idee, was wir beitragen sollten. Verkleiden wir uns als Clowns, sagte ich missmutig und Hank stöhnte. Zurecht. Ich mochte die Idee selber nicht. Malte erklärte uns ausführlich, was wir sonst noch besser nicht machen sollten. Und Bhas sagte, wir spielen *Child of the Universe*.«
Der Mann lächelte ein wenig breiter. »Gute Wahl.«
»Ich hatte damals keine Ahnung, was er meinte. Ich kannte weder das Lied noch die Band. Am nächsten Tag brachte er die Platte mit und spielte es uns vor. Ich wusste nicht, was ich davon halten sollte, ich hörte meistens Beatles.«
»Auch nicht schlecht«, sagte der Asiate.
»Aber natürlich machten wir das, was Bhas vorschlug. Das war immer so. Am Tag der Feier war ich so aufgeregt wie noch nie in meinem Leben. Wir traten auf der Bühne im Pädagogischen Zentrum auf, so nannten wir unsere Aula. In einem Klassenzimmer zogen wir uns um. Ich trug die lindgrüne Polyester-Bluse meiner Oma und dazu eine Sperrholz-E-Gitarre, die mein Onkel für mich ausgesägt hatte. Endlich waren wir dran und trippelten auf die große Bühne, wir vier kleinen Jungs. Wir stellten uns nebeneinander und bewegten uns hölzern zum Vollplayback. Wir hatten die Mini-Playback-Show erfunden, lange bevor sie ins Fernsehen kam.«
»Die was?«, schaute mich mein Sitznachbar fragend an.
»Nicht so wichtig«, überging ich seine Frage. »Ich schrappte über meine Holzgitarre, das war nah am Luftgitarrespiel. Ich glaube, niemand an unserer Schule kannte Barclay James Harvest, die Stimmung war nicht gerade ausgelassen. Viele quatschten und lachten und achteten nicht auf die noch nicht mal pickeligen Siebtklässler. Und dann geschah etwas völlig

Unerwartetes, etwas, das wir nicht geprobt hatten. Bhas sang mit. Und er sang nicht irgendwie. Es war magisch. Die Stimme von John Lees war nicht mehr zu hören, stattdessen füllte die von Bhas die Halle. Ganz ohne Mikrophon oder Verstärker. Und sie klang betörend, verzaubernd. Die Gespräche verstummten, alle Augen waren auf ihn gerichtet. Ich spürte, wie sich in dem Moment alles veränderte, wie sich Bhas in fünf Minuten fünfzig von einem x-beliebigen Schüler in einen Star verwandelte. Und ich stand daneben und schrappte über meine Sperrholzgitarre, unsichtbar, ebenso wie Malte und Hank.

4

»Wir haben keinen Gast, der Bhaskar Sidonius Trumpf heißt«, sagte die freundliche Rezeptionistin. Das war das Problem mit seinem Namen. Einfach zu ungewöhnlich. Es war aber auch eine seltsame Geschichte, Bhas hatte sie mir mal erzählt, nachdem er wieder mal seinen Namen an die Tafel schreiben musste, weil ein Lehrer ihn nicht verstanden hatte, nicht verstehen wollte.
Seine Mutter war in Indien unterwegs gewesen, damals, Ende der Sechziger, und als der Schwangerschaftstest positiv war, hatte sie ihn in eine alte Zeitung eingewickelt, damit das niemand sah, und diese Zeitung, das war die Dainik Bhaskar. Eine Inderin, mit der sie reiste, fragte nach der Zeitung, es war ihre, sie hatte sie eigentlich für einen anderen Zweck mitgenommen. »Wo ist die Dainik Bhaskar?«
»Daina, so werde ich sie nennen, wenn es ein Mädchen wird«, antwortete sie der Inderin, ohne die Zeitung herauszurücken.
»Und wenn es kein Mädchen wird?«, antwortete die. »Sondern ein Junge?«
»Dann Bhaskar«, scherzte Bhas Mutter. Und in dem Moment hatte sich der Name tief in ihr Hirn gepflanzt und war dort nicht mehr wegzubekommen. Ihr Mann, mit dem sie schon damals nur selten einer Meinung war, war natürlich dagegen, konnte sich aber—wie immer—nicht gegen sie durchsetzen. Immerhin verdankte Bhas ihm seinen zweiten Nachnamen, Sidonius, nach einem Mainzer Bischof oder so, da hatte Bhas nie so genau nachgefragt, denn es interessierte ihn nicht. Er versuchte einfach nicht daran zu denken, dass er noch einen zweiten Vornamen hatte. Was ihm normalerweise ganz gut gelang.
»Das kann doch nicht sein. Er muss schon eingecheckt haben«, polterte ich. Der lange Flug steckte mir in den Knochen, das Warten aufs Gepäck, die eine Stunde, die der hoteleigene Minibus bis ins Fünf-Sterne-Hotel Chatrium gebraucht hatte. Fünf Sterne. Nach der Sache mit dem Economy-Flug war das ein guter Grund sich zu freuen, wenn nur Bhas hier wäre. Es war Mittagszeit, aber mir kam es vor wie drei Uhr nachts. Ich hätte jetzt irgendetwas gebrauchen können, das Flügel verleiht. Oder

ein Bett. Aber ich wollte in den Rhythmus kommen. Ich kenne mich aus mit Jet Lag, bloß nicht am helllichten Tag dem Drang nachgeben zu schlafen, sonst ist man mitten in der Nacht hellwach und das Drama zieht sich über Tage.
»Ich schaue gerne noch einmal für Sie nach. Schreiben Sie mir doch bitte seinen vollen Namen auf, vielleicht ist uns beim Check-in ein Fehler unterlaufen.«
Das tat ich, ich schrieb Bhaskar Sidonius Trumpf auf den Block, den sie mir reichte und mir war klar, was passiert war. Er hatte unter fremdem Namen eingecheckt, natürlich, er war reich und öffentlichkeitsscheu.
Die Burmesin klickte ausdauernd auf ihrer Maus, sie tat mir leid, sie klickte vergeblich.
»Ich fürchte, so werden wir ihn nicht finden. Sind denn heute viele Hotelgäste angekommen?«
Sie schaute auf, zuckte mit den Schultern. »Einige.«
»Ist Ihnen jemand aufgefallen mit teurer Kleidung, kurzen Haaren, sympathischer Typ, mittelgroß?« Schon während ich versuchte, Bhas zu beschreiben wurde mir klar, dass sie damit nichts würde anfangen können. Er sah gut aus, aber er fiel nicht wegen seines Aussehens auf. Es war seine Ausstrahlung und die konnte ich nicht in Worte fassen.
Sie schüttelte den Kopf und schaute ratlos, so als wollte sie mir damit einen Gefallen tun und ihr Mitgefühl ausdrücken. Dann plötzlich lächelte sie. »Ich habe eine Idee. Alle unsere Gäste, die als Touristen nach Yangon kommen, haben ein Ziel: Die Shwedagon Pagode. Wenn er heute angekommen ist, ist er jetzt bestimmt dort. Fahren Sie doch einfach auch zur Pagode. Dort werden Sie ihn finden.«
Ich musste sie unglaublich dumm angeschaut haben, denn sie blickte irritiert und ein wenig hilflos zurück.
»Wie viele Menschen leben in Yangon?«, fragte ich sie.
»Etwas mehr als fünf Millionen.«
»Und Sie meinen, ich soll zu so einer Pagode fahren und da finde ich ihn?«, fragte ich.
»Genau«, sagte sie, als sei das das Normalste der Welt.
»Gut«, sagte ich, weil mir dazu absolut nichts Intelligentes einfiel und ich komplett verloren hatte, wenn ich Bhas nicht fand. Ich hatte all meine Hoffnung in ihn gesetzt. Ich musste ihn wiedersehen oder das war's. Wenn die 3S pleite ging, war auch

ich am Ende. Das roch nach Privatinsolvenz oder auch nach Hartz 4. Dann war es am besten, ich schlug mich gleich zur Küste Myanmars durch und kümmerte mich um mein Exil.
»Ich habe noch eine Kleinigkeit für Sie«, sagte die Rezeptionistin und lächelte so nett, dass ich ihr alles abgenommen hätte, sogar Werbung für Heizdecken. Stattdessen reichte sie mir einen DIN-A5-großen Prospekt. 'Do's and Don'ts for tourists' las ich. Als ob ich ein Tourist wäre. Ich blätterte es kurz durch, es zeigte Karikaturen mit Benimmregeln. Ich heuchelte Begeisterung. Wenn Menschen nett zu mir sind, kann ich gar nicht anders, als auch nett zu ihnen zu seine. Aber für meinen einen Tag in diesem Land würde ich dieses Büchlein ganz sicher nicht brauchen.

Ich setzte mich auf einen überaus bequemen Sessel in der Hotellobby, hoffentlich war er nicht zu bequem, hoffentlich schlief ich darauf nicht ein. Immerhin war es hier im Hotel angenehm kühl, draußen, in der Gluthitze, wären mir sofort die Augen zugefallen. Statt eines Begrüßungscocktails hatte ich um Kaffee gebeten. Ein Page brachte meinen Koffer aufs Zimmer, dorthin würde ich nicht gehen, den Verlockungen eines Bettes würde ich in diesem Zustand nicht widerstehen können. Mein Weg führte zu dieser unglaublich berühmten Pagodenanlage. Gleich nach dem Kaffee würde ich mir ein Taxi rufen lassen. Doch dann kam ein kleiner, lustig grinsender Mann auf mich zu. Bestimmt der Hotelmanager oder so.
»Danke, ist sehr schön hier«, begrüßte ich ihn, ich hatte keine Lust auf Smalltalk und wollte ihn schnell wieder loswerden.
»Das freut mich. Die Shwedagon Pagode wird Ihnen noch viel besser gefallen.« Er grinste breit. »Ich habe eine gute Nachricht für Sie. Die Rezeptionistin hat mir gesagt, dass Sie die Pagode besuchen wollen. In meiner Tour ist noch ein Platz frei, wollen Sie mitkommen?«
»Klingt gut«, murmelte ich, »sehr gerne.« Ich war nicht wirklich in der Verfassung, auf eigene Faust durch diese fremde Stadt zu ziehen. Ein Einheimischer, der mich vor den größten Dummheiten bewahrte, klang wie eine gute Idee. Mir gefiel der Gedanke so gut, dass ich nichtmal nach dem Preis fragte.
»Das freut mich«, strahlte er.
»Meinetwegen können wir los«, sagte ich und leerte meine

Kaffeetasse. »Wo ist die Gruppe?«
»Dort.« Er nickte in Richtung der Fahrstühle. Ich schaute genau hin, aber alles was ich sah, war eine ziemlich große Gestalt mit schütterem, langem schwarzen Haar.
»Der da?«, fragte ich irritiert.
»Ja, wir sind heute Nachmittag zu dritt«, sagte er und grinste wieder wie ein kleiner Junge, dem man ein Eis spendiert hatte.
»Mein Name ist übrigens Thet«, stellte er sich vor. »Der, der ruhig ist, heißt das. Alle Namen hier in Myanmar haben eine Bedeutung. Kommen Sie, Sie sollten den anderen Gast kennenlernen.«
Und dann hätte mich beinah der Schlag getroffen.

»Hank?« Ich hätte gestottert, wenn sein Name nicht so kurz gewesen wäre. Ihm schien es nicht anders zu gehen. Als er mich erkannte, riss er die Augen auf, stockte, grinste, lief die zwei Schritte zu mir und umarmte mich so fest, dass ich meinte zu ersticken.
»Du hier?«, sagte er. »Das gibt's doch nicht.«
An der Stimme hätte ich ihn nicht wiedererkannt, er klang nach Alkohol und Zigaretten. Sehr viel davon.
Ich trat einen Schritt zurück und musterte ihn. Er hatte sich verändert und dann wieder nicht. Er trug ein schwarzes T-Shirt, schwarze Hose und einen langen schwarzen Ledermantel. Unter seinen Augen waren tiefe Ringe, er hatte Falten bekommen. Das absonderlichste aber war seine Gesichtsbemalung, irgendetwas Beigefarbenes klebte auf seinen Wangen.
Der Guide bemerkte meinen Blick. »Das ist Thanaka.«
»Was?«, entfuhr es mir.
»Die machen das auf die Haut. Das vertreibt die Mücken und die Falten«, erklärte Hank fachmännisch.
»Schauen Sie hier.« Der Guide zeigte auf einen Stein, auf dem ein Stück Holz lag. »Das ist vom Gelinggai-Baum. Wir geben etwas Wasser auf den Stein, schauen Sie, dann reiben wir die Rinde und es entsteht eine Paste, die wir ins Gesicht streichen. Wollen Sie? Das schützt auch gegen die Sonne.«
Ich warf einen weiteren Blick auf Hanks Gesicht und schüttelte den Kopf. »Vielleicht später.«
»Mensch, was machst du hier?«, stellte Hank mir die Frage, die mir auch auf den Lippen lag.

»Ich fahr mit dir zu dieser Pagode«, witzelte ich.
»Toll, zu der Schweden-Pagode, ja?«
»Genau«, sagte ich und gab mir keine Mühe, ihn zu korrigieren. Man wusste bei ihm nie genau, ob er etwas wirklich nicht wusste oder nur einen billigen Scherz machte.
»Aber warum bist du in Myanmar?«
Ich überlegte kurz. Hank und Bhas waren auch einmal Freunde gewesen, aber sie waren im Streit auseinandergegangen. Sollte ich ihm sagen, dass Bhas irgendwo hier war? Wenn wir ihn an der Pagode treffen würden, würde er es ohnehin bemerken, also warum nicht?
»Ich habe eine Botschaft von Bhas bekommen. Ich soll ihn hier treffen.«
»Alter Shwedagon«, entfuhr es ihm.
Wusste ich's doch, er hatte einen Scherz gemacht.
»Ich bin auch wegen Bhas hier. Seine Assistentin hat mich hierher bestellt. Denke, es geht um Z&A.«
»Nicht dein Ernst?«, fragte ich irritiert. Nach all den Jahren, nach allem, was passiert war? »Was sollte er da wollen? Zeuss und Apollo ist Geschichte.«
Hank zuckte mit den Schultern. »Eine Re-Union vielleicht? Möglicherweise hat er seinen Fehler endlich eingesehen? Vielleicht will er sich entschuldigen? Wäre ja mal eine Idee, nach so langer Zeit.«
»Würdest du das machen?«
»Was? Seine Entschuldigung annehmen?«
»Ja, das auch, aber vor allem, würdest du bei einer Re-Union mitmachen?«
Er zuckte wieder mit den Schultern. Hank war ungefähr eins neunzig groß und weil er größer war, als die meisten seiner Mitmenschen, hielt er sich immer ein bisschen krumm. Wenn er dann die Schultern anhob, erinnerte er mich ein wenig an den britischen Schauspieler Boris Karloff, der in den Dreißigern in so vielen Horrorfilmen mitgespielt hatte. Es sah ein wenig aus, als hätte er einen Buckel.
»Weiß nicht. Oder ich bring ihn einfach um, wenn ich ihn sehe.«
Ich zuckte zusammen. Ich war seinen seltsamen Humor einfach nicht mehr gewohnt.
Wir hatten Thet ganz vergessen, er stand immer noch neben uns, grinste, so wie er schon die ganze Zeit vorher gegrinst

hatte, wahrscheinlich war das gar kein Grinsen, sondern seine natürliche Mundform im Ruhezustand, und als er sah, dass wir einen Moment lang beide nichts sagten, ergriff er seine Chance.
»Sie kennen sich?«
»Ich habe bei ihm meine Drogen gekauft«, witzelte Hank unverständlich.
Das Grinsen unseres Guides schien einzufrieren. Erst als ich »Nein, nein«, sagte, ihn entschuldigend anlächelte und ihn aufklärte, dass wir zusammen zur Schule gegangen waren, kehrte sein Grinsen zurück.
»Na wunderbar. Kommen Sie, ich rufe uns ein Taxi.«

Der Wagen war alt, aber die Fahrt spottbillig. Statt Klimaanlage waren alle Fenster herunter gekurbelt. Der Fahrer sprach kein Wort englisch, ich war froh, dass wir Thet hatten, der munter drauflos quatschte, über Yangon, Myanmar, irgendwelche Pagoden. Ich hörte ihm nicht zu und er hörte auf zu reden, als ich Hank fragte, wie es ihm ergangen war nach dem Ende von Zeuss und Apollo. Ich hatte ihn ewig nicht gesehen, genauso lange nicht mehr wie Bhas.
»Scheiße ist es mir ergangen. Wie auch sonst?«, raunzte er. »Ich und meine Gitarre, wir hatten kein Glück. Ohne Bhas war ich nur noch Apollo. Bin durch Bars und Kneipen getingelt. Aber hast du ne Ahnung, wie viele Gitarrenspieler es da draußen gibt? Und wie viele von denen besser singen können als ich?«
»Echt? Du bist durch die Bars getingelt? Wie lange?«
»Davon konnte ich nicht leben. Hab Jobs gemacht. Du kannst nicht jeden Tag einen auf die Nuss kriegen. Das hältst du nicht durch.«
Ich erinnerte mich an den Hank von damals. Der große, schlaksige Freak, sein Humor hatte sich keinen Deut geändert. Nur, dass der Hank von damals mehr Haare hatte und eine kicksige Jungenstimme, die überhaupt nicht zu ihm passte. Er hatte bei Z&A nicht gesungen, höchstens mal als Begleitung für Bhas.
»Bhas hatte diese geniale Stimme. Und er ist auch ein unglaublich guter Songwriter. Gut, ich bin auch nicht schlecht. Aching Feet wäre ein Nummer-1-Hit geworden. Aber *Deeper Love* ist schon eine Klasse für sich. Hat mich immer an diesen Song von Barclay James Harvest erinnert. Weißt du noch?«

Was für eine Frage. *Deeper Love* hatte ich geschrieben, kann aber sein, dass Bhas und ich eine Nacht gemeinsam durchgesoffen hatten, da verschwimmen die Grenzen, aber *Deeper Love*, das war für Morgana gewesen.
Ich sparte mir die Erklärung und nickte. »War aber ganz anders als *Poor Man's Moody Blues*.«
»Ja genau, so hieß der. Weil ein paar Kritiker gesagt hatten, Barclay James Harvest wäre Moody Blues für Arme. Und dann haben sie den Song gemacht. Und der war mindestens so gut wie *Nights in White Satin*.«
»Aber nicht so gut wie *Deeper Love*«, sagte ich und wir lächelten beide selig, wie es nur Männer können, die ferne Erinnerungen teilen.
»Im Grunde ist das aber nicht die Sache«, fuhr Hank fort. »Es ging nicht nur um die Stimme. Bhas kannte schon damals Gott und die Welt und Gott und die Welt kannten Bhas. Es gibt talentierte Musiker wie Sand am Meer, die wenigsten bekommen eine Chance und einen Plattenvertrag angeboten. Wir hatten diese Chance. Und wir hatten uns die verdammt nochmal verdient. Und dann schmeißt er hin. Wir waren schon im Studio!«
Als ob ich das nicht gewusst hätte, schließlich war ich dabei gewesen.
»Du hättest das Gesicht von dem Manager sehen sollen, als Bhas den Refrain von Deeper Love gesungen hat.«
Seniler Trottel, dachte ich, ich habe das Gesicht des Managers gesehen, ich—war—da—bei.
»Der hat das alles vor Augen gehabt, ausverkaufte Tour, Platinplatten, Dollarnoten. Und dann reißt sich Bhas den Kopfhörer vom Schädel, sagt irgendwas Unverständliches und geht. Das Arschloch.«
Ich sagte darauf nichts. Und auch Thet gab einen Moment Ruhe. Wir hörten den Verkehrslärm der Großstadt. Ich sah ihn wieder vor mir. Bhas.
»Ich kann das nicht«, hatte er gesagt. Und nie mehr als das. Ich weiß bis heute nicht, ob er sich nicht als Sänger gesehen hatte, ob er Gewissensbisse hatte, dass er mein Liebeslied für Morgana gesungen hat, was ich nicht glaube, sonst hätte er sie ja nicht geheiratet, oder ob es eine Stimmung, eine Eingebung war. Bhas war emotional, er war offen für so etwas. Er folgte seinem

Herzen. Auch dafür liebten wir ihn. Also fast alle. Alle bis auf Hank.

5

Wir sahen die Pagode schon von weitem und ich begann zu verstehen, warum sie derart berühmt war. Ihr Anblick berührte mich, verschlug mir die Sprache. Sie war sehr groß und sehr golden.

Thet bemerkte, dass wir beeindruckt waren, und nahm das als Aufforderung, seine Arbeit wieder aufzunehmen. Er drehte sich zu uns um: »Die Shwedagon ist das religiöse Zentrum Myanmars und glauben Sie mir, wir haben wirklich viele Pagoden. Sie ist mehr als 2500 Jahre alt.«

»Und wie groß?«, fragte Hank.

»Mehr als 100 Meter.«

»Und sie ist aus massivem Gold?«, fragte er weiter wie ein Grundschüler.

Thet lächelte noch ein bisschen breiter als sonst. »Nein, im Kern befindet sich eine goldene Schatulle, darin liegen acht Haare von Buddha Gautama.«

»Das ist so etwas wie euer Jesus?«, fragte Hank.

Mein Gott, war mir das unangenehm.

Thet aber nahm es ihm nicht krumm. »Ja und Nein. Buddha heißt 'der Erwachte'. Ein Erwachter hat die Vollkommenheit des menschlichen Geistes erreicht und den immerwährenden Kreislauf der Wiedergeburt durchbrochen. Wir kennen 29 Buddha, so gesehen ist er also nicht wie euer Jesus, er ist nicht einzigartig und auch kein Gott. Aber dieser Buddha, von dem die Haare stammen, Siddharta Gautama, hat den Buddhismus begründet, und, so gesehen, ist er wie euer Jesus ein Religionsstifter.«

Das war viel zu lang für Hank, der längst gelangweilt aus dem Fenster starrte, ich hingegen machte mir so meine Gedanken.

Allerdings nicht lange, denn Thet erzählte weiter. »Die ursprüngliche Pagode war nicht aus Gold, sie war auch nur acht Meter hoch. Im Laufe der Jahrtausende wurde sie aber immer weiter mit Gold und Edelsteinen verkleidet. Heute schätzt man die Goldmenge auf mehr als 60 Tonnen, mehr als 5000 Diamanten wurden verwendet, allein der an der Spitze hat 76

Karat.«
Hanks Mund stand offen und auch ich starrte ehrfürchtig auf die Pagode. Vielleicht sollte ich einfach nachts hingehen und Gold und Diamanten abkratzen? 60 Tonnen Gold, mir würde schon viel weniger reichen. Mal schauen, wie das Ding gesichert war. Aber dann schämte ich mich für meinen Gedanken, das wäre ja so, als wollte ich ein Kruzifix aus einer Kirche stehlen.
Wir fuhren nun auf einer kleineren Straße direkt auf die Pagode zu. Je näher sie kam, um so eindrucksvoller erschien sie uns. Auf dem Fußweg am Straßenrand bahnten sich Händler mit Handkarren, übervoll mit Paketen, ihren Weg durch die Fußgängermenge, Mönche, die an ihren roten Roben schon von weitem zu erkennen waren, sammelten Almosen, an beiden Seiten kamen wir an Tempeln und Klöstern vorbei.
»Warum halten wir an?«, fragte Hank. Eine berechtigte Frage, denn wir waren noch nicht am Eingang.
»Wir wollen uns auf unseren Besuch angemessen vorbereiten«, sagte Thet kryptisch. Er drückte dem Taxifahrer einen Geldschein in die Hand, stieg aus und hielt mir die Tür auf. Ohne den Fahrtwind wurde mir sofort richtig warm, ich schätzte die Temperatur auf mehr als 30 Grad. Hank trug noch immer seinen schwarzen Ledermantel. Auch wenn der dünn und offen war, erntete er staunende Blicke der Burmesen, die so etwas wohl nur aus dem Fernsehen kannten. »Kommen Sie«, sagte Thet und ging in eine kleine Gasse, die zwischen den vielen Häuserreihen zu verschwinden schien. Sicherheitshalber folgte ich ihm auf den Fersen, ich hatte keine Lust, mich hier alleine zurechtfinden zu müssen. Hank war unbeschwert, er war irgendwo hinter uns, aber ich wollte es nicht riskieren, auf ihn zu warten und Thet aus den Augen zu verlieren. Endlich hielt unser Führer an. Doch statt eines Tempels, einer Pagode oder wenigstens eines Klosters standen wir vor einem kleinen Laden, einem Lebensmittelgeschäft. Nicht so ein idyllischer Marktstand mit einheimischem Obst, sondern ein schäbiger kleiner Laden mit lauter in Plastik verpackten Industrielebensmitteln. Er wollte einkaufen gehen?
»Warten Sie hier bitte auf mich, ich möchte etwas einkaufen«, sagte er tatsächlich.
Ich wunderte mich, aber es war sogar zu heiß, um mit den Schultern zu zucken.

Hank kam langsam auf uns zugeschlurft. Zwei Kinder zeigten auf ihn und schwatzten lebhaft. Er schien sie nicht zu bemerken. Thet ging zu den Auslagen des Geschäfts und griff sich scheinbar wahllos diverse in Plastik eingeschweißte Lebensmittel. Die Schrift war so fremd wie der Inhalt, aber ich tippte auf Snacks und Fertigfutter. Ich wünschte ihm von Herzen, dass er sich von dem Müll nicht ernährte. Ich dachte immer, die Asiaten äßen so gesund? Waren wohl nur Vorurteile.
Er kehrte zu uns zurück, als Hank endlich ankam.
»Danke, ich bin satt«, sagte ich, als er mir zwei der Tüten hinhielt. Er grinste, schon wieder oder immer noch.
»Sie sollen das nicht essen. Das ist ein Geschenk. Für einen Mönch. Wir werden gleich vielen von ihnen begegnen, die Gaben einsammeln und wir werden ihnen diese Lebensmittel spenden. Das ist gut für unser Karma.«
Ich war drauf und dran ihm zu offenbaren, dass ich gar kein Buddhist war, aber Hank hatte ihm bereits die Hand auf die Schulter geworfen und »Gute Sache, Mann«, gesagt, da wollte ich die Stimmung nicht verderben.
»Sie stellen die Füße zusammen, nehmen eine Tüte in die rechte Hand. Mit der linken Hand unterstützen Sie den rechten Arm und dann übergeben Sie die Spende. Oder Sie fassen es mit beiden Händen an und legen es auf den Sammeltopf. Es ist wichtig, Respekt zu zeigen. Wissen Sie, wir Burmesen lieben unsere Mönche.«
»Es« war eine Plastiktüte, die mit bunten burmesischen Schriftzeichen übersät war und in deren Innerem gelbliche Stücke durchschimmerten, die wahlweise Cracker oder frittierte Fischchen waren, ich hoffte auf ersteres.
»Sind Sie bereit?«, wollte Thet, bestens gelaunt, wissen. Wir nickten und er ging vor, hinein in das Gewimmel der fremden Stadt. Diesmal ging ich hinter Hank. Ich sah die glänzenden Schweißperlen in seinem Nacken, aber er behielt den Mantel an. Thet führte uns durch schmale Gassen, vorbei an kleinen Häuschen, direkt in die Stadt. Magere Katzen streunten ebenso umher wie magere Kinder, die kreischend einem Fußball hinterherjagten.
»Und hier ist der Markt. Genau genommen ist es Markt und Industriegebiet in einem, aber sehen Sie selbst.« Er führte uns in das Gebäude. Hier war es mindestens drei Grad kühler und so

dämmrig, dass in den kleinen Geschäften Glühlampen hingen und ihr mattes Licht verstreuten. Die Luft war weniger stickig, als ich befürchtet hatte. In jedem noch so kleinen Laden, saßen, standen und lagen Burmesen jeden Alters und gingen ihrem Geschäft nach. Ich fühlte mich wie in einem Bienenstock. Der Weg bestand aus gestampftem Lehmboden, die Abteile, in denen gehandelt und gewerkelt wurde, lagen einen halben Meter höher. Wir sahen blutjunge Näherinnen, die auf chinesischen Nähmaschinen, deren Design an die vorletzte Jahrhundertwende erinnerte, Kleider zauberten. Männer lackierten Holz, es stank, als müsste es ihnen die Lunge wegätzen. In der nächsten Werkstatt wurde Spiegelmosaik auf Holz geklebt.
Ich verstand, wir sahen sämtliche Schritte vom Holz bis zum Buddhaschrein. Alles Handarbeit. Und am Ende wahrscheinlich billiger, als es irgendeine Maschine in Europa produzieren könnte. Allerdings war die Nachfrage nach Buddhaschreinen bei uns auch nicht so hoch.
Ich konnte mich an den fremden Eindrücken nicht sattsehen. Vor allem an den fröhlichen Menschen, die in diesen Verschlägen arbeiteten, deren Größe an Gefängniszellen erinnerte. Menschen, die trotzdem bester Laune zu sein schienen. Und dann trat ich auf etwas Weiches und erschrak so sehr, dass ich irgendein Geräusch machte, sodass Thet auf mich aufmerksam wurde. Er hielt an, blickte sich um und sah, was ich auch sah. Ich war auf eine erstaunlich dicke tote Maus getreten. Ein Schauder des Ekels überkam mich. Doch mehr noch als die Maus erschrak ich beim Blick in Thets Gesicht. Für einen kurzen Moment war das eingravierte Lachen verschwunden und ich meinte so etwas wie Entsetzten erkannt zu haben. Warum nur? Wegen einer Maus? Fürchtete er die Pest?
Doch schon beim zweiten Blick war sein Lächeln zurück.
»Nur eine Maus. Gehen wir weiter«, tat er belanglos. Nur, um gleich wieder zu erschrecken, denn wie aus dem Nichts stand uns ein Mönch gegenüber. Er war in dunkelrotes traditionelles Tuch geschlungen und trug eine runde Nickelbrille. Mit seinem kahlen Schädel erinnerte er mich sofort an Mahatma Gandhi oder vielleicht eher an Richard Attenborough aus dem Gandhi-Film. Er sah in sich ruhend und weise aus, genau, wie ich mir einen buddhistischen Mönch vorgestellt hatte. Bis er

Hank sah. Ich konnte genau erkennen, wie sein Blick an dem langen, dunkelhaarigen Westler kleben blieb und verhärtete, wie sich eine Falte auf seiner Stirn bildete. Hank schien das nicht zu bemerken, arglos nahm er ein Tütchen und überreichte es dem alten Mann, so wie er es gelernt hatte. Hank, der bei jeder Art von Bewegung immer irgendwie ungeschickt wirkte, machte das für seine Verhältnisse ausgesprochen gut. Es war lustig, wie tief er sich vorbeugen musste, um die Tüte in die Hände des kleinen Mönchs zu legen. Aber der alte Mann starrte ihn noch immer an. Beim besten Willen konnte man diesen Blick nicht freundlich nennen. Auch Thet wirkte angespannt. Immerhin nahm der Mönch die Tüte entgegen. Er zischte ein paar Worte, deutete eine Verbeugung an und ging dann zielstrebig an uns vorbei, so schnell, wie man eben noch gehen konnte, ohne zu laufen. Was war das denn gewesen? Reagierten die Geistlichen hier immer so auf Ausländer? Fragend schaute ich zu Thet, doch der sah aus, als wäre ihm eine schwarze Katze über den Weg gelaufen oder als hätte er den Leibhaftigen gesehen. Ängstlich starrte er zu Hank, der nichts davon bemerkte.
»Ich war perfekt, oder?«, freute der sich.
»Ein Vorbild für uns alle«, antwortete ich überschwänglich, nahm den Blick aber nicht von Thet. Als er das bemerkte, zwang er sich zu lächeln und tat, als sei nichts geschehen. Mich konnte er nicht täuschen.
»Was hat der Mönch gesagt?«, fragte Hank. Er hatte das Zischen also auch gehört.
Thet sah ihn an. Ich spürte sein Zaudern.
»Er hat sich bedankt. Und er hat dir alles Glück dieser Welt gewünscht«, sagte er und ich wusste, er log. »Und jetzt gehen wir zum Nordeingang der Pagode. Dort haben wir eine Verabredung. Es gibt nämlich derer vier und sie alle sind ein Schauspiel. Sie werden begeistert sein.«
Eine Verabredung? Ob das Bhas war? Hatte er das mit dem Ausflug zur Pagode vielleicht geplant? Wollte er uns auf diese Weise unerkannt treffen? Mein Puls beschleunigte sich bei dem Gedanken. Es wurde Zeit mein Baby, meine Firma zu retten.
»Hast Du gewusst, dass Barclay James Harvest genauso angefangen haben wie wir?«, fragte Hank.
»Haben sie?«, täuschte ich Interesse vor. Ich mochte ihre Musik, ihre Biographie interessierte mich nicht.

»John Lees und Wooly Wolstenholme haben zusammen die Oldham Art School besucht. Und Les Holroyd und Mel Pritchard kannten sich sogar schon aus dem Kindergarten.«
»Und dann haben sie Barclay James Harvest gegründet?« Ich war ein höflicher Mensch und auf Thets Reiseführergebrabel hatte ich nach der Begegnung mit dem Mönch noch weniger Lust.
»Nicht ganz, die waren jeweils in unterschiedlichen Schulbands. Les und Mel spielten in einer, die hieß die Wickeds. Und als deren Leadgitarrist ausgestiegen ist, haben sie versucht, John abzuwerben. Aber der ließ seine Jungs nicht im Stich, also haben die beiden Bands fusioniert. Sie nannten sich die Blues Keepers. Und 1967 wurde daraus Barclay James Harvest.«
»Das Jahr, in dem ich geboren wurde«, sagte ich, um irgendetwas zu sagen. Und um nicht auf das einzugehen, was Hank mir schon wieder unter die Nase reiben musste. John ließ seine Jungs nicht im Stich. Nicht so wie Bhas. Er hatte ja recht.
»Ich habe lange darüber nachgedacht. Wir hätten damals nicht aufhören sollen. Wir hätten uns eine andere Band mit einem guten Sänger suchen sollen, uns mit denen zusammentun, einfach weitermachen«, sagte Hank.
Ich nickte und wir beide wussten, dass es nicht so einfach gewesen wäre. Bhas war Bhas. Einen Leadgitarristen ersetzen, okay, aber Bhas? Das klang so, als hätte die E-Street-Band ohne Bruce Springsteen weitermachen wollen.
»Kennst du die Story, wir ihr Name entstanden ist?«, fragte er mich.
Natürlich kannte ich die, aber ich wollte nett sein und schüttelte sanft den Kopf.
»Es heißt, sie hätten kleine Zettel mit Begriffen in einen Hut geworfen und gezogen.«
»Interessante Kreativitätstechnik«, sagte ich und vermutete, dass die Geschichte beim Brainstorming einer Plattenfirma entstanden war, wahrscheinlich im gleichen Meeting, in dem sie auch den Bandnamen festgelegt hatten. Hank war immer noch ein Träumer, er hatte auch nach all den Jahren nicht verstanden, dass Musik ein Geschäft ist. Dass das ganze Leben sich nur um Business dreht.

6

Wir folgten unserem Guide in Richtung Pagode, sie war ein riesiger Menschenmagnet. In einem Land, in dem fast jeder Buddhist ist, übte sie eine ungeheure religiöse Faszination aus. Erstaunlicherweise sahen wir fast keine Touristen, zumindest wenige aus dem Westen. Überall am Rande der Straße gingen Händler ihren Geschäften nach und wir hatten noch nicht einmal den riesigen, überdachten Aufstieg zum Nordeingang erreicht. Vor einer jungen Frau blieb unser Guide stehen. Sie saß auf einem Plastikstuhl hinter einem Metallkäfig, der voll mit kleinen Vögeln war. Nur ihr Kopf ragte hinter dem Käfig hervor, sie lächelte freundlich. Sie trug ein leichtes gelbes Kleid und im Gesicht hatte sie mit Thanaka zwei gelbe Kreise gemalt, so wie Hank.

»Sie verkauft Vögel?«, fragte ich Thet.

»Die essen die doch wohl nicht?«, wollte Hank wissen. »Ist das hier wie in Italien?« Ich hörte die Empörung in seiner Stimme.

Thet amüsierte sich, auch wenn er die Anspielung auf Italien offenbar nicht verstand. »Nein, überhaupt nicht. Ihr könnte sie freikaufen. Damit fügt ihr eurem Karma eine gute Tat hinzu.«

»Die armen Tiere«, ereiferte sich Hank. Er nahm eine überdimensionierte Geldbörse aus seinem Mantel, öffnete sie und fischte die einzige Banknote heraus, die darin war—soweit ich es erkennen konnte, ein hundert Dollar Schein—und reichte ihn der Frau.

Ich wollte etwas sagen, ließ es aber, denn die Frau hatte wahrscheinlich soeben das Geschäft ihres Lebens gemacht, den Umsatz eines Monats, wenn nicht mehr, in diesem einen Moment. Sie sprang auf, ihr Lächeln wurde zu einem Lachen, so breit, dass ich Angst hatte, es würde ihre Ohren verschlucken. Sie deutete zahlreiche Verbeugungen in Richtung Hank an, segnete ihn und dankte ihm.

»Wie viele Vögel lassen Sie dafür frei?«, fragte Hank. Ich sah Tränen in seinen Augen. Das Schicksal der kleinen Tiere, die wie Spatzen aussahen, hatte ihn tief berührt. Ich hatte Hank so noch nie gesehen, ich möchte behaupten, dass ihm das

Schicksal eines Menschen noch nie so nahe gegangen war.
Die kleine Frau lachte noch immer. »Hunderte«, sagte sie. »Aber was soll's, heute wird nicht gezählt.« Sie öffnete eine kleine Klappe und half den Tieren in die Freiheit. Ein Vögelchen nach dem anderen flatterte davon. Sie ließ sie alle frei, alle. Bis der große Käfig leer war. Um uns herum hatte sich eine Traube von Einheimischen gebildet, die das Spektakel mit großem Interesse wohlwollend verfolgten. Sie freuten sich mit den befreiten Tieren und in dem sie die Freude teilten, nahmen sie Teil an dem guten Karma.
Hank wirkte so erleichtert, so befreit. Nur ich freute mich nicht mit ihnen.
»Dir ist schon klar, was die gute Frau als nächstes macht?«
»Wird sie in einen Tempel gehen und einen Teil des Geldes opfern?«, fragte Hank verwirrt. Wahrscheinlich wunderte er sich, dass ich mich nicht freute, ihn nicht zu seiner Heldentat beglückwünschte, die auch Thet anscheinend bewunderte.
»Vielleicht. Ganz sicher aber wird sie sich daran machen, Vögel einzufangen. Denn das ist ihr Geschäft. Und Morgen sitzt sie wieder hier, mit dem gleichen Käfig, nur dass er wieder voll sein wird, genau wie heute.«
»Meinst du?« Er wirkte ehrlich überrascht.
»Denk doch mal nach. Du zahlst nicht für die Freiheit der Vögel, du bezahlst die Frau dafür, dass sie kleine Vögel einfängt. Wenn ihr niemand Geld dafür geben würde, sie fliegen zu lassen, würde sie sie auch nicht fangen. Hab ich recht, Thet?«
Man merkte ihm an, dass er die Frage nur widerwillig beantwortete. Er rang sich zu einem Nicken durch.
»Stimmt das?«, fragte Hank entsetzt. »Sie wird morgen wieder hier sein?«
»Sie muss ihre Familie ernähren«, sagte Thet entschuldigend.
»Aber bringt ihr das nicht negatives Karma, wenn sie die armen, kleinen Dinger einsperrt?«
»Alles im Leben gleicht sich aus. Sie vollbringt sicherlich viele andere gute Taten«, versuchte Thet zu erklären.
»Trotzdem. Ich musste es tun.« Hank wirkte nun wie ein Kind, dem man soeben offenbart hatte, dass es das Christkind nicht gab. »Sie taten mir so leid. Und sie haben mich so sehr an Bhas erinnert.«
»An Bhas?«, entfuhr es mir. Dieser Mann überraschte mich

immer wieder. »Wieso an Bhas? Der war freier als wir alle.«
Hank sah mich an. Und er wirkte verändert. »Du kanntest Bhas so gut, du warst sein bester Freund. Und doch kanntest du ihn nicht wirklich. Du weißt nicht, was Freiheit bedeutet. Nur wer sich bewegt, spürt seine Fesseln.«
Jetzt kam er mir auch noch mit Indianerweisheiten. Herzlichen Glückwunsch.
»Du musst das mal probieren. Du ahnst nicht, wie gut du dich fühlst, wenn du jemandem die Freiheit schenkst, und sei es nur ein kleiner Vogel. Und ich habe hunderten die Freiheit geschenkt.«

Hank war wie immer, er interessierte sich für genau einen Menschen auf dieser Welt, nämlich sich selbst. Wir hatten uns so lange nicht gesehen, aber er fragte nicht ein einziges Mal, wie es mir ergangen war, was ich jetzt so machte. Hier war ich, er nahm es mehr oder weniger als Selbstverständlichkeit hin. Und wenn eine böse Fee mich in diesem Moment mit dem Schnippen eines Fingers weggezaubert hätte, es wäre ihm wahrscheinlich nicht einmal aufgefallen. Und wenn doch, wäre es ihm egal gewesen. Hank konnte ein langes Gespräch bestreiten, ohne auch nur eine einzige Frage zu stellen. Leider war er da nicht die Ausnahme. Es war mir schon oft aufgefallen, dass die meisten Menschen sehr zufrieden damit waren, von sich zu erzählen und ein Gespräch für besonders erfüllend hielten, wenn sie ihr Herz ausschütten konnten, während sie das Zuhören eher langweilte. Wer interessierte sich schon wirklich für das Schicksal seiner Mitmenschen? Wenn wir ehrlich waren, niemand. Ja, ich war neugierig, wie es Hank ergangen war, doch Details wollte auch ich nicht wirklich hören. Am Ende war es sein Leben, er musste es meistern, unsere Wege würden sich bald wieder trennen. Tat mir das Leid? Gott bewahre. Hank hatte sich überhaupt nicht verändert, er war die gleiche Nervensäge geblieben, wie vor dreißig Jahren und so wenig ich ihn in den letzten Jahrzehnten vermisst hatte, so wenig würde ich ihn in Zukunft vermissen. Dachte ich jedenfalls.

»Auch wenn du mich nicht verstehst«, redete Hank weiter, »Bhas wird sich mit mir freuen. Du wirst sehen. So wie damals. Als er mit dem Prian T-Shirt ankam.«

Ich musste schmunzeln. Bhas war nicht nur der Erfinder der Loch-Hosen-Mode gewesen, sondern auch der erste mit einem Prian-T-Shirt. Er hatte uns Monty Python beschert. Er hatte Life of Brian gesehen, vor allen anderen. Und hatte sich Prian auf ein weißes Shirt drucken lassen. Erst hatte ihn niemand verstanden. Aber er hatte uns neugierig gemacht, nach und nach sahen wir alle den Film, die meisten sahen ihn mehrmals, so oft, bis wir ganze Passagen aufsagen konnten. Der Film wurde Kult, genauso wie die Verballhornung des Namens Brian zu Prian durch den Freund von Pontius Pilatus. Und jeder wusste, dass hinter allem Bhas stand und wir verehrten ihn dafür.
Der beste Fußballer der Schule wollte seine sündhaft teuren Rainer-Bonhof-Fußballschuhe mit Schraubstollen gegen das Prian-Shirt tauschen, aber Bhas war nie bestechlich gewesen. Malte hatte dann zwei dutzend Shirts herstellen lassen und daran verdient, Bhas hatte keinen Geschäftssinn. Ihm bedeutete Geld nichts. Wahrscheinlich kam es später deswegen in so großer Menge zu ihm. Aber als Schüler hatte er nicht viel davon. Seine Mutter hat ihn alleine groß gezogen, sie waren nicht arm, aber Geld war knapp. Das merkte man ihm nicht an, ich habe das damals auch nicht so wahrgenommen, es war für uns normal, selten in den Urlaub zu fahren, nicht Essen zu gehen, man brauchte auch einfach weniger Geld. Eintopf gab es an drei Tagen nacheinander. Ein Auto hatten nur wenige.
»Ja, das war genial. Ich glaube, irgendwo in meinem Kleiderschrank liegt meins noch. Könnte ich eigentlich mal wieder anziehen«, sagte ich.
Hank lächelte verschwörerisch.
Eigentlich eine schöne Erinnerung, aber ich erinnerte mich auch daran, wie Bhas sein Shirt verbrannt hatte. Er hatte Tränen in den Augen gehabt. »Das ist nichts wert. Das ist alles nichts wert«, hatte er gesagt. Am Lagerfeuer, als alle schon in ihren Zelten waren, nur wir zwei noch draußen saßen, um das Feuer niederbrennen zu sehen und dann zu löschen. Er zog das Shirt einfach aus und warf es in die Glut, in der es sofort Feuer fing. Im Pfingstzeltlager. Er hatte in der kühlen Nacht gesessen, mit freiem Oberkörper und Tränen in den Augen. Davon erzählte ich Hank nichts. Diese Erinnerung gehörte nur Bhas und mir. Ich hatte kein Wort gesagt, Bhas angestarrt, doch er hatte mich nicht gesehen. Manchmal kamen seine Stimmungsänderungen

so plötzlich, gänzlich unerwartet. Ich hatte mich davongeschlichen, ihn alleine gelassen mit dem verglimmenden Feuer. In diesem Moment wusste ich nicht, ob ich schreien oder weinen sollte. Aber meistens wurde ich einfach wütend, dass Bhas, mein Bhas, so sein konnte.

7

Endlich erreichten wir den Aufgang zum nördlichen Tor der Shwedagon Pagode. Es war nun drei Uhr Ortszeit und ich kämpfte noch immer mit meiner Müdigkeit, aber die frische Luft und das Sonnenlicht halfen mir schon. Es war, als befänden wir uns in einem überdimensionierten Treppenhaus, in dem drei Elefanten nebeneinander den langen Weg zur Pagode hätten bestreiten können. Über uns war eine reich verzierte Holzdecke, zahlreiche kleine Geschäfte waren durch imposante Säulen voneinander getrennt. Hier gab es alles, von dem Burmesen glaubten, dass Touristen es lieben könnten, inklusive Kriegsspielzeug und allerlei farbenfroh blinkenden, kreischenden anderen Scheußlichkeiten. Aber auch Dinge, die sich eher an gläubige Buddhisten richteten, Buddhafiguren zum Beispiel oder Figuren von Nats, die nicht wirklich zum buddhistischen Glauben gehörenden Wesen, die eine ähnliche Rolle spielten wie bei uns Heilige. Mir schwante Böses, wollte unser Guide uns in einen der Läden mit Touristenplunder schleifen, um sein wahrscheinlich karges Gehalt durch üppige Provisionen aufzubessern? Schon begann mein Gehirn nach Ausreden zu suchen, um der Tourifalle zu entgehen. Doch es kam ganz anders.
Inmitten all der lauten Geschäfte mit ihren umfangreichen Auslagen führte er uns zu einem Laden, von dem man nur eine Tür sah.
»Warten Sie hier bitte einen Moment«, sagte er und klopfte. Die Tür öffnete sich einen Spalt breit, er verschwand im inneren des Raums.
Hank und ich sahen uns ratlos an.
Doch schon kam er zurück, grinste noch eine Spur breiter als sonst und winkte uns zu sich. »Sie ist bereit, kommen Sie herein.«
»Wer?«, fragte ich reflexartig.
»Die Astrologin«, sagt Thet stolz.
Hatte ich erwähnt, dass ich an so etwas nicht glaubte? Thet gegenüber offensichtlich noch nicht. Nun gut, wir würden sehen, ich würde mich schon irgendwie vor dem Hokuspokus drücken.

Das Zimmer war winzig. Es war in einem hässlichen Lindgrün gestrichen, wie es bei uns früher manchmal in Schulen oder Kasernen benutzt wurde. Eine etwa vierzig bis fünfzig Jahre alte, wohlgenährte Frau saß hinter einem kleinen Tisch. Thet wies auf einen Hocker, der davor stand.
»Wer möchte zuerst?«, fragte er uns.
Ich zeigte auf Hank, der widerstandslos Platz nahm. Das gab mir die Gelegenheit, genau zu betrachten, wohin uns Thet gebracht hatte. Das war doch keine Falle? Würden gleich ein paar Einheimische die Tür verrammeln und uns ausrauben? Aber so waren sie nicht, die Burmesen. Das immerhin hatte ich aus meinem Reiseführer gelernt.
Die Frau trug ein rosa Kleid. An ihrer Goldkette baumelte ein kleiner Jadeelefant. Eine Locke hing ihr ins Gesicht und gab ihr etwas Verwegenes.
»Ich brauche Ihr Geburtsdatum«, sagte sie zu Hank mit tiefer Stimme. Er nannte es. Sie nahm ein Buch zur Hand und blätterte eifrig.
»Sie findet jetzt heraus, an welchem Wochentag er geboren ist, das ist entscheidend«, flüsterte Thet mir zu.
Ich aber hatte nur Augen für die geschmackvolle Zimmerdekoration. An der Seitenwand hingen fünf Fotos, auf denen unsere Seherin zusammen mit alten Männern mit langen weißen Bärten zu sehen war. Wahrscheinlich ihre Lehrer. Oder Kollegen. Oder Vorbilder. Oder so. Die Wand hinter ihr wurde komplett von einem Poster ausgefüllt, das eine Gebirgslandschaft mit einem Wasserfall zeigte. Auf dem Tisch lag eine schwarze Samtdecke mit bunten Streifen.
Die Wahrsagerin reichte Hank ein Klemmbrett, auf dem Angry Birds zu sehen waren, die aus dem Handy-Spiel. Ein Bogen Papier war eingespannt, ein einfacher Plastikkugelschreiber lag schon auf dem Tisch.
»Damit Sie sich Notizen machen können«, sagte sie mit der Ernsthaftigkeit eines Arztes. »Und Ihre drei persönlichen Fragen aufschreiben können.«
Hank begann sofort Sätze zu kritzeln.
»So, so«, sagte sie schließlich und schaute Hank an. »Sie sind an einem Sonntag geboren.« Sie sagte das, als habe sie ein Urteil gesprochen.
Er nickte. Hätte er ihr wahrscheinlich auch gleich sagen können,

wenn sie ihn nur gefragt hätte, dacht ich mir.
»Sie haben es nicht leicht, denn obwohl Sie es versuchen, leben Sie Ihren Traum nicht.«
Hank nickte erstaunt. Ich dachte mir, dass es wohl nicht viele Menschen gab, die von sich sagen konnten, dass sie ihren Traum leben.
»Ein Mensch hat Sie im Stich gelassen. Aber Sie müssen lernen, loszulassen.«
Hank war nun völlig gebannt von der Frau. Er war so naiv, wer war denn noch nicht von jemand anderem enttäuscht worden?
»Eine schicksalhafte Begegnung steht Ihnen bevor«, sagte sie und Hank sagte: »Ja, genau, ich werde Bhas treffen. Woher wissen Sie das?«
Sie lächelte weise, das hatte sie bestimmt bei den alten Männern mit den weißen Bärten gelernt und fächerte sich mit einem unförmigen Plastikfächer Luft zu.
»Ihre Glücksblume ist die Rose, die Glücksfarbe rot und Ihr Glücksstein der Rubin.«
Hank schrieb eifrig mit und strahlte.
»Und nun dürfen Sie mir Ihre drei Fragen geben, die ich ihnen beantworten werde.«
»Das ist ja der Wahnsinn«, sagte Hank und schob ihr das Klemmbrett der wütenden Vögel rüber. Komisch, genau das hatte ich auch gerade gedacht. Nur anders gemeint.
Die Astrologin fächerte sich wieder etwas Luft zu, dann nahm sie Tarotkarten, auf deren Rückseite das Gesicht eines Mannes war, der dem Aussehen nach Chef einer üblen Räuberbande gewesen sein musste. Sie mischte, bildete Stapel, nickte Hank zu, der kerzengerade und gebannt vor ihr saß und sie las die Sätze. Eins muss ich ihr lassen, sie las völlig regungslos. Ich an ihrer Stelle wäre vielleicht in Lachen ausgebrochen, hätte zumindest gezuckt oder eine Bemerkung gemacht, die mit Sicherheit nicht angemessen gewesen wäre. Sie nicht. Ganz Profi.
»Die erste Frage ist, ob Sie die Wiedergeburt von Jesus Christus oder Adolf Hitler sind«, sagte sie unbewegt.
Ich schluckte. Hank war deutlich verrückter als ich befürchtet hatte. Ich würde mich in acht nehmen müssen. Was, wenn er sich wirklich für Adolf hielt?
Sie zog eine Karte vom Stapel und legte sie vor sich auf den Tisch. Ich konnte damit nichts anfangen, aber ich war ja auch

nicht vom Fach.
»Sie sind in einer anderen Dimension herausragend«, sagte sie schließlich und Hank lachte breit.
»Klar, die Musik. Gut, das aus berufenem Munde zu hören.« Immerhin entrang er der Frau damit ein Schmunzeln.
»Werde ich zu einer größeren Legende als Jimmy Morrison?«, las sie Hanks zweiten Satz vor. Thet stand neben mir, ungerührt. Vielleicht kannte er Jimmy von den Doors nicht, den größten Rockmusiker aller Zeiten. Ich jedenfalls fand die Frage komplett größenwahnsinnig. Klar, darauf hätte ich schon im Hotel kommen können, Hank nahm Drogen. Darum auch die Frage nach Jimmy. Der hatte ja auch ein Drogenproblem gehabt.
Sie nahm eine weitere Karte. Eine Figur, die mir wieder nichts sagte, wie sollte sie auch. Die Frau schaute etwas ratlos und zog noch eine Karte, die sie daneben legte. Und nun war sie zufrieden.
»Du musst deine Bestimmung finden, dann wirst du in vielen Herzen eine große Rolle spielen.«
Astrologie konnte so einfach sein, man musste seinen Kunden nur nach dem Mund reden, stellte ich enttäuscht fest. Ein bisschen mehr Hokuspokus hätte es meinetwegen schon sein dürfen.
Hank aber klatschte begeistert in die Hände. »Ich wusste es. Danke. Danke«, sagte er und Thet freute sich mit ihm. Dafür mochte ich die Burmesen schon jetzt, nach nur einem Tag, sie freuten sich so gern, und das ganz unbefangen, ohne Berechnung, auch und gerade für andere.
»Eine Frage haben wir ja noch«, sagte die Dame. »Als was werde ich im nächsten Leben wiedergeboren«, las sie vor. »Sie sind Buddhist?«, fragte sie Hank.
»Vielleicht werde ich ja einer, wenn mich die Antwort überzeugt«, gluckste er. Er war jetzt bester Stimmung.
Ich war mir inzwischen sicher, dass der alte Hank völlig plemplem war. Das hätte mir schon früher auffallen können.
Die gewichtige Frau nahm wieder eine Karte. Sie legte den Kopf schief und schaute Hank lange an. »Es hat sich noch nicht entschieden. Heute hast du viel für dein Karma getan, aber dein Weg ist noch weit. Du hast alles in deiner Hand.«
Ich schluckte. Das mit den Vögeln musste Thet ihr gesteckt

haben, als wir vor dem Laden gewartet hatten. Trotzdem, irgendwie klang das schön. Ich sah, dass Hank weinte. Was für ein Weichei. Gut, dass er Progressive Rock liebte und nicht Heavy Metal.
»Ich wünsche Ihnen alles gute«, sagte sie Hank zum Abschied. Sie gaben sich die Hand, aber Hank war das nicht genug, er fiel ihr in den Arm, sagte immer wieder ergriffen *Danke* und ließ erst los, als Thet an seinem Arm zog. Auch Thet bedankte sich.
Ich wollte schon gehen, als die Frau sagte:«Und jetzt ist er an der Reihe.«
Und ich verstand, sie duldete keine Widerrede.

8

Wenig begeistert setzte ich mich auf den Plastikhocker. Ich fühlte mich wie in der Schule, vor mir die allmächtige Lehrerin und ich musste tun, was sie von mir wollte. Ich fixierte ihren Jadeelefanten, nannte ihr mein Geburtsdatum und überlegte, was ich eigentlich hier machte? Ich absolvierte ein lächerliches Touri-Programm, während meine Firma, mein Baby, zugrunde ging. Ich dachte an Mike und alle anderen, die mir vertrauten, die gar nicht wussten, wie bedrohlich die Krise dieses Mal war. Und Krisen hatten wir wirklich oft genug gehabt. Aber immer hatte ich es irgendwie hingekriegt, dass 3S überlebt hatte. Wenn wir wieder im Hotel waren, würde ich Mike anrufen. Er musste zumindest erfahren, dass ich in Myanmar war. Von Bhas würde ich ihm lieber nicht erzählen, ich fürchtete, er würde meine Zuversicht in dieser Hinsicht nicht teilen.

»Und nun schreiben Sie bitte Ihre drei Fragen auf«, ermutigte mich die Astrologin.

Meine drei Fragen? Die erste war klar. 'Werde ich meine Firma vor dem drohenden Konkurs retten?', schrieb ich mit fester Hand. Und dann wurde es schwierig. Mein Leben drehte sich um diese eine Sache, 3S. Jedenfalls war das das Wichtigste, seit damals, als ich Morgana verloren hatte. Ich wurde wehmütig und schob den Gedanken beiseite. Etwas einfacheres, klareres wollte ich fragen. 'Werde ich meinen alten Freund Bhas in Myanmar finden?', schrieb ich also. Feigling, dachte ich mir dabei, das war ja im Grunde noch einmal Frage eins, nur anders formuliert. Mein Unterbewusstsein schien damit nicht einverstanden zu sein, es lenkte meine Gedanken schon wieder zu Morgana. Diese ganze Reise tat mir nicht gut, sie riss alte Wunden auf, zu viel Vergangenheit auf einem Haufen, dachte ich, erst Bhas und nun auch noch Hank. Gut, dass ich das nicht lange aushalten musste. Bald würden wir Bhas treffen, ich würde die Sache mit meiner Firma regeln und ab nach Hause. Und das mit Morgana, das war lange her. Wenn meine Firma wieder lief, dann war Zeit für andere Dinge, andere Dinge wie die Liebe. Erleichtert schrieb ich: 'Wo werde ich die Liebe meines

Lebens finden?' Und unterdrückte die Angst vor einer Antwort wie: 'Du hattest sie bereits gefunden, aber nicht festgehalten.' Narr. Die konnte doch nicht wirklich hellsehen. Ich erinnerte mich an die freigelassenen Vögel. Doch bevor ich noch mehr Unsinn denken konnte, begann Jadeelefant zu sprechen.
»Ein Montagskind«, stellte sie resolut fest. »Von all den acht Tagen also ausgerechnet der Montag.«
»Acht?«, fragte ich verwirrt.
Sie zählte die sieben Wochentage auf, nur den Mittwoch zählte sie zweimal, unterteilt in Vor- und Nachmittag. Sie sprach wie zu einem Grundschüler und ich schwor mir, darauf zu achten, ihr keine weiteren Fragen zu stellen. Bestimmt bekam mein Gesicht gerade eine zarte Zornesröte. Die acht Tage Woche also. Jedem das Seine.
»Du bist manchmal sehr einsam, dabei bedeuten dir Freunde viel.« Sie schaute mir in die Augen und ich fühlte mich unwohl und schluckte. Natürlich machte mich mein Job manchmal einsam. »Du bist vor langer Zeit sehr verletzt worden, aber es ist Zeit, dass die Wunde verheilt.« Langsam kam ich zu Sinnen. Wer hatte denn im Leben nicht schon eine schlechte Erfahrung gemacht? Das waren jetzt wieder Binsen aus dem Astrologenlehrbuch. Ich dachte an Morgana. »Du musst mehr auf dich achten, was du isst, was du tust, wie lange du schläfst.«
Amen, dachte ich. Klar. Das sagte mein Arzt auch immer. Obwohl der kein Astrologe war. Den Teil hatte ich also unbeschadet überstanden.
»Deine Glückszahl ist die Acht, die Glücksblume die Lilie, deine Glücksfarbe ist weiß und dein Glücksstein ist der Diamant.«
Ich kam mit dem Schreiben kaum hinterher, auch wenn mich dieser Unsinn nicht interessierte, aber ich fand, so viel Höflichkeit musste sein.
»Und jetzt gib mir den Zettel mit deinen drei Fragen.«
Wortlos reichte ich ihn ihr. Bald war das Theater vorüber. Ich freute mich schon auf das Gefühl der Erleichterung. Ein Seitenblick auf Thet und Hank. Sie hörten konzentriert zu. Hätten sich ja auch mit sich selbst beschäftigen können. Warum war ich für sie so interessant?
Sie studierte den Zettel länger, als sie das bei Hank getan hatte, mischte die Tarotkarten, und bildete drei Stapel. »Fangen wir

mit der Firma an«, sagte sie und deckte die oberste Karte des ersten Stapels auf.
Ich zuckte zusammen. Für mich sah die Figur mit dem Totenschädel, dem schwarzen Umhang und der Sense nicht gut aus, Jadeelefant aber lächelte versöhnlich. »Du wirst einen verborgenen Schatz finden.«
»Aber«, ich zeigte instinktiv mit dem Finger auf die Karte, »das sieht nicht nach einem Schatz aus.«
»Nein, tut es nicht. Sieht aus wie der Tod, oder? Aber es bedeutet, dass ein Tod für dich einen großen Schatz freilegen wird.«
Ich schluckte. Gut, sie war die Astrologin, nicht ich. Wenn sie die Karte positiv interpretierte, sollte mir das recht sein.
»Und nun zu deinem Freund. Bhas soll das heißen, richtig?«
Ich nickte. Dabei hatte ich für meine Verhältnisse schön geschrieben.
Sie drehte die zweite Karte um, das Bild ähnelte einem Schwein oder jedenfalls einem rosafarbenen Tier, genauer konnte ich es nicht erkennen. Und auf weitere Fragen verzichtete ich lieber.
»Bevor du ihn finden kannst, musst du wissen, wen du wirklich suchst«, sagte sie mit einem mitfühlenden Gesichtsausdruck, fast ein wenig mitleidig. Als ob sie Bhas kennen würde. Ich unterdrückte meinen Ärger. Sie wusste es nicht. Und wollte es nicht zugeben. Hätte sie doch einfach ja oder nein gesagt, wäre es immerhin eine fünfzig-Prozent-Chance gewesen, richtig zu liegen. Aber so etwas. Klar, damit lag sie nicht falsch, aber mich überzeugte das nicht. Ich freute mich schon auf ihren nebulösen Kommentar zur Liebe, da hatte sie bestimmt schon etwas in petto, das kam wahrscheinlich in jeder zweiten Prophezeiung vor. Ich ärgerte mich jetzt, dass ich es ihr so einfach gemacht hatte.
Sie blickte wieder ernst, als wäre ihre Arbeit eine Wissenschaft.
»Und nun zu der wichtigsten Frage, der nach der Liebe.«
Pah, dachte ich, die wichtigste war die erste gewesen. Woher wollte sie denn wissen, was wichtig für mich wahr?
Sie drehte auch die dritte Karte um. Und die zeigte tatsächlich ein Herz. Wie sie das wohl gemacht hatte! Sie nickte mir aufmunternd zu. »Das ist schön«, sagte sie. »Du wirst deine große Liebe schon sehr bald finden. Und zwar hier, in diesem Land, in Myanmar.«

Und das fand ich irgendwie possierlich. Würde ich mich tatsächlich in eine Einheimische verlieben? Am besten gleich in Jadeelefant? Zeit, zu gehen, ich hatte genug gehört. Freundlich nickte ich ihr zu und flüsterte ein *Dankeschön*. Unterhaltsam war das ja gewesen. Auch wenn ich nicht so recht wusste, was das sollte. Alle meine Vorurteile hatte sie bestätigt. Nichts als falscher Zauber.

9

Wir standen wieder im Pagodenaufgang und es kam mir vor, als wären wir durch die Tür in eine andere Welt eingetaucht. Hier, inmitten der Menschen, der vielen Stimmen, der emsigen Händler wirkte die Ruhe des kleinen Astrologinnenzimmers unwirklich. War das gerade tatsächlich alles geschehen? Anscheinend ja, denn Hank sagte mit glänzenden Augen: »Das war eine der bewegendsten Begegnungen meines Lebens. Was für eine weise Frau.«
Ich musste ihn schon sehr schräg angeschaut haben, denn er sagte: »Fandest du das nicht? Sorry, hatte ich vergessen, du glaubst ja nur, was du anfassen kannst. Du hättest den perfekten ungläubigen Thomas abgegeben, du hättest auch erst deine Finger in die Wunden Jesu legen müssen, um zu glauben.«
»Wusste gar nicht, dass du so bibelfest bist«, antwortete ich ein wenig beleidigt, obwohl Hank natürlich recht hatte.
»Konfirmiert ist konfirmiert«, konterte er.
»Erstaunlich, dass du dann den Taschenspielertricks dieser Jahrmarktwahrsagerin glaubst.«
Hank sah mich an. Das Glänzen war aus seinen Augen verschwunden. Sah ich stattdessen Mitleid?
»Du hast dich kein bisschen verändert. Du glaubst, du stehst über den Dingen? Weißt du alles besser? Willst du die Wahrheit hören? Du bist kleingeistig. Du betrachtest die Welt mit deinem beschränkten Horizont. Dein Herz ist klein und hart. Und du lässt nichts an dich heran.«
Thet stand peinlich berührt neben uns und schwieg höflich, während ich zurückgiftete: »Und du warst schon immer ein Freak, ein Außenseiter, der alles doof fand, was andere gut fanden. Schon aus Prinzip. Du hängst an den Lippen dieser Frau, schon weil du weißt, dass ich Wahrsagerei ablehne.«
Es tat mir leid, schon in dem Moment, als ich es gesagt hatte, aber es war die Wahrheit. Hank war ein Freak, immer schon gewesen. Nur auf den Kopf zugesagt hatte ich ihm das noch nie. Macht man bei Freunden ja auch nicht. Aber waren wir das noch? Waren wir das je gewesen?

Hank schaute mich wie versteinert an. »Immerhin hätte ich dich damals gewählt«, sagte er nur und ich spürte einen Kloß im Hals. Damals. Die Schülersprecherwahl.
Ich fand den Gedanken toll, Schülersprecher zu werden. Ich hatte mir ein Programm überlegt. Vor allem wollte ich dafür kämpfen, dass der Aufenthaltsraum schöner würde, mir schwebte ein Bild für die Wand vor, Picassos Guernica. Bhas und ich hatten ganze Nachmittage darüber gesprochen. Und dann kam die Sitzung der SMV, der Schülermitverwaltung. Bhas begleitete mich zur moralischen Unterstützung. Erst wollte sich niemand als Kandidat melden. Ich hatte Bhas gebeten, mich vorzuschlagen. Doch als er anfing zu sprechen, schlug sofort jemand vor, er sollte das machen. Bhas konnte gar nicht Nein sagen, und doch war es ein Stich in mein Herz. Er machte mein Programm zu seinem. Wahrscheinlich meinte er es nett. Mir kam es wie Diebstahl vor. Natürlich wurde er gewählt. Ihm bedeutete es nichts, mir tat es unbeschreiblich weh. Aber er konnte ja nichts dafür, ich war derjenige gewesen, der zu schüchtern gewesen war, um alleine zu gehen. Er hatte sich nicht aufgedrängt. Es war wieder einmal seine unbeschreibliche Ausstrahlung gewesen.
»Ich stand ja nicht zur Wahl«, sagte ich lahm.
»Das ist doch wie damals mit dem vierten Album«, sagte Hank.
Ich dachte kurz nach. »Das war die Sache mit dem Plattenvertrag?«, riet ich.
»Genau«, sagte Hank. »'Baby James Harvest'. Das Album, bei dem alles schnell gehen musste. Und das deswegen komplett in die Hose ging. Sie hatten mit ihrem eigenen Symphonieorchester gearbeitet. Das war natürlich richtig teuer. Und dann der Flop. Und die Plattenfirma kündigte den Vertrag. Obwohl sie eine Spitzen-live-Band waren. Aber sie hatten eben keine Hits in den Charts.«
Ich kannte die Geschichte. Es war ja auch nicht dramatisch, ein Jahr später unterzeichneten sie einen neuen Vertrag bei einem anderen Label, brachten die fünfte Platte heraus, 'Everyone is everybody else', und die war auf Anhieb erfolgreicher als ihre Vorgänger. Die Platte, auf der *Child of the Universe* war.
»Aber was haben die vier Jungs gemacht? Haben sie sich gegenseitig zerfleischt?«
Ich sagte nichts, ich ahnte, worauf er hinaus wollte.

»Nein, sie haben sich vertraut, haben weitergearbeitet. Gut, sie haben auf das teure Orchester verzichtet, aber selbst Woolly, der ja vor allem mit dem Orchester gearbeitet hat, hat sich nicht quergelegt. Zusammen haben sie das durchgestanden. Sie waren eine Band.«
»Ich habe zu Bhas gestanden, habe ihm meine Stimme gegeben«, sagte ich.
»Klar, hab ich auch gemacht. Aber genauso hätte ich auch dich gewählt, wenn du dich hättest aufstellen lassen. Und natürlich hätte auch Bhas dich gewählt. Wir waren ein Team. Eine Band. Freunde.«
Ich bereute jetzt, dass ich ihm sein Erlebnis mit Jadeelefant madig gemacht hatte.
»Hast ja recht. Die Frau hatte schon was. Komm, und jetzt schaun wir uns die Pagode an.«
Ich sah Thet die Erleichterung förmlich an, dass wir augenscheinlich Frieden geschlossen hatten und es weitergehen konnte.
Aber Hank kam gerade erst in Fahrt. »Erinnerst du dich an den Auftritt auf dem Summer of Love Festival?«
Ich nickte. Ich war ja selber Schuld. Hätte ich nicht so über Jadeelefant hergezogen, hätte ich mir jetzt diesen Vortrag nicht anhören müssen.
»Du warst doch dabei? Hast doch Bass gespielt oder so?«
Was meinte er mit »oder so«? Sänger war Bhas, Gitarre Hank, dann hatten wir noch einen Drummer und einen Bassisten. Und Drummer war ich nun wirklich nicht. Er schaffte es, mich schon wieder gegen ihn aufzubringen.
»Ja, klar, ich hab damals den Bass gespielt.«
Er strahlte. »Wusste ich's doch. Ich weiß es noch, als wäre es gestern gewesen, Bühne drei, um 19:00 Uhr. Wir hatten eine Stunde und jemand hatte Bhas geflüstert, dass er im Publikum saß.«
»Er?«, fragte ich. Ich wusste nicht, worauf Hank hinaus wollte. Es war ein tolles Festival gewesen, knallheiß, ausgebucht, super Musik. Wir hatten endlos viel Spaß an den drei Tagen, nicht nur bei unserem Gig. Es war unser bis dahin größter Auftritt gewesen. Man, was war ich nervös. Obwohl ich ja nur der Bassist gewesen war. Vor der Bühne so viele Menschen. Und alle gut drauf. Meine Blicke gingen immer wieder zu der

Rothaarigen. Ja, sie sah super aus. Aber das war es nicht, die erste Reihe war voll von gutaussehenden Mädchen. So ist das nun mal bei Rockkonzerten. Es waren auch nicht ihre schulterlangen, roten Haare. Es war dieses Strahlen im Gesicht. Sie machte während unseres Auftritts mehr Show als wir vier auf der Bühne, riss alle um sie herum mit. Sang jedes Lied, keine Ahnung, woher sie die Texte kannte. Und hatte nur Augen für Bhas. Wie hieß sie noch gleich?

»Du weißt nicht, wen ich meine?«, riss mich Hank aus meinen Erinnerungen. »Na, der Agent von Chart Records. Der war im Publikum. Die hatten uns im Blick für die Vier-Städte-Tour, waren sich aber nicht sicher. Die casteten immer so vier bis fünf Bands, aber nur mit zweien gingen sie auf Tour. Um zu schauen, mit wem es sich lohnen würde, eine Platte aufzunehmen. Und der Typ stand an dem Tag im Publikum.«

»Echt?«, sagte ich nur. Das hatte ich tatsächlich nicht gewusst.

»Deswegen war ich ja so sauer auf Bhas, als er Deeper Love nicht spielen wollte. Er hat ja immer ein wenig bei dem Lied gezickt, weiß der Geier warum. Aber es war nun mal unser stärkster Song.«

»Aber wir haben das Stück doch gespielt?«, meinte ich mich zu erinnern.

»Bhas und ich sind die Songliste zu zweit durchgegangen, kurz vor dem Auftritt. Er wollte es nicht bringen. Ich hab ihn angeschrien, dass er alles kaputt macht. Er hat zurückgeschrien, dass ich davon nichts verstehe und dass es wichtigeres gibt als Musik, als Z&A und als mich. Und ich habe ihn geschubst und gesagt, dass er spinnt und dass nichts wichtiger ist als Zeuss und Apollo. Er stand auf und schubste zurück. Wir waren wie Jungs auf dem Schulhof. Wir hätten uns geschlagen, wenn in dem Moment nicht Nicky aufgetaucht wäre.«

Genau, das war ihr Name, die Rothaarige. »Nicky war backstage? Vor dem Konzert?«

»Klar, war sie bei ein paar unserer Kneipenauftritte auch schon gewesen. Sie war damals hinter Bhas her. Jedenfalls hat sie ihn überredet, das Lied zu spielen. Ohne Nicky wäre an dem Abend Schluss gewesen, mit Zeuss und Apollo, da bin ich mir ganz sicher. Sie hat die Band gerettet.«

»Wie bei Barclay James Harvest, als sie den Plattenvertrag verloren haben?«

»Irgendwie schon, oder? Wir haben uns nochmal zusammengerauft.«
»Wir haben mindestens drei Zugaben gespielt«, erinnerte ich mich.
Hanks Augen glänzten. »Und weil wir so viele Songs gar nicht hatten, haben wir Deeper Love bestimmt drei Mal an dem Abend gespielt. Und jedes Mal besser, jedes Mal gingen die besser mit.«
Ja, wir waren wie auf Drogen gewesen. Einer der schönsten Tage meines Lebens. Ich sah Nicky vor mir, sie tanzte und tanzte. Obwohl es so voll war vor der Bühne, ließen ihr die anderen diesen Platz. Und am nächsten Tag bekamen wir die Nachricht, dass wir dabei waren, bei der Vier-Tage-Tour. Das also war der Grund gewesen, warum es plötzlich geklappt hatte. Der Agent im Publikum bei unserem bis dahin besten Konzert. Es war schon eine tolle Zeit gewesen. Damals, im Sommer. Aber das war lange her und es würde nie wieder so sein. Ich brauchte Bhas. Hier und jetzt. Und sein Geld. Um meine Firma zu retten.
»Komm, lass uns gehen. Wir müssen Bhas finden«, sagte ich.

10

Bevor wir endlich die Pagode erreichten, machte Thet an einem Stand halt, an dem Blumen verkauft wurden, und erwarb für uns unsere Glücksblumen, für mich eine weiße Lilie, für Hank eine rote Rose. Und dann war es endlich so weit: Wir kauften uns Eintrittskarten und durchschritten die Sicherheitskontrollen.
Zum ersten Mal in meinem Leben sah ich eine Pagode von Nahem, kein Wunder, dass ich überrascht war. Die Pagode war keine Kirche, man konnte nicht hineingehen. Vielmehr war die Shwedagon-Pagode das Zentrum einer Anlage, die aus Dutzenden von Stupas, Tempeln und Schreinen bestand.
Doch bevor wir auch nur einen Schritt auf den weißen Marmor setzen konnten, bat uns Thet, unsere Schuhe und Strümpfe auszuziehen, den heiligen Bezirk der Pagode betrat man barfuß. Mir war nicht klar gewesen, wie heiß ein Stein werden kann, wenn er den ganzen Tag von der Sonne aufgeheizt worden war. Er wird ganz erstaunlich heiß und darum achtete ich darauf, auf hellem Marmor zu bleiben.
Wir schlossen uns dem Strom der Gläubigen an, anders als in unseren Kirchen war viel los und die Menschen hier schienen keine Touristen zu sein, jedenfalls entdeckte ich auf den ersten Blick keine europäisch anmutenden Gesichter oder besonders großgewachsene Menschen, Hank ragte fast zwei Köpfe höher in den Himmel als der durchschnittliche Burmese. Es sollte also einfach sein, Bhas zu finden, indem wir so wie alle anderen im Uhrzeigersinn um die Pagode wanderten.
Zunächst aber zeigte uns Thet einen Schrein, wahrscheinlich wusste er schon, wie unterhaltsam wir Westler es finden würden, dass dort Plastikschalen mit Fast Food geopfert worden waren und Zigaretten senkrecht vor sich hinglommen.
»Wenn die Asche nicht herunterfällt, bringt das besonders viel Glück«, erklärte Thet und ich war unschlüssig, ob ich das glauben sollte.
Wir schlenderten an kleinen Pagoden und Geldautomaten vorbei. Ich verzichtete auf die Frage, wofür man hier Geld brauchte, gespendet wurde in jeder Religion, die ich kannte. Immer wieder

kamen wir an Tempeln vorbei, die im Wesentlichen ein erhöhtes Podest mit Dach waren, unter dem sich eine Buddha-Statue befand und vor der betende Gläubige kauerten. In einem der Tempel machten wir Pause, dort war es etwas kühler als in der prallen Sonne.
»Warum übertragen sie das Bild des Buddhas auf Fernsehern?«, fragte Hank.
Tatsächlich bewegte sich da nichts und der Buddha selbst war nicht weit entfernt.
»Frauen dürfen nicht so nah dran, so haben sie zumindest die Gelegenheit, ihn gut zu sehen«, erklärte Thet. Seltsam, ich hatte den Buddhismus immer für eine sehr moderne Religion gehalten. Aber mit der Rolle der Frau hatten es wohl alle Religionen nicht so.

Mir war aufgefallen, dass uns die Einheimischen seltsam musterten. Wie exotisch mussten wir auf sie wirken, wie extrem ungewöhnlich Hank in seinem schwarzen Mantel und mit seiner riesenhaften Erscheinung! Bestimmt hielten sie ihn für das, was er so gerne sein wollte: einen Rock Star. Ausgerechnet ein Mönch traute sich als erster, uns anzusprechen. Er war jung, trug aber bereits das dunkelrote Tuch, an dem wir erkannten, dass er kein Novize mehr war. Ob ich ein Bild machen könnte, fragte er mich. Von ihm und dem schwarzen Riesen und reichte mir sein Smartphone. Natürlich stimmte ich zu, verewigte die Zwei, die beide glücklich aussahen, wie sie so vor den Pagoden standen und in die Kamera schauten.
»Hätte ich nicht gedacht, dass Mönche Smartphones haben«, sagte ich zu Thet, der neben mir stand.
»Mönche sind auch nur Menschen«, schmunzelte er. »Die Trennung zwischen Mönch und nicht Mönch ist bei uns nicht so radikal wie bei euch. Viele von uns gehen mal für eine Woche oder einen Monat ins Kloster. Ich selbst war sogar Novize, drei Jahre lang.«
»Und dann?«, fragte ich neugierig.
»Das viele Fasten war nichts für mich. Ich esse gern«, sagte Thet ohne jede Wehmut.
Mit der Frage des Mönchs, ob er ein Foto machen dürfte, war der Bann gebrochen. Eine ältere Frau tippte mir auf den Arm, sie schien in mir den Fotografen von Hank erkannt zu haben und

wies auf eine junge Frau, womöglich ihre Tochter.
»Meine beiden Tanten würden gerne einmal mit dem großen Menschen fotografiert werden«, sagte das Mädchen so bescheiden, dass wir ihr den Wunsch natürlich nicht abschlagen konnten. Die beiden rüstigen Damen waren fast drei Köpfe kleiner als Hank. Es sah so lustig aus, dass ich auch ein Foto mit meinem eigenen Handy machte. Als nächstes kamen zwei junge Mädchen, ich schätzte sie auf Anfang zwanzig. Wie fast alle Burmesen hier waren sie traditionell gekleidet, nur wenige Besucher trugen westliche Kleidung, und das stand ihnen ausgesprochen gut. Geschmeichelt stellte sich Hank in ihre Mitte.
»Sie könnten deine Töchter sein«, neckte ich ihn und spürte, wie ich vielleicht zum ersten Mal realisierte, dass ich keine Kinder hatte und dass ich vielleicht etwas im Leben verpasst hatte. Doch der schwere Gedanke verflog so schnell, wie er gekommen war: Eine Schulklasse hatte uns entdeckt und stürmte trotz der resoluten Armbewegungen zweier Damen, die wohl Lehrerinnen waren, zu uns herüber. Teenager, die sich die Chance, mit einem echten Rockstar aus dem Westen fotografiert zu werden, nicht entgehen lassen wollten. Thet hatte unser Fotoabenteuer bisher so gutmütig verfolgt, wie er die ganze Welt aufzufassen schien, aber er erkannte die Gefahr im Ansatz. Wenn wir jetzt keinen Ausweg fanden, würden wir zur Hauptattraktion des Tempels werden und hier nie wieder wegkommen.
»Tut mir leid, die Vorstellung ist schon vorbei. Er hat gleich einen Fernsehauftritt«, stellte er sich schützend vor Hank und machte uns ein Zeichen, dass wir in den nächsten Tempel verschwinden sollten, während die Kinder auf ihn einstürmten. Ich sah Hank an, dass er gerne weiter den Weltstar gespielt hätte, daher zerrte ich ihn sicherheitshalber am Arm hinter mir her. Vollgepumpt vom Glück dank der Bewunderung, die er endlich hatte erfahren dürfen, folgte er mir wie ein Schaf. So kannte ich ihn gar nicht.

»Schaut euch diesen Schrein an, der ist zu Ehren der am Freitag geborenen errichtet worden«, erklärte Thet. »Jeder Wochentag hat einen, er besteht aus einem kleinen Brunnen und einer Buddhastatue.«
»Toll«, sagte ich ein wenig missmutig, da ich noch keinerlei

Hinweis auf Bhas entdeckt hatte, doch Hank, dessen Konvertierung zum Buddhismus ich minütlich erwartete, hing an seinen Lippen.
»Ja, das ist es«, sagte Thet, ohne einen Anflug von Ironie. »Dort, hinter die Statue, steckt ihr eure Blume. Und dann nehmt ihr einen der Silberbecher und übergießt für jedes Lebensjahr den Buddha mit Wasser.«
Erschrocken sah ich ihn an und dachte an mein gesegnetes Alter, das mich für den Rest meines Lebens zum Wassergießer machen würde.
Thet grinste höflich und nicht zu breit. »Wenn man schon ein wenig älter ist, reicht es auch, für zehn Jahre einmal Wasser über den Kopf laufen zu lassen.«
»Ist das buddhistisch?«, fragte ich skeptisch. Das sah mir mehr nach gutem, altem Aberglauben aus.
»So genau nehmen wir das nicht«, sagte Thet. »Vor allem, da man sich als kleines Dankeschön für das Opfer etwas wünschen darf.« Er zwinkerte uns zu, und ich hatte keine Ahnung, was er uns damit sagen wollte. Aber nach all unseren Gesprächen, die er hatte mitanhören müssen, meinte er möglicherweise, das wäre das ultimative Mittel, Bhas endlich zu finden. Nötig hatten wir es.
»Hier ist er«, schrie Hank in diesem Moment unangenehm laut, in einer heiligen Anlage, in der es von Menschen nur so wimmelte und in der wirklich niemand schrie. Thet und ich machten uns sofort auf den Weg zu ihm, um die Situation nicht noch peinlicher werden zu lassen. Einige ältere Mönche drehten ihre Hälse in seine Richtung.
Hank stampfte von einem Bein auf das andere. »Da ist er, der Brunnen für die am Sonntag geborenen«, sagte er voller Inbrunst.
Thet ermutigte ihn, sein Opfer zu bringen.
Das ließ sich Hank nicht zweimal sagen. Schamlos nutzte er sein Kampfgewicht aus und bahnte sich seinen Weg durch eine Gruppe Burmesen, die wohl ebenfalls am Sonntag Geburtstag hatten. Erschrocken sahen sie auf, wenn sie sein Rempeln spürten, trauten sich aber angesichts seines Anblicks, seiner furchteinflößenden Größe und des absurden schwarzen Ledermantels, der nur Filmkulisse sein konnte, nicht, etwas zu sagen. Vielleicht hofften sie, sie kämen ins Kino.

Hank werkelte ungeschickt mit seiner Rose am Blumengestell herum. Erst als ein halbes Dutzend Blumen auf dem Boden lag, hatte er seine endlich befestigt. Er lachte und hielt uns seinen empor gestreckten Daumen entgegen. Ich schaute etwas seitlich und tat, als würde ich interessiert das Gebet eines Novizen studieren. Als Nächstes schnappte sich Hank einen der Silberbecher. Die anderen Gläubigen hatten inzwischen respektvoll einen Halbkreis um ihn gebildet. Das war ihr Glück. Mit Inbrunst löffelte er Wasser aus dem Becken und kippte es der Buddhafigur über den Kopf, dass es nur so spritzte. Das mit dem einen Becher pro Lebensjahrzehnt hatte er scheinbar nicht so ganz mitbekommen. Zum ersten Mal sah ich Thet mit finsterer Mine, fast schon verzweifelt schüttelte er den Kopf und winkte Hank zu, bis der ihn endlich sah und abließ. Ich hoffte nur, der Buddha hatte überlebt und war nicht an den Wassermassen erstickt. Aber es war ja nur eine Statue.
»Was ist mit dir?«, fragte mich Thet, nachdem Hank wohlbehalten zu uns zurückgekehrt war. Er klang, als hoffte er, ich würde auf das Spektakel verzichten. Aber dann hätte ich meine Lilie weiter mit mir rumtragen müssen und darauf hatte ich keine Lust. Und einen Wunsch konnte ich tatsächlich gut gebrauchen.
»Gerne«, sagte ich also und ging zum Buddha der am Montag geborenen, der bequemerweise ganz in der Nähe stand.
Ich stellte mich artig an, steckte meine Lilie geschickt in das Blumengeflecht und schöpfte Wasser in eine der Silberschalen. Langsam ließ ich das Wasser über den Scheitel der Buddhastatue fließen und formulierte in Gedanken meinen Wunsch. Ich hatte mir wünschen wollen, Bhas zu treffen, doch in dem Moment war dieser Wunsch verschwunden. Stattdessen spürte ich plötzlich einen Hass auf Hank. Warum war der überhaupt hier? Ich wollte Bhas finden, nicht auf das große Kind aufpassen. Was war das für eine blöde Aktion gewesen? Was, wenn sie uns aus der Pagode geworfen hätten und wir deswegen Bhas nicht getroffen hätten? Ich wünschte Hank zum Teufel und erschrak bei dem Gedanken. Doch es hörte nicht auf, meine Wut richtete sich nun gegen Bhas, der mich nach Myanmar gelockt hatte, sich mir aber immer noch nicht gezeigt hatte. Wie blöd war denn das, ihn in einem wildfremden Land mitten in einem Tempel zu treffen? So lange hatte er sich nicht gemeldet und

dann diese bescheuerte Aktion. Ich brauchte Geld. Gut. Das war der einzige Grund hier zu sein. Bhas war es nicht. Ich war so lange gut ohne ihn klargekommen. Auch ihn verwünschte ich, an diesem heiligen Ort der Liebe. Bhas, der mir Morgana genommen hatte. Morgana, die Bhas vorgezogen hatte. Die alten Gefühle, an die ich mich so lange nicht mehr erinnert hatte, kamen wieder hoch. Dieser Schmerz, als Morgana weg war. Erschrocken ließ ich den Becher in das Wasserbecken fallen. Bloß weg hier, warum war ich so negativ, was war nur los mit mir? Eine Sekunde lang wurde mir schwarz vor Augen, dann stand ich wieder bei Hank und Thet.

»Und, was hast du dir gewünscht?«, feixte Hank.

Ich sah ihn nur sprachlos an und bemühte mich, nicht grimmig zu gucken.

»Das darf er dir nicht sagen«, sagte Thet. »Sonst geht es nicht in Erfüllung.«

»Stimmt«, nickte Hank.

Und dann schrie er plötzlich »Da ist er.«

Ich erwachte aus meiner seltsamen Stimmung, blinzelte, drehte den Kopf wie ein Radar im Kreis, aber ich sah keinen Bhas, nicht mal einen Europäer.

»Ich seh ihn nicht«, sagte ich daher.

»Doch, doch, da«, sagte Hank immer noch zu laut und zeigte mit ausgestrecktem Arm und Zeigefinger irgendwo in die Menge. Er musste den jungen Mann mit der blonden Irokesenfrisur meinen.

»Hank. Nicht dein Ernst. Bhas trägt keinen Iro.«

»Woher weißt du das? Er hatte doch damals diese Perücke.«

Ja, die hatte er gehabt. Jetzt, wo Hank es erwähnte. Dieses unglaublich hässliche Ding, dass er bei *Aching Feet* aufsetzte, zur Begeisterung der Fans, vor allem der kleinen Rothaarigen. Hank sah es mir an. »Du erinnerst dich jetzt auch, oder?«

Ich nickte.

»Erste Station der Vier-Tagestour. Es war ein sensationeller Auftritt. Genauso gut wie auf dem Festival, aber eben nur für uns und die andere Band. Wir fühlten uns wie Stars. Ich hatte immer mal wieder zu dem Typen von der Plattenfirma geschaut, der war begeistert. Es lief alles perfekt. Wir waren auf dem direkten Weg zu den Sternen.« Sein Gesicht hatte jetzt einen verträumten Ausdruck. Aber ich erinnerte mich jetzt auch ganz

deutlich. Je besser es lief, um so schwerer allerdings wurden Bhas' Zweifel
»Wir saßen nach dem Konzert noch alle zusammen im Hotelzimmer«, begann ich. »Eine Kiste Bier hatten wir uns besorgt. Du hocktest auf dem Bett und spieltest Gitarre, wir sangen, bis Mitternacht. Du hast gespielt wie ein Verrückter. An dem Abend war Bhas bei uns, wir hatten Spaß, wir waren im Himmel. Doch am nächsten Abend, dasselbe Programm, tolles Konzert, wir waren voller Euphorie, ist Bhas nicht mitgekommen, hatte sich in seinem Zimmer eingeschlossen. Gegen elf kam er dann doch noch. Wir drei waren schon etwas angetrunken, Bhas war noch stocknüchtern. Wir ließen ihn rein, wollten mit ihm singen und feiern. Doch er bat uns zu schweigen. Er erzählte uns, was alles schlecht war an unserem Auftritt, warum es nicht reichte. Dass wir uns nur etwas vormachen würden. Seine Seele war an dem Abend schwarz. Hass, Hass auf sich selbst sprach aus ihm. Ich fühlte so einen Schmerz. Ich konnte nicht verstehen, wie man sich selbst so sehr hassen konnte.«
Hank schaute mich an, erschrocken, wir hatten seit dem nie über diese Abende gesprochen. Er nickte mir zu, raufte sich die Haare, ich sah, wie auch ihm die Erinnerung zusetzte.
»Und dann hat er diese Iro-Perücke genommen und aus dem Fenster geworfen. Ich hab nie verstanden, warum er die überhaupt dabei hatte. Er hat nie wieder eine getragen. Darum kann das da vorne nicht Bhas sein«, sagte ich.
»Stimmt«, sagte Hank.
Wir machten eine Pause.
»Bhas glaubte an dem Abend nicht, dass er gut genug war. Er zweifelte an seiner Stimme, an seinen Texten, an dem, was er komponierte, an sich. Und ärgerlicherweise auch an uns, vor allem an mir«, sagte Hank.
»Er hat auf dir so rumgehackt, weil du wichtig für die Band warst. Auf den Bassisten und den Drummer kam's ja nicht so an.«
»Ich weiß noch, du hast versucht, mich aufzumuntern«, sagte Hank schüchtern.
»Du wurdest richtig wütend, ihr habt euch gestritten bis aufs Messer. Gottseidank war keines da. Also kein Messer«, erinnerte ich mich.

»Und Malte bestärkte ihn sogar noch, da er sowieso immer an allem zweifelte und alles negativ sah. Was für ein Arschloch.«
Bhas hörte an solchen Tagen auf niemanden, es war, als erreichten wir ihn nicht, als wäre er durch eine unsichtbare, unüberwindbare Gefängnismauer von uns getrennt. Am letzten Abend war es besonders schlimm, Bhas hörte nicht auf, bis Hank ihm eine Ohrfeige gab, die ihn zu Boden warf. Bhas stand auf und ging raus, ohne ein Wort zu sagen. Wir wussten das damals nicht, aber das war das Ende von Z&A, auch wenn Hank das bis heute nicht wahrhaben wollte, so wenig, wie er das Ende an sich wahrhaben wollte. Auch wenn wir danach noch einmal zusammen gespielt haben, in Wahrheit war das das Ende.
»Es hat keinen Sinn, Bhas ist nicht hier, sonst hätten wir ihn längst gefunden«, sagte ich und Hank gab mir widerwillig recht.
»Thet, kannst du uns ein Taxi rufen?«

11

Sobald das Taxi am Hotel angekommen war, ging ich direkt zur Rezeption und musste mich beherrschen, nicht zu laufen. Wo war Bhas? Da wir ihn in der Shwedagon Pagode nicht getroffen hatten, musste er im Hotel sein. Sonst war's das. Sonst konnte ich mich direkt mit dem Rückflug beschäftigen. Es war kurz vor acht. Die sollten mir bloß nicht wieder so eine Geschichte erzählen, er wäre jetzt Tretbootfahren auf dem Kandawgyi See oder Einkaufen Downtown.

»Wolltest du Thet kein Trinkgeld geben?«, fragte Hank, der sich neben mich an die Rezeption stellte. Nun warteten wir beide auf die kleine, adrett gekleidete Angestellte, die noch einen Gast eincheckte.

»Ja«, sagte ich verlegen, denn Thet hatte ich komplett vergessen, nicht mal verabschiedet hatte ich mich. »Wie viel bekommst du?«

»Ne, ich hab kein Bargeld mehr, jetzt ist es zu spät.«

«Ach so«, sagte ich dümmlich und ärgerte mich über mich selbst. Das brachte mir jetzt bestimmt nicht gerade gutes Karma ein.

Die Kreditkarte der älteren Dame mit dem schottischen Akzent funktionierte auch beim dritten Versuch nicht. Ich wurde ungeduldig.

»Du hast kein Geld mehr? Du hast alles für die Vögel ausgegeben?«, fragte ich Hank.

»Hast du eine Ahnung, was man als Kleinkünstler verdient?«

Ich sagte nichts, wenn ich mir da Illusionen gemacht haben sollte, jetzt jedenfalls nicht mehr.

»Was kann ich für Sie tun?«, flötete die burmesische Dame. Einfach bezaubernd, ich vergaß meinen Ärger über die lange Wartezeit.

»Ich soll hier einen Freund treffen. Einen Herrn Trumpf. Hat jemand eine Nachricht für mich hinterlassen?« Ich fühlte mich, als hätte ich ein Los gezogen, risse es nun auf und würde jeden Moment sehen, ob es ein Hauptgewinn oder eine Niete war. Es gab nichts dazwischen, Bhas hatte sich gemeldet und meine

Firma war so gut wie gerettet, oder eben nicht.
Sie lächelte unentwegt und klickte sich mit der Maus durch ihre Hotelsoftware.
»Tatsächlich. Ich habe eine Nachricht für Sie. Auf dem Telefon in Ihrem Zimmer hätte eine rote Leuchte blinken müssen.«
«Ich war noch nicht auf meinem Zimmer«, erläuterte ich.
»Jedenfalls ist dieser Brief für Sie abgegeben worden«, sagte sie und reichte mir einen weißen Umschlag, auf dem nur mein Vorname stand.
»Entschuldigen Sie, sind Sie Hank?«, fragte sie Hank.
Er nickte überrascht.
»Das dachte ich mir.« Sie lächelte süß, immer noch, schon wieder, wer wusste das so genau bei den Bewohnern von Myanmar. »Diese Briefe wurden gemeinsam für Sie abgegeben. Wo Sie doch Freunde sind.« Sie reichte Hank seinen Brief.
Ich war so erleichtert. Ohne Rücksicht auf den unschuldigen Umschlag wollte ich ihn aufreißen, doch er war nicht zugeklebt, ein Bogen glitt heraus und segelte auf den Boden.
»Wir treffen uns um acht draußen in der Bar«, sagte Hank, während ich noch auf Knien nach meinem Zettel fischte. Aber so war es, mehr stand auch nicht auf meinem Brief. Um acht draußen in der Bar. Er war nicht mal unterschrieben. War das Bhas Handschrift? Er hatte immer etwas krakelig geschrieben, die Buchstaben eher auf das Papier geworfen, wie ein Künstler, wie Bhas eben. Er hatte sie selbst oft nicht richtig lesen können. Diese hier sahen aus, als habe sie jemand hastig geschrieben, aber sie waren doch ebenmäßig, ich tippte auf eine Frau. Ich schaute auf die Uhr, es war fast acht, wir würden es gleich sehen.
Ich schaute Hank an, der mir gerade einen Blick zuwarf. Ich nickte nur.
»Die Bar ist gleich links um die Ecke und dann immer geradeaus«, sagte die Rezeptionistin, die unser Gespräch verfolgt hatte.
Wir setzten uns synchron in Bewegung, wie ein altes Ehepaar.

Die Bar war spärlich besucht. An zwei Tischen saßen Gruppen, Eltern mit der erwachsenen Tochter, vier ältere Herrschaften, von deren Tisch englische Wortfetzen zu uns herüber klangen. Direkt neben der Tür saß eine junge Frau. Bhas sahen wir nicht.

Ich schaute auf die Uhr. Es war fünf nach acht. Ich blickte mich suchend um und spürte, wie sich Enttäuschung in mir breitmachte. Was für ein Spiel spielte er? Ich sah zu der Frau und sie lächelte zurück. Ich schätzte sie auf Mitte bis Ende zwanzig, das war schon länger nicht mehr meine Liga. Schlank, gut aussehend, dunkelblondes, schulterlanges Haar. Adrett gekleidet, nicht die typische Touristin, bestimmt so eine Karrierefrau, Management Consultant, schätzte ich, die sich hier mit einem Klienten verabredet hatte. Eben noch hatte ich unmenschlichen Hunger verspürt, während ich meine Müdigkeit gar nicht so sehr wahrgenommen hatte, doch der Appetit war mir vergangen, nachdem klar war, dass Bhas uns schon wieder versetzt hatte.
»Hank, ich geh ins Bett. Ich bin wirklich müde.«
»Warte mal«, sagte Hank und drehte sich zu der Frau, die aufgestanden war und auf uns zukam. Auf beliebiges Hotel-Socializing hatte ich jetzt überhaupt keine Lust, egal wie attraktiv, sympathisch oder smart die Frau auch aussah. Dazu war ich zu müde und zu enttäuscht. Aber es wäre wohl unhöflich gewesen, jetzt zu gehen.
»Ich hatte Ihnen eine Message hinterlegt, schön dass es geklappt hat«, sagte sie ohne Umschweife.
Ich schluckte. »Sie waren das? Ich dachte, die käme von Bhas.« Das war mir so rausgerutscht. Ich hätte sie erst mal erzählen lassen sollen.
»Mein Name ist Alina. Ich bin seine Assistentin. Es tut ihm furchtbar leid, er hätte Sie beide so gern hier und heute wiedergesehen. Aber es ging nicht, er musste abreisen.«
»What the F....«, stoppte Hank sich gerade noch rechtzeitig und Alina lächelte.
»Das ist überaus unerfreulich«, begann ich. »Ich müsste Bhas in einer sehr wichtigen Sache sehr kurzfristig persönlich sprechen.« Ich fiel in meinen Business-Jargon, es erschien mir angemessen.
»Ich verstehe das und wie gesagt, Bhas hätte Sie sehr gerne heute Abend getroffen. Aber ich habe gute Neuigkeiten für Sie. Wir treffen ihn morgen.«
Gut, eine Nacht war nicht wirklich das Problem. Er kostete mich zwar den letzten Nerv, aber im Grunde kam es auf den einen Tag nicht an.

»Er kommt zurück ins Hotel? Wann?«
»Nein, nicht hierher. Wir treffen ihn in Mandalay. Ich habe bereits Flüge für uns drei für morgen früh gebucht.«

12

»Er hat unsere Reunion platzen lassen«, sagte Hank so laut, dass sich die älteren Engländer am Nachbartisch irritiert zu uns umdrehten. »Dabei hatte er mich doch extra deswegen eingeladen. Dachte ich jedenfalls. Hat es sich wahrscheinlich anders überlegt, hat wahrscheinlich wieder den Blues. Er hat sich in all den Jahren überhaupt nicht verändert.« Hank fluchte unverständlich vor sich hin.

Ich stand hilflos daneben und nickte.

»Ich bin auch selber schuld, dass ich nochmal auf ihn reingefallen bin.« Dabei grinste er so boshaft, dass ich eine Gänsehaut bekam und mir lieber nicht vorstellen wollte, was Hank sich gerade dachte. Alina ließ die Situation an sich abprallen. Nachdem Hank Dampf abgelassen hatte, ließ er sich kraftlos auf einen Stuhl neben Alina fallen.

»Nicht platzen lassen, nur verschoben«, sagte sie und sie überredete uns, noch zu bleiben. Mein Hunger war zurück, deswegen hatte sie bei mir leichtes Spiel. Und Hanks Widerstand war mit dem Ende seiner Wutrede in sich zusammengefallen. Sie bestellte Mai Thai für alle, ohne uns auch nur zu fragen. Der war mir schon immer zu süß gewesen.

»Ich liebes dieses Land. Waren Sie schon einmal in Myanmar?«, versuchte Alina sich an Small Talk. Hank hatte seinen Mai Thai bereits geleert und saugte mit dem Strohhalm die letzten Reste vom Boden.

»Noch einen?«, fragte sie.

»Gerne«, sagte er.

Wir bestellten das Essen, sie wählte Pad Thai, ich entschied mich für ein rotes Curry und betete, dass die vielen westlichen Gäste, die hier übernachteten, für eine verträgliche Schärfe sorgen würden, Hank nahm Satay-Spieße mit Pommes. Gab ja auch kein Happy Meal, dachte ich verächtlich.

Von der Bar-Terrasse aus überblickten wir die weitläufige Poolanlage des Hotels. Der Pool konnte sich nicht entscheiden, ob er zum Schwimmen einladen wollte oder eher ein Zierteich war, mit kleinen Statuen am Rand, einer Brücke, die über ihn

führte, einem angedeuteten Wasserfall. Schon schön. Es herrschte lebhaftes Treiben, irgendetwas wurde dort gefeiert, ich zählte ein Dutzend runder Tische mit jeweils mindestens zehn Gästen, eine große Gesellschaft. Noch liefen sie wie Ameisen durcheinander, festlich gekleidet.
»Ich muss mal für kleine Königstiger«, sagte Hank und ich zuckte zusammen, als ich diesen peinlichen Achtziger-Jahre-Spruch hörte. Er ließ mich allein mit Alina zurück. Einen Moment herrschte gespanntes Schweigen.
Dann beugte sie sich konspirativ vor und sagte: »Bhas hat mich gebeten, Ihnen auszurichten, Sie mögen sich in Acht nehmen.«
Ich schaute sie fragend an.
»Vor Hank. Er führe Böses im Schilde.«
Ich nickte. Was für eine Formulierung. Etwas Böses im Schilde führen. Hank war doch kein Ritter. Bhas konnte so blumig sein und gleichzeitig so abgedroschen, dass man sich dafür geschämt hätte, wenn es nicht Bhas gewesen wäre. Aber bei ihm klang alles gut, bei ihm passte es.
»Meinen Sie?«, fragte ich nur.
Sie zuckte die Schultern. »Ich bin nur der Bote.«
Hank war zweifellos verrückt, vielleicht konnte er gefährlich sein, ich erinnerte mich an seinen spontanen Wutausbruch. Aber böse? Der Mann, der mit seinem letzten Geld hunderten von Vögeln die Freiheit geschenkt hatte?
Hank kam zeitgleich mit dem Kellner, der das Essen brachte. Das Curry war perfekt, pikant, aber nicht zu scharf, Alinas Pad Thai sah genauso aus, wie ich es aus meinem Lieblings-Thai Restaurant kannte und Hank lobte seine Spieße. Nur über die Pommes frites schimpfte er ausführlich.
Es war ein herrlicher Abend, inzwischen war es dunkel geworden und angenehm kühl, am Horizont leuchtete die goldene Kuppel der Pagode.
»Da ist eine Hochzeitsgesellschaft«, sagte Hank und zeigte aufgeregt auf das Hochzeitspaar. Tatsächlich, sie gingen über die Poolbrücke, hinter ihnen ein halbes Dutzend Brautjungfern, aufwendiger gekleidet als so manche Braut.
»Los, das schauen wir uns aus der Nähe an«, sagte er. Er war bereits aufgestanden und ging zur Brüstung.
Ich schaute in die Ferne. Aus den Augenwinkeln sah ich, wie Alina seinen Strohhalm nahm und ihn in ihrer Louis Vuitton

Handtasche verschwinden ließ. Was war das denn für ein Spleen? War sie am Ende so ein verrückter Fan? Konnte es denn überhaupt sein, dass jemand wie Hank Fans hatte? Und würden sie dann so aussehen wie die Assistentin von Bhas? Oder ging es ihr um eine Speichelprobe? Wollte sie an seine DNA? Wofür sollte das gut sein? Wurde er eines Verbrechens verdächtigt? Ich vergewisserte mich, dass mein Strohhalm noch da war. War er, aber ich war ja auch bloß Unternehmer, kein verarmter Kleinkünstler.

Alina blickte sich um, beruhigt, dass scheinbar niemand gesehen hatte, was sie getan hatte und folgte Hank. Ich blieb sitzen und hing meinen Gedanken nach. Hochzeiten machten mich immer so melancholisch. Ich dachte an Morgana.

Susanne Wieland wurde in einem Theaterstück in der Zwölften zu unserer Göttin Morgana. Sie war schon immer schön gewesen, wir alle hatten sie schon immer geliebt. Schöne Mädchen gab es einige, und auch die hatten ihre Fanclubs. Aber als Morgana ließ sie alle anderen hinter sich. Von dem Tag an sahen wir sie mit anderen Augen. Es war nicht nur dieses schlichte und doch so elegante frühmittelalterliche Edelfrauen-Kostüm und die Schminke, die sie so erwachsen und entrückt schön aussehen ließ. Auf der Bühne entwickelte sie zum ersten Mal diese Aura. Manchmal bekam ich eine Gänsehaut, wenn sie mich nur ansah, von der Seite, mit diesem Augenaufschlag, als ob sie durch mich hindurchsehen würde. Nicht so, als ob ich Luft war, mehr so, als ob sie mein wahres Ich hinter mir stehen sah, mein Ich, das sogar mir selbst verborgen blieb. Und darum nannten wir sie von da an Morgana. Ein Name, so geheimnisvoll wie die Aura, die sie an manchen Tagen umgab. Und darum glaubte ich, sie wäre für mich so unerreichbar wie eine Schauspielerin, ein Star. Und doch, da war etwas zwischen uns, etwas Unbestimmtes, das mir Hoffnung machte.

Der Tag, als sie mich zum ersten Mal ansah, ich meine, mich wirklich ansah, war der schönste Tag in meinem Leben, schöner noch sogar als der, als wir uns zum ersten Mal küssten. Ich meine, das mit dem Kuss, das war folgerichtig, das war gar nicht mehr so unwahrscheinlich, das hatte ich erhofft, ich hatte ihm entgegengefiebert. Aber dass sie mich wahrnahm, damit konnte ich nicht rechnen, das kam aus dem Nichts. Auch wenn

wir zu der Zeit viel zusammen waren, hätte ich nie gedacht, dass sie mehr als einen pickeligen Mitschüler in mir sehen könnte. Für Morgana und mich wäre so eine Hochzeit zu klein gewesen, für sie hätten es Elefanten und Tiger sein müssen. Obwohl, Elefanten hätte die Brücke über den Pool nicht ausgehalten.
Hank und Alina kamen zurück, ich erwachte aus meinen Gedanken, Alina sagte etwas zu Hank, er schaute sie fragend an, zeigte in meine Richtung, sie nickte ihm zu. Bhas, mein Bhas, hattest du ihr auch eine Botschaft für Hank über mich mitgegeben? Was hast du nur mit uns vor?

13

Unser Flug sollte um 7:00 abheben, deswegen wurden wir bereits um 4:30 geweckt. So ungefähr stellte ich mir Folter in einem Gefangenenlager vor, tiefer konnte Tiefschlaf nicht sein als der, aus dem ich vom Weckruf gerissen wurde. Aber mit wenig Schlaf kannte ich mich aus, es erinnerte mich an die hektischen Entwicklungsphasen, kurz bevor wir eine neue Version unserer Software fertig hatten. Eine heiße Dusche half aus dem Gröbsten heraus, alles weitere würde ich meinem Freund, dem Koffein überlassen, ich musste nur irgendwie nach unten kommen.

An der Rezeption traf ich auf zwei Zombies, wobei Hank ja sowieso immer blass aussah und Alina sich das blühende Leben ins Gesicht geschminkt hatte. Keine Ahnung, wie es darunter aussah, ihren kaum geöffneten Augen und dem gezwungenen Lächeln nach zu urteilen wahrscheinlich so ähnlich wie bei mir, nur ein paar Jahrzehnte jünger und mit weniger Falten.

»Darf ich Ihnen einen Kaffee anbieten?«, fragte der nette Mann vom Hotel, während ich bereits an der Kapselmaschine hantierte. Hank und Alina waren scheinbar sogar für Kaffee zu müde, ich hingegen war versucht, gleich einen zweiten hinterherzutrinken. Ich fühlte, wie Kraft und Energie zu mir zurückkehrten, so sehr, dass ich sogar den krümeligen Kuchen und das Gummicroissant aus dem Breakfast Paket verspeiste. Dem Gesichtsausdruck meiner Mitreisenden nach kein sehr erhebender Anblick. Immerhin verzichtete ich auf den Apfel und die Mandarine, das war mir zu viel Säure am frühen Morgen.

Um Viertel nach fünf kam das vorbestellte Taxi an. Hank und Alina unterhielten sich leise über Buddhismus, sie schienen sich gut zu verstehen, das machte mich ein bisschen neidisch. Oder eifersüchtig?

Der Taxifahrer trug ein olivgrünes Tarnhemd, stellte sich auf Englisch vor und hörte nicht wieder auf zu reden, jedoch mit einem derart starken Akzent, dass ich nur hin und wieder ein Wort verstand. 'Schnell' zum Beispiel sagte er mehr als einmal, das schien eine Art Lebensmotto zu sein. Denn er beschleunigte

das Fahrzeug, dessen Hersteller ich nicht erkennen konnte und dessen Baujahr ich auf ein Zeitalter vor meiner Geburt datierte, nach jedem Ampelstopp in einer Weise, die keinen Zweifel daran ließ, dass es ihm ernst war. Sehr ernst, den Flieger zu erwischen. Das Hotel hatte uns geraten, für den Weg zum Flughafen eine Stunde einzurechnen. Ich hatte mich schon gewundert, dass es in Yangon zu nachtschlafender Zeit ausgeprägte Staus geben sollte. Die gab es auch nicht und damit freie Fahrt für unseren Piloten. Alina hielt sich krampfhaft am Haltegriff fest. Hank, der auf dem Beifahrersitz saß, sah ich nur von hinten, aber ich hätte wetten können, dass sein weißes Gesicht jetzt noch weißer aussah. Gelegentlich erhaschte ich einen Blick auf ein Straßenschild, das die Geschwindigkeitsbegrenzung anzeigte. Scheinbar sah unser Fahrer das eher als Richtgeschwindigkeit. Ich wusste, er war der beste und schnellste, als er einen der Kreisel souverän abkürzte, indem er ihn gegen die Fahrtrichtung nach links durchfuhr. Zu seiner Verteidigung muss man sagen, dass die Straßen um diese Zeit tatsächlich menschenleer waren und er in dem Moment eine kleine Erzählpause einlegte. Mit quietschenden Bremsen kamen wir vor dem Domestic Terminal zum Stehen, er hatte nur die halbe Zeit gebraucht. Stolz lächelte er uns an und ich dankte ihm und lobte überschwänglich seinen Fahrstil, so erleichtert war ich, heil angekommen zu sein.
»Ich könnte Sie auch in vier Stunden nach Mandalay fahren«, bot er, in überraschend klarem Englisch an. Ich winkte lachend ab und tat so, als hätte ich ihn nicht verstanden.
Er nannte Hank den Fahrpreis, eine lächerlich geringe Summe, doch Hank hatte ja sein gesamtes Vermögen in sein Karma investiert.
»Alina?«, fragte er nach hinten.
»Ja?«, fragte sie irritiert zurück. Natürlich hätte ich souverän einen Geldschein rüberreichen können, aber Bhas hatte uns das eingebrockt, sollte doch seine Assistentin das auslöffeln. Sie hatte ja auch die Tickets bezahlt.
»Er ist pleite. Zahlen Sie doch«, sagte ich—ich weiß, nicht gerade galant—und verließ das Auto. Auch Hank stieg aus und ich erhaschte noch einen kurzen Blick auf Alinas ziemlich überraschtes Gesicht. Wir warteten direkt hinter dem Eingang des Terminals. Sie kam mit versteinertem Gesicht, würdigte uns

keines Blickes und wir folgten ihr mit hängenden Köpfen. Bhas hin oder her, wir spürten instinktiv, dass das nicht nett gewesen war.

Das Terminal war wirklich klein, es erinnerte mich an den Flughafen Paderborn, und wir hatten dank unseres Taxi-Helden noch jede Menge Zeit. Viel Zerstreuung bot der Flughafen nicht, ich kaufte Hank und mir einen Tee, Alina lehnte dankend ab und versenkte sich schmollend in ein Buch. Sie las auf dem eReader, so konnte ich nicht sehen, was es war. Wahrscheinlich ging es darum, wie man schlechtes Benehmen älterer Herren rächte.

Trotz Kaffee und Tee war ich völlig übernächtigt. Hätte ich mich auf eine der Wartebänke gesetzt, ich wäre sofort eingeschlafen, so wie Hank, der mit seinem schluckaufartigen Schnarchen die anderen Wartenden unterhielt und Alina dazu bewogen hatte, sich eine Reihe weiter zu setzen, um niemanden auf die Idee zu bringen, sie hätte mit dem seltsamen Mann mit dem schwarzen Ledermantel etwas zu tun.

Ich schlenderte durch die Halle und studierte die Werbung, deren burmesische Schriftzeichen ich natürlich nicht lesen konnte. An einem Plakat blieb ich hängen. Es warb für ein Theaterstück, etwas von Shakespeare. Ich hatte Theater einmal geliebt. Doch seit jener Aufführung war ich nie wieder im Theater gewesen. Damals in der zwölften.

Es war meine Idee gewesen, in die Theater AG zu gehen, Bhas war mitgekommen, wir machten ja fast alles zusammen. Und dann lief es, wie es immer lief. Als die Rollen verteilt wurden, spielte er den König Artus, ich war die Zweitbesetzung. Und Susanne spielte die weibliche Hauptrolle, die Morgana. Sie waren wunderbar. Morgana hat mit ihm Spielchen gespielt. Jedenfalls hat sie es versucht. Alle waren verrückt nach ihr, nur Bhas nicht. Sie reizte ihn, er ging nicht darauf ein. Das wiederum hat sie rasend gemacht, glaube ich jedenfalls. Und dann ist Bhas von heute auf morgen ausgestiegen. Es war ein Drama, er war wirklich gut, die Proben waren jedes Mal vor viel Publikum, die Aula war gefüllt, der Applaus lauter als bei so mancher Aufführung. Und dann schmiss Bhas hin. Er kam einfach nicht mehr zu den Proben, hat nicht mal nach einer Ausrede gesucht.

Das war meine Chance. Und ich habe mir verdammt viel Mühe

gegeben. Ich musste viel nachholen, Morgana und ich haben oft zusammen geprobt, nur wir zwei und Fässchen, der Lehrer, der die Theater AG betreut hat. Fässchen wegen Fassbinder, den er verehrt hat. War ne Komplettniete, wir haben gemacht, was wir wollten. Wenn er sich eingemischt hat, haben wir das Gegenteil von dem gemacht, was er gesagt hat, das war dann meist ziemlich gut.
Morgana hatte einen Hass auf Bhas, denn Fässchen war drauf und dran, die Aufführung ganz abzusagen. Deswegen war es ihr so wichtig, dass ich das hinbekam. Deswegen hat sie all die Zeit mit mir verbracht.
»Na, mein Freund, in Gedanken?«
Ich hatte Hank nicht kommen sehen.
»Ich dachte gerade an die Schulaufführung«, ich zeigte ihm das Plakat. »Hast du nicht damals auch mitgespielt?«
»Oh ja«, er lächelte. »Ich war Mordred, der Sohn von Morgana, der Feind von Arthur. Was für eine Rolle. Wäre ich nicht Musiker geworden, ich hätte es auch als Schauspieler weit gebracht.«
Wie passend, dachte ich, der dunkle Ritter Mordred. Was immer Hank anfasste, er war der Typ in Schwarz.
»War das nicht der Anfang der Sache zwischen Morgana und dir?«, fragte er.
Ja, das war der Anfang dieser Sache, wie er das nannte. Ich nickte. Jede Berührung von ihr war wie ein Stromstoß gewesen, es gab genau drei davon in dem Stück, einmal fuhr sie sogar mit ihren Händen durch meine Haare.
»Aber dann war es doch Bhas, der den Arthur gespielt hat?«, fragte Hank arglos weiter.
»Ja«, sagte ich, »Bhas war ausgestiegen, aber der Spuk dauerte nur drei Tage. Am Tag vor der Premiere kam Bhas wieder zu den Proben, so als wäre nichts geschehen. Und er war eben Bhas und er bekam die Rolle zurück.«
»Das Stück war ein grandioser Erfolg«, sagte Hank.
»Ja, das war es«, sagte ich. Aber die drei Tage mit Morgana konnte mir niemand mehr nehmen, es war gar nicht so wichtig, dass ich den Arthur doch nicht spielen durfte. »Am Tag nach der Aufführung hat sie mich gefragt, ob wir nicht mal zusammen ins Kino wollen, es liefe eine Verfilmung vom Sommernachtstraum. Und damit fing es an.«
»Da sind Sie ja«, sagte Alina mit kalter Stimme. »Hören Sie

nicht die Durchsage? Das Boarding hat begonnen.«

14

Ich saß neben Hank in der kleinen ATR 72, Alina auf der anderen Seite des Ganges. Der Sitz neben ihr war leer, wie auch sonst fast das ganze Flugzeug, ich zählte nicht mehr als zehn, vielleicht fünfzehn Passagiere.

»Eine Propellermaschine?«, fragte mich Hank nun schon zum zweiten Mal. »Meinen die das ernst? Haben die das zwanzigste Jahrhundert verpasst?«, quengelte er weiter, wohl weil ich nichts sagte. Ich hatte erwogen, ihm zu erläutern, dass das europäische Maschinen von hoher Qualität waren, die überall auf der Welt, auch in Deutschland, auf Regionalstrecken zum Einsatz kamen und dass Turboprop-Antriebe besonders energiesparend und somit umweltschonend waren, aber ich sah die Panik in seinem Gesicht und wusste, er hatte einfach nur Flugangst, die sich durch sachliche Argumente nicht vertreiben ließ.

»Die Maschine ist sicher, keine Angst«, tat ich meine Pflicht. Und verschwieg ihm wenigstens, dass die kleineren Flughäfen in Myanmar nicht unbedingt über all die Sicherheitseinrichtungen verfügten, wie wir sie in Europa hatten. Automatischer Landeanflug bei schlechtem Wetter und stark eingeschränkter Sicht? Eher nicht, da hatte ich mich im Internet kundig gemacht. Darum wurde hier auch nur tagsüber bei Licht geflogen und wenn der Wetterbericht Pessimismus streute, kam es eben zu Verspätungen. Aber dann hätte sich mein möchtegern Rockstar wahrscheinlich den ganzen Flug über an meinem Arm geklammert und darauf hatte ich nun wirklich keine Lust. Außerdem war ich mir nicht ganz sicher, ob das auch für Mandalay galt, immerhin Myanmars zweitgrößter Airport nach Yangon. Und all die anderen würden wir ja zum Glück niemals kennenlernen.

»Ich bin sicher, die stürzen hier öfter ab als sonstwo auf der Welt.«

»Glaub ich nicht.«

Endlich hoben wir ab. Ich hatte gedacht, wenn wir erst mal in der Luft wären und Hank erlebte, wie ruhig und sicher sich der

Flug anfühlte, würde es schon besser werden. Wurde es aber nicht, denn der Flug war nicht ruhig. Schon beim Start krallte er die Hände krampfartig um die Lehne, zehn Minuten später wackelte der Flieger ein wenig und Hank stöhnte auf. Gleich darauf wackelte er stärker und Hank kramte fieberhaft nach dem kleinen Pappbeutel in der Tasche vor ihm und ich betete, dass uns dessen Benutzung erspart bleiben würde.
Eine überaus freundliche Stewardess bot uns Wasser an.
»Ich bräuchte einen Whiskey«, sagte Hank. Sie erklärte ihm immer noch überaus freundlich, dass sie nichts Hochprozentiges an Bord hatten. Hank erklärte deutlich weniger freundlich, dass er aber genau das jetzt dringend bräuchte, etwas Hochprozentiges, weil diese Mist-Fluglinie solche kleinen, klapprigen Propellermaschinen flog. Die Flugbegleiterin lächelte immer noch freundlich, entschuldigte sich und widmete sich dem nächsten Gast, drei Reihen weiter vorne. Ich schielte zu Alina, die diese unangenehme Szene irritiert verfolgt hatte.
»Der weise Mann baut vor«, nuschelte Hank, pfriemelte an der Innentasche seines Mantels herum und zog ein Fläschchen hervor, wie man sie aus Hotel Mini-Bars kannte. Wie zum Teufel hatte er die durch die Sicherheitskontrolle bekommen? Nun gut, wenns half, dachte ich mir und sah fasziniert, wie er es in einem Zug leerte.
Wieder wackelte es. Mal schauen, ob der Whiskey geholfen hatte. Scheinbar nicht, denn er zog das nächste Fläschchen hervor und ich begann meine Meinung über den Nutzen von Ledermänteln in heißen Ländern zu überdenken. Dieses Mal war es wohl wirklich Whiskey, wenn ich den Schriftzug richtig erkannt hatte, und wieder leerte er die Flasche in einem Zug. Es zog mir die Mundschleimhaut zusammen, wenn ich nur daran dachte, wie das brennen musste.
»So, jetzt gehts mir schon ...«
Ich vermutete, Hank wollte 'besser' sagen, aber in dem Moment rutschte die ATR in ein Luftloch, gefühlte fünf Meter tief und wir hingen in den Gurten. Hanks letztes Wort klang mehr wie »ässör« oder so und ich empfand erstmals so etwas wie Mitleid. Ich flog beruflich viel und wusste, dass kleine Turbulenzen häufig vorkamen und nicht schlimm waren und daher machten sie mir nichts aus. Alina war, soweit ich das über den Gang sehen konnte, auch ein wenig blass geworden, trug es aber mit

Fassung. Hank bekämpfte die neue Herausforderung mit einer dritten Flasche und ich betete still, dass er nicht die ganze Bar in seinem Mantel untergebracht hatte. Es war so schon schlimm genug. Er vertrug weniger, als ich gedacht hatte, wahrscheinlich einfach deswegen, weil er sich nicht so viel Schnaps leisten konnte, wie er gerne trinken würde.
Offensichtlich war sein Vorrat nun erschöpft, denn er rief durch das ganze Flugzeug: »Hey, Saftschubse, ich brauch mehr Whiskey«
Jetzt wurde es wirklich peinlich. Natürlich reagierte sie nicht, denn er hatte auf deutsch geschrien. Um seinen Worten Nachdruck zu verleihen, schmiss er eine leere Flasche nach vorne. Das ging dann doch entschieden zu weit und ich nahm ihm die anderen beiden, die er vor sich in die Zeitungstasche des Sitzes gesteckt hatte, weg.
»Auch gut«, nuschelte er und öffnete den Gurt, obwohl seit dem Luftloch das Anschnallzeichen leuchtete. Auf halbem Weg kam ihm die Stewardess entgegen, um ihn zu bitten, sich wieder hinzusetzen.
»Ich will sofort deinen Chef sprechen, Schätzchen, der hat bestimmt ne Flasche dabei«, röhrte er.
Ich löste meinen Gurt, ebenso wie Alina, und mit vereinten Kräften gelang es uns dreien, ihn zum Sitz zurück zu bugsieren. Dieses Mal schnallten wir ihn auf dem am Fenster fest, sodass er an mir vorbei musste, falls er noch mal vorhaben sollte, den Captain zu überfallen. Alinas Blick sprach Bände. Zweifellos fragte sie sich, warum um alles in der Welt ihr Chef sich mit diesen Pennern und Alkoholikern treffen wollte. Ich konnte ihre Abscheu in dem Moment verstehen.
Der weitere Flug verlief erfreulich ruhig. Zum einen gab es keine weiteren Turbulenzen, zum anderen war Hank fast sofort auf seinem Sitz eingeschlafen. Gelangweilt kramte ich die 'Do's and Don'ts' Broschüre aus meinem kleinen Rucksack. Vielleicht würde sie mir doch noch von Nutzen sein. Sie enthielt dreißig Verhaltensregeln, ich las sie alle durch, Zeit genug hatte ich ja.

Der Flughafen von Mandalay war überschaubar, schnell waren wir durch die Ankunftskontrolle und bekamen unser Gepäck. Wir nahmen ein Taxi, das Alina ohne zu zögern und ohne zu fragen, bezahlte. Wenig später erreichten wir das Mama Guesthouse.

Ich hatte mit einem weiteren Fünf-Sterne-Hotel gerechnet, nicht mit so einer bescheidenen Unterkunft.
»Sicher, dass Bhas hier ist?«, fragte ich Alina. Aber der Flug hatte ihre Meinung über uns wohl nicht nachhaltig verbessert, sie antwortete kurz angebunden mit ja.
Unsere Gastgeber waren mehr als freundlich, die Zimmer nicht luxuriös, aber sauber und mit Klimaanlage, und das Mittagessen, das wir im Freien im Hof einnahmen, gut. Wir wählten Bratnudeln, Hühnchencurry und Frühlingsrollen und Hank lobte die hausgemachten Pommes über den grünen Klee. Er machte auch nur noch einen leicht angetrunkenen Eindruck.
»Mandalay kenne ich aus dem Lied von Robbie Williams«, sagte ich zu Alina, um das Gespräch wieder in Gang zu bringen.
»Road to Mandalay«, sagte sie, »das ist eigentlich ein Gedicht von Kipling«.
»Ist das der mit dem Dschungelbuch?«, kurbelte ich den Dialog eloquent an.
»Ja«, sagte sie.
»Wann treffen wir denn Bhas?«, fragte ich.
»Ich frag mal unsere Gastgeber«, sagte sie.
Ich nippte an meinem Wasser. Es war schön hier. Das Leben war schön. Alles würde gut werden. Und ich hatte keine Ahnung, woher meine Zuversicht kam.
Und dann kehrte Alina zurück, unseren Herbergsvater im Schlepptau.
»Herr Trumpf ist zu einer Pagode aufgebrochen«, sagt er.
Nicht schon wieder, dachte ich. Hank sass neben mir und grinste dümmlich, ich war mir unsicher, ob er die Tragweite der Aussage verstand.
»Wann kommt er zurück?«, fragte ich.
»Weiß er nicht. Aber er hat einen Vorschlag für uns«, sagte Alina.
Ich war nicht bereit, meine gute Stimmung aufzugeben und dachte stattdessen drei mal sehr nachdrücklich: Alles ist gut.
»Meine Tochter Lwin arbeitet als Guide. Sie ist wirklich gut. Lwin heißt herausragend.« Er lächelte. »Sie hat zufälligerweise heute Nachmittag Zeit. Sie könnte Sie zu der Pagode bringen.«
»Ist doch eine super Idee?«, fragte Alina. Ich nahm ihr das 'super' nicht ansatzweise ab.
»Ja, finde ich auch«, sagte ich trotzdem, denn hier zu sitzen und

zu warten, das würde ich nicht aushalten.
»Eine gute Entscheidung«, lobte uns unser Gastgeber und kehrte zurück in sein Büro, um uns seine Tochter zu schicken.
Sie kam nur wenige Minuten später. Sie war kleiner als Alina und westlich gekleidet. Ich begrüßte sie in der Landessprache mit 'Mingalaba', das war Tipp eins im Touristenführer gewesen. Sie freute sich, begrüßte uns fast akzentfrei auf Englisch und erklärte uns, dass sie ein paar Semester in England studiert habe.
»Und Sie wollen also die Schönheiten Mandalays kennenlernen?«, fragte sie. Offenbar hatte sie niemand über den Zweck unserer Reise aufgeklärt.
»Wir suchen einen Freund, Bhas. Er ist zu der Pagode gefahren, können Sie uns da hinbringen?«, erklärte ich ihr.
Sie schaute verwirrt. »Wie meinen Sie das, er ist zu der Pagode gefahren?«
»Na Sie wissen schon, dieses buddhistische Gebäude.« Ich versuchte mit zwei Händen ihre Form darzustellen.
Sie sah mich an wie ein dreijähriges Kind. »Ich weiß, was eine Pagode ist. Aber wir haben ein kleines Problem: Wir haben mehr als eine Pagode in Mandalay, es gibt hier hunderte.«

15

»Das kann doch nicht so schwer sein«, raunzte ich. »Die sind doch nicht alle gleich wichtig. In Deutschland gibt es auch hunderte, wenn nicht tausende von Kirchen, aber nur einen Kölner Dom.«

»Was genau ist der Kölner Dom?«, fragte Lwin. Gut, sie hatte in London studiert, nicht in Deutschland.

»Unsere berühmteste Pagode«, erklärte ich ihr kurz angebunden. »Und wie heißt die berühmteste Pagode in Mandalay? Also quasi die Shwedagon von Mandalay?«

»Ich verstehe, worauf Sie hinauswollen«, sagte die herausragende Reiseführerin. »Fahren wir also zur Mahamuni-Pagode.«

Dieses Mal brauchten wir kein Taxi, denn Lwins Bruder fuhr uns, der leider kein Wort englisch sprach. Das Familienbudget hatte wohl nur für ein Auslandsstudium gereicht. Dafür fuhr er ein geräumiges Fahrzeug japanischer Produktion mit funktionierender Klimaanlage.

»Sagen Sie, Lwin, eins verstehe ich nicht. Fast alle Autos hier haben das Steuerrad auf der rechten Seite, obwohl in Myanmar doch Rechtsverkehr herrscht?«, fragte Alina. Eine gute Frage, das war mir auch schon aufgefallen und ich konnte mir keinen Reim darauf machen. Es war an sich schon merkwürdig, dass sie hier rechts fuhren, anders als in fast allen anderen asiatischen Ländern, noch dazu wo sie doch englische Kolonie gewesen waren.

»Das war 1970. Unser damaliger Staatschef Ne Win hatte einen Traum, in dem er von einem linksfahrenden Auto überfahren wurde. Er wachte schweißgebadet auf und verfügte umgehend, dass auf Rechtsverkehr umgestellt würde. Und so geschah es auch.«

»Aber warum dann heute noch das Steuerrad rechts? Das ist fast ein halbes Jahrhundert her«, warf ich ein.

»Myanmar ist ein armes Land. Die meisten Autos hier sind Gebrauchtwagen, die wir aus Japan importieren. Und die fahren nun mal auf der linken Straßenseite.«

Das jedenfalls leuchtete uns ein.
Und schon waren wir am Ziel, die Fahrt hatte keine halbe Stunde gedauert.
Verglichen mit der Shwedagon Pagode erschien mir alles eine Nummer kleiner. Um so besser, so würden wir Bhas leichter finden.
Lwin ging zielstrebig in Richtung des Heiligtums, wir folgten ihr, hatten unsere Blicke allerdings überall, immer auf der Suche nach dem einen Gesicht. Auch hier gab es auffallend wenige Ausländer und immer noch keinen Bhas. Wir erreichten eine Buddha Statue, die in einem abgetrennten Raum stand. Durch eine Art Fenster konnten wir sie teilweise sehen. Und auf Fernsehern, die vor der Wand standen und auf die ihr Bild übertragen wurde. Lwin kniete sich zu den anderen Gläubigen auf einen roten Teppich davor und bat uns, es ihr gleichzutun. Wir hatten nichts Besseres zu tun, außerdem war es heiß, mir steckte immer noch die Müdigkeit in den Knochen und aufkeimende Enttäuschung über Bhas, der uns scheinbar weiterhin an der Nase herumführte, kam hinzu. Also warum nicht eine kleine Pause einlegen? Ich machte es mir auf dem Boden bequem. Alina setzte sich neben mich, Hank neben Lwin.
»Was Sie hier sehen«, flüsterte Lwin uns eindringlich zu, »ist eines der größten Heiligtümer des Buddhismus, nur eines von fünf authentischen Ebenbildern von Buddha, von denen sich zwei im Paradies befinden.« Glaubte sie das wirklich? Ich lauschte ihr staunend.
»Der Legende nach besuchte Buddha Gautama die Hauptstadt von Arakan, Dhanyawadi, 554 vor Christus. Der König war tief bewegt von der Lehre Buddhas und als er weiterziehen wollte, bestand er darauf, ein Abbild des Buddhas zu schaffen, um seine Lehre hochzuhalten. Die Reichen des Landes spendeten Edelmetall und es wurde zusammen mit sieben Schweißtropfen Buddhas eingeschmolzen. Eine Woche lang saß Buddha unter einem Bodhi Baum, einer Pappelfeige, derselben Baumart, unter der er seine Erleuchtung empfangen hatte, und meditierte. Während der Zeit schufen sie diese Statue nach seinem Bilde. Buddha war sehr angetan von ihrem Werk, und hauchte ihm seine Weisheit ein. Und er sagte, dieses Ebenbild würde 5000 Jahre überdauern.«
»Aber Arakan, das lag doch an der Küste?«, wunderte sich Alina.

»Sie kennen sich gut aus. Stimmt. Als das Königreich Arakan unterging, nahmen sich die Sieger der Statue an und brachten sie in ihre Hauptstadt und schließlich, als Mandalay Hauptstadt Burmas wurde, kam die Statue hierher.«
Das also war das Gesicht Buddhas. Für mich sahen die irgendwie immer gleich aus. Seltsam war nur, dass seine Arme und sein Körper sehr unförmig wirkten, richtig knubbelig, ein wenig wie die Ringe des Michelin-Männchens. Hinter der Scheibe sahen wir Männer, die damit beschäftigt waren, irgendetwas an der Statue zu machen, leider erkannte ich nicht, was, und fragte unsere Führerin.
»Sie tragen hauchdünne Goldfolie auf. Kommen Sie, das machen Sie jetzt auch.«
Sie stand auf und erwarb zwei kleine Papierheftchen.
Hank wollte eines öffnen, aber sie bat ihn, das noch nicht zu tun. »Es ist nur 0,03 mm dick und geht kaputt, wenn Sie es anfassen. Kommen Sie.«
Sie führte uns zur Seite des Standbilds. Dort konnte man den Raum hinter dem Fenster betreten. Genauer gesagt, konnte *Mann* diesen Raum betreten, Frauen war der Zutritt nicht erlaubt.
»Gehen Sie nur. Nehmen Sie dann das Blattgold und legen Sie es auf die Stelle von Buddhas Körper, die Ihnen Sorgen bereitet. Rubbeln Sie es richtig fest und es wird Ihnen besser gehen.«
Klang verrückt, aber streng genommen auch nicht viel verrückter, als sich mit Weihwasser zu besprenkeln. Wir gingen durch eine Sicherheitsschleuse. Ich hätte das Goldblättchen gern auf den Darm geklebt, aber davor lagen die Arme des Buddhas. Buddhisten hatten wohl keine unregelmäßige Verdauung. Oder sogar ganz besonders ausgeprägt, weil ihnen ihre Buddhastatuen dagegen nicht helfen konnten. Nun gut, ich war ja bisher auch ohne Buddha klargekommen und klebte meine Goldfolie auf seine Hand.
»Meine kommt aufs Herz. Das hat mir Bhas gebrochen und das wird er heute heilen. Das ist ein gutes Zeichen«, sagte Hank. Allerdings kam er da nicht alleine dran, er bat einen der Einheimischen um Hilfe, der weiter oben an der Statue herumkletterte und das Gold bereitwillig annahm und an der Stelle anbrachte, auf die Hank zeigte.
»Beeindruckend«, sagte er und wir verließen den Raum wieder.

Wir mussten weiter, denn unser Buddha hieß Bhas.
»Die Statue ist mehr als zweitausend Jahre alt. So viele Menschen haben Gold auf sie geklebt, die Schicht ist mehr als 15 cm dick«, erläuterte Lwin ungefragt.
Ich nickte und fragte mich, was mir das Schicksal eigentlich damit sagen wollte: Ich brauchte dringend Geld, um meine Firma zu retten, fand Bhas nicht, wurde aber jeden Tag zu einem anderen Ort geführt, wo ich ungeheuren Reichtum vorfand, nur eben dummerweise unerreichbar für mich. Ich kam nicht drauf.
Und dann läuteten die Glocken. Dreimal. Wir drehten uns um, um zu sehen was da los war, und sahen einen westlichen Touristen, der penibel auf eine große Glocke, die in Kniehöhe angebracht war, einschlug. Es war nicht Bhas. Und doch staunte ich nicht schlecht. Ich kannte den Mann.
»Ich werd verrückt«, sagte Hank, »den kenn ich doch. Das ist doch Malte.« Genau, das da war Malte. Leicht ergraut, erstaunlich dick, aber ohne jeden Zweifel Malte. Was zum Teufel machte der denn hier?

16

Malte sah uns, als wir ihn sahen. Er kam zu uns herüber, strahlte aber genauso wenig vor Glück wie wir.
»Na sowas«, sagte er. »Ihr hier?« Dann ignorierte er Lwin und lächelte Alina an. »Schön, Sie zu sehen. Wo Sie sind, kann Bhas nicht weit sein.«
Alina lächelte höflich zurück und gab ihm die Hand. Ich bewunderte ihren Mut, nicht nur auf Maltes Gesicht glänzten Schweißperlen, ich war mir sicher, dass auch seine Hände feucht waren.
»Wir sind hier, um Bhas zu treffen«, sagte ich. »Was treibt dich hierher? Urlaub?«
Die Szene war so unwirklich, schon wieder ein Mensch aus der Vergangenheit.
«Urlaub?«, schnaubte er. »Hab ich seit Jahren nicht gehabt. Keine Zeit für Muße, mein Geschäft macht nie Pause«, tat er wichtig.
Wieder ertönte eine Glocke. Ich schielte hinüber, in der Hoffnung, dass es dieses Mal vielleicht Bhas war, aber es war nur ein Einheimischer, der mit einem Holzklöppel gegen eine der massiven Glocken schlug, die an einem Balken dicht über der Erde hingen. Drei Mal, so wie Malte.
»Bhas will auch Herrn Wischnewski treffen«, erklärte Alina. »Aber er hat es nicht pünktlich nach Yangon geschafft, deswegen musste er nachkommen. Das Mama Guesthouse hat ihn per Taxi hierher geschickt.«
»Sie wussten, dass wir ihn hier treffen würden? Und haben uns nichts gesagt?«
»Ich mache das, was mein Chef mir aufträgt«, sagte sie aalglatt, fast schon abweisend.
Ich war sprachlos, Hank offensichtlich auch.
Malte nutzte die Gunst der Stunde. »Ihr fragt euch sicherlich, warum ich die Glocke geschlagen habe?«
Ich hatte mich das nicht gefragt, es war mir egal. Meine Begleiter schienen auch nicht allzu neugierig auf den Grund, Malte aber ließ sich durch unser Desinteresse nicht bremsen.

»Eine Glocke wird drei Mal geschlagen, wenn eine gute Tat, zum Beispiel eine Meditation, gelungen ist, und man so sein Karma verbessert hat. Wenn jemand die Glockenschläge hört und drei Mal 'gut gemacht' sagt oder denkt, profitiert auch er von der guten Tat.«
»Du hast meditiert?«, wunderte sich Hank.
»Ich habe fünf Dollar gespendet. Das geht auch«, sagte Malte.
Ich spürte, wie sich meine jahrzehntealte Antipathie gegen Malte neu auflud. Hank hatte sich sicherlich nicht um einen Reiseführer gekümmert, selbst wenn er daran gedacht hätte, er hätte nicht das Geld übrig gehabt, einen zu besorgen. Ich hatte mir einen auf meinen eReader geladen, aber er langweilte mich, und ich hatte nur ein paar Seiten auf der Reise nach Myanmar überflogen. Malte hatte bestimmt mindestens drei Reiseführer besorgt und so, wie ich ihn kannte, hatte er sie alle drei auswendig gelernt. So war er schon immer, er lernte Tag und Nacht und er lernte alles auswendig. Ich hasste ihn, seit ich ihn in der fünften Klasse kennengelernt hatte. Wobei, Hass war ein zu großes Wort, es war eher Verachtung.

Eine Familie erregte unsere Aufmerksamkeit. Sie waren herausgeputzt wie Könige, Königinnen und Prinzen. Genau genommen sahen die beiden Jungen, vielleicht acht und zehn Jahre alt, eher wie Prinzessinnen aus. Das lag nicht nur an den landestypischen Röcken, die Männer in Myanmar sowieso immer tragen, sondern vor allem am Schmuck und der Schminke.
»Was ist das?«, fragte ich Lwin.
»Eine buddhistische Initiationsfeier. Die Kinder kommen zum ersten Mal ins Kloster. Das ist ein großes Fest.«
»Ah, wie bei uns Konfirmation oder Firmung«, schlussfolgerte ich und erklärte Lwin, dass wir etwas ähnliches auch kennen und sich auch bei uns die Familie dafür fein macht. »Nur, dass wir unsere Kinder danach nicht ins Kloster schicken.«
Sie lachte ein wenig mehr als sonst. »Nicht für lange, nur für ein paar Tage.«
»Ich finde, die sehen wie kleine Streber aus«, sagte Hank. »Genauso wie der junge Malte.« Er lachte wiehernd über seinen kleinen Scherz.
Malte lachte nicht. »Du bist ein noch viel größerer Freak als früher, Frank.«

Ich schluckte. Niemand nannte Hank Frank, außer seiner Mutter. Hank mochte das überhaupt nicht. Irgendwann in der achten Klasse hatte er begonnen, seinen Taufnamen Frank Tiefenthal hinter sich zu lassen und sich Hank Osborne zu nennen. Auf geheimnisvolle Weise war es ihm gelungen, sogar von den Lehrern mit Hank angesprochen zu werden. War es nicht Malte gewesen, dem er mal mit einem gezielten Faustschlag die Nase gebrochen hatte, als er ihn Frank genannt hatte? Machte Malte das extra?

Aber Hank war offenbar doch ein wenig erwachsen geworden, er ignorierte Maltes Provokation. »Lieber ein Freak als das Synonym für uncool.«

»Leute, lasst es gut sein. Ihr klingt wie auf dem Schulhof vor dreißig Jahren«, versuchte ich, Frieden zu stiften.

»Das sagt ja der richtige«, giftete Malte mich an. »Wusste gar nicht, dass es dich auch ohne Bhas gibt. Dachte, ihr seid eine Art Symbiose, dass der eine ohne den anderen nicht überleben kann.« Er lachte sein hölzernes, unsympathisches Lachen.

»Wir haben uns seit zwanzig Jahren nicht gesehen«, erwiderte ich schwach. »Und ich lebe noch.«

»Und wer bist du jetzt, ohne ihn?«, fragte er höhnisch.

Ich sagte gar nichts mehr. Es war genau wie früher. Hier standen wir, drei erwachsene Männer, und hatten uns offenbar überhaupt nicht geändert. Etwas enttäuscht und ernüchtert nahm ich einen tiefen Schluck aus meiner Plastik-Wasserflasche. Bei der Hitze war es wichtig, viel zu trinken.

»Das ist jetzt nicht wahr. Mach die Flasche weg«, raunzte Malte mich an.

Irritiert sah ich auf. »Warum?«, fragte ich einfältig. Was wollte er von mir? »Willst du auch einen Schluck?«

»Hast du denn gar kein Gewissen? Umweltschwein.«

»Sag bloß, du hast eine Glasflasche dabei?« Malte war alles zuzutrauen. Ich schaute genauer hin. Er trug eine hellgraue, leicht karierte Anzughose, auf Jackett und Krawatte hatte er verzichtet, und auf dem Rücken einen kleinen Rucksack. Den setzte er nun ab und holte eine wiederbefüllbare Wasserflasche hervor. »Nein, aber so geht das auch. Ganz ohne Abfall. Hast du eine ungefähre Vorstellung davon, wie viel Plastikmüll die Menschheit jeden Tag erzeugt? Hast du die Berichte gelesen über die quadratkilometergroßen Plastikteppiche, die in unseren

Ozeanen schwimmen? Über Mikroplastik, das wir mit unserer Nahrung aufnehmen? Wer Plastikflaschen benutzt, zerstört die Welt, in der wir leben. Das muss aufhören und zwar sofort und es fängt bei jedem einzelnen an, also auch bei dir. Und bei euch«, sagte er zu Alina und Hank, die ihre Flaschen nicht schnell genug hinter ihrem Rücken verbergen konnten. Malte hatte natürlich prinzipiell recht. Nur hatte ich ja gar nicht geplant, länger als einen Tag in Myanmar zu bleiben und diesen Tag hatte ich in einem klimatisierten Fünf-Sterne-Hotel verbringen wollen. Also war ich auf diese Reise nicht vorbereitet. Mein Problem war, meine Kleidung entweder zu ergänzen oder zu waschen, nicht aber, wo ich mitten in Mandalay eine wiederverwendbare Wasserflasche her bekam. Malte war und blieb ein Arschloch.

»Du musst das Wasser doch trotzdem kaufen. Und das gibt es hier nun mal in Plastikflaschen«, widersprach ich ihm so sachlich ich konnte.

»So ein Unsinn. Auch in Mandalay gibt es Leitungswasser«

»Und das trinkst du?«

»Klar, trinken die Einheimischen doch auch.«

»Ach so«, sagte ich und verbarg eine gewisse Schadenfreude über das, was noch kommen musste.

17

Wir schlenderten noch drei Mal über das Gelände der Pagode, doch von Bhas keine Spur. »Gibt es vielleicht noch andere sehr berühmte Pagoden hier in der Nähe?«, fragte ich Lwin unbestimmt. Ich wusste inzwischen, das war ein dumme Frage, jeder Fremdenführer in Deutschland hätte die Augen verdreht. Lwin lächelte freundlich und verständnisvoll.
»Es gibt noch zwei, drei herausragende Sehenswürdigkeiten. Wir können aber auch einfach zurück zum Guesthouse fahren, spätestens heute Abend werden Sie Ihren Freund dort treffen.«
»Sie können das nicht verstehen, meine Existenz hängt daran, mit ihm zu sprechen. Ich darf keine Zeit verlieren. Können wir zu der zweitberühmtesten Pagode von Mandalay fahren?«, flehte ich fast.
Hank und Malte, die natürlich mitgehört hatten, stimmten ein, in dieser Frage waren wir uns einig. Wir brauchten Bhas. Obwohl uns Malte noch nicht verraten hatte, warum er Bhas unbedingt sehen musste. Oder war es in seinem Fall andersherum? Ich schaute ihn von der Seite an, der Kugelbauch machte ihn mir nicht unbedingt sympathischer. Nein, kaum vorstellbar, dass Bhas ihn sehen wollte. Niemand von uns war wirklich mit Malte befreundet gewesen. Aber Bhas hatte ja nach uns geschickt, nur deswegen waren wir gekommen. Bhas wusste auch noch gar nicht, was ich von ihm wollte. Plante er wirklich eine Re-Union von Zeuss & Apollo? Bis auf Bhas waren wir jetzt komplett. Ein absurder Gedanke.
»Also gut«, sagte Lwin, »ich schlage vor, wir fahren zur U Min Thonze Pagode. Die ist nicht direkt in Mandalay, sondern in Sagaing, das liegt ungefähr 20 Kilometer südwestlich auf der anderen Seite des Irrawaddy und wir fahren etwa eine Dreiviertelstunde dorthin. Was halten Sie davon?« Sie schaute vor allem Alina an, die sie wohl als Entscheiderin unserer Gruppe ausgemacht hatte. Die nickte dezent. Und wir anderen hatten sowieso keine bessere Idee.

Die Fahrt war angenehm, obwohl wir nun zu fünft waren, mit

Lwins Bruder sogar zu sechst. Aber der Kleinbus hatte hinten eine zweite Reihe Sitze. Lwin saß vorne, dahinter Alina und Malte, Hank und ich teilten uns die letzte Reihe. Jeder von uns bekam von Lwins Bruder eine neue Flasche Wasser gereicht. Malte wies seine zurück und beschuldigte uns alle, den Untergang der Welt zu beschleunigen. Hank zeigte auf seine geballte Faust und Malte hielt den Mund.
Wir überquerten den Irrawaddy, an dieser Stelle bereits ein Strom von den Ausmaßen des Rheins, auf der eindrucksvollen Inwabrücke und schlängelten uns über kleine Straßen aufwärts. Hier gab es jede Menge Erhebungen und auf jeder thronte ein Tempel oder eine Pagode.
»Auf den Hügeln von Sagaing befinden sich über 600 Klöster, Pagoden und Tempel«, dozierte Malte und fing sich einen bösen Blick von Lwin ein, die wohl fand, dass Malte ihr den Job streitig machte.
»Wie ist Malte eigentlich damals in die Band gekommen?«, fragte ich Hank leise. »Mit dem Streber wollte doch niemand etwas zu tun haben.«
»Das weißt du nicht mehr?«, grunzte er zurück. »Der hat doch ewig an uns drangehangen, hatte keine Freunde, wollte dazugehören. Und dann hatten wir diesen Gig, ganz am Anfang, wir spielten noch nicht lange zusammen. Ich glaube, es war unser zweiter Auftritt vor Publikum. Mann, was war ich nervös.«
»War das im Kupferkessel?« Langsam lichtete sich der Nebel der Erinnerung.
»Genau. Eigentlich sollte Loddy trommeln. Der war echt gut, ein paar Jahre älter als wir, hatte auch schon Erfahrung mit einer anderen Band. Aber er kam und kam nicht. Und als er endlich auftauchte, war mit ihm nichts anzufangen. Der war so zugedröhnt, der konnte nicht mal richtig gehen, geschweige denn die Stöcke halten.«
»Stimmt, jetzt erinnere ich mich, wir haben ihn so in die Ecke auf einen Stuhl gesetzt, dass er nicht runterfiel.« Wir mussten beide lachen und gaben uns High Five. Malte und Alina drehten sich irritiert zu uns um.
»Weißt du noch, Malte, dein erster Auftritt als Drummer bei Z&A?«, grölte Hank.
»Selbstverständlich weiß ich das noch. Es war ein sehr spontaner Auftritt und ich muss sagen, ich habe diese

ungewöhnliche Herausforderung beispielhaft gemeistert. Nicht umsonst war ich seit dem Tag der Drummer.«

»Du hast ja immer im Proberaum rumgelungert. Und zu Weihnachten dieses Profischlagzeug geschenkt bekommen. Du warst also als einziger überhaupt in der Lage einzuspringen«, sagte Hank.

»Auch wenn die Performance so war, wie sie eben ist, wenn man nie zusammen gespielt hat«, sagte ich.

»Reden wir nicht drumherum«, sagte Hank, »du warst ein unfassbar schlechter Drummer. Aber die Menschen kamen ja auch nicht, um das Schlagzeug zu hören.«

»Wieso habt ihr euch keinen neuen gesucht, wenn ich so schlecht war? Wieso habt ihr den Typen nicht wieder genommen, für den ich an dem Abend eingesprungen bin?«, blaffte Malte beleidigt.

Gute Frage, die hatte ich mir damals auch gestellt. Ich schaute zu Hank.

»Ganz einfach. Loddy war am Ende, der musste an dem Abend noch ins Krankenhaus und war dann einen Monat auf Entzug. Das Schlagzeug war seins, da kamen wir nicht ran. Und Geld für eine neues hatten wir nicht. Also warst du unser einziger Plan B.«

Malte war nicht nur der Klassenstreber, er war auch der mit der Kohle. Bhas Mutter war alleinerziehend, mein Vater kleiner Beamter bei der Bahn, Mutter Hausfrau. Hanks Eltern waren beide Lehrer, aber sie lebten nach der Maxime, dass zu viel Geld den Charakter verdirbt, Hank musste für Geld arbeiten, so wie wir, und sein Taschengeld war erbärmlich, so wie unseres. Maltes Vater war Notar und Stadtrat für die CDU. Er war der Ansicht, in dieser Rolle musste er repräsentieren. Das sah man seiner Frau, die natürlich nicht arbeiten musste, und seinem einzigen, verhätschelten Kind an. Beeindrucken konnte Malte uns damit nicht.

Endlich kamen wir an. Allerdings lag die U Min Thonze Pagode oben auf dem Hügel, der Wagen hielt unten. »Es ist kein weiter Weg hinauf«, ermunterte uns Lwin, aber bei der Hitze, es war drei Uhr nachmittags, die Sonne knallte, war es immens anstrengend, vor allem für Malte, dessen Hemd schon nach den ersten zehn Metern unappetitliche Schweißflecken zeigte. Ich

hatte Angst vor dem Moment, wenn wir die Pagode erreichten und wie immer Schuhe und Strümpfe ausziehen mussten.
Der Ausblick entschädigte für alle Strapazen. Der Blick über die Hügel von Sagaing und den sich majestätisch dahinschlängelnden Fluss unter uns war gigantisch. Und überall prächtige buddhistische Bauten. Was für ein Land, was für eine Anmut.
»Und hier sehen Sie die Pagode der 30 Höhlen«, versuchte Lwin Malte zuvorzukommen. Wir folgten ihr ins Innere, wo 45 Buddhastatuen mondsichelförmig aufgereiht waren, jede Statue hatte einen anderen Gesichtsausdruck. Die Wände waren kunstvoll mit Glasmosaiken verziert.
»Aber wo sind die anderen 29 Höhlen?«, fragte ich verwirrt.
Wie in der Schule war Malte der erste: »Diese angedeuteten Bögen, die wir von außen gesehen haben, das sind die 30 Höhlen. Es gibt nur diesen einen Raum.«
»Dann müsste Bhas also hier sein?«, rutschte es mir raus.
Alle Blicke gingen zu Lwin. Sie zuckte mit den Schultern. »Hier oder auf der Terrasse oben, es gibt noch einige Wege.«
»Dann nichts wie los, schnappen wir ihn uns«, sagte ich tatendurstig.
Es dauerte keine Viertelstunde, um das Gelände genauestens abzusuchen, kein Bhas. Nirgends.
Das einzige, was wir fanden, war ein älteres japanische Ehepaar, das Plastikflaschen dabei hatte.
»Sie müssen das lassen, das bringt uns alle um«, hörten wir Malte schreien. Wir kamen gerade rechtzeitig, die beiden Japaner zu retten, die kein Englisch sprachen und entsetzt vor Malte zurückwichen, der nicht nur einen Kopf größer war als sie, sondern auch mindestens das dreifache wiegen musste. Und zwar als beide zusammen. Sie verbeugten sich viele Male vor uns und hörten gar nicht wieder auf, japanisch zu reden, so dankbar waren sie, dass wir Malte in Schach hielten.
»Auch die Japaner müssen endlich lernen, verantwortungsvoll mit den Ressourcen unseres Planeten umzugehen. Und man ist nie zu alt, um falsches Verhalten zu ändern.«
»Ja Malte«, sagte ich, »Du hast ja recht. Aber jetzt brauchen wir erst mal Bhas.« Sonst ist meine Welt jedenfalls nicht mehr zu retten, fügte ich in Gedanken hinzu.
Erschöpft ließen wir uns auf einer der Treppen nieder und

genossen den Ausblick. Wir waren zu fertig und enttäuscht um sofort mit dem Abstieg zu beginnen.
»Jetzt erzähl mal, Malte. Wie ist es dir ergangen nach dem Ende von Z&A?«, fragte ich neugierig. Er hatte ja noch gar nichts von sich erzählt.
»1A«, sagte er. »Ich habe BWL studiert, ich hatte den besten Abschluss meines Jahrgangs. Danach bin ich zu McKerry, der Unternehmensberatung.« Wie er das schon sagte, als ob die nicht jeder kennen würde.
»Kennt man die?«, fragte Hank.
»Schon«, sagte Alina beeindruckt.
»Aber nach drei Jahren bin ich da weg. Ich war so viel besser als die anderen und habe so wenig Anerkennung bekommen. Meine Chefs haben sich die Taschen vollgestopft. Das kann ich auch, habe ich mir gesagt.«
Aha, dachte ich mir. Ich konnte mir schon vorstellen, wie unser Kotzbrocken mit seiner immensen emotionalen Intelligenz dort vor die Wand gelaufen war.
»Ich hab mich selbstständig gemacht.«
»Respekt«, sagte ich.
»Die MWC«
»Das ist doch Bhas Firma?«, sagte ich.
»Das steht für Malte Wischnewski Consulting«, sagte er.
»Macht ihr das zusammen, du und Bhas?«, fragte ich.
»Mir fehlte damals das Vitamin B und McKerry hat alles getan, um mich unmöglich zu machen. Bhas kannte ein paar Leute. Er war ja im Studium nicht gerade eine Leuchte und hat viel Zeit mit der Band verschleudert. Ich hab ihm eine Chance gegeben und es lief gut.«
Malte, der Wohltäter. Aber es gab wichtigeres.
»Lwin, was wäre Pagode Nummer 3?«
Sie schaute angestrengt. Dann flog ein Leuchten über ihr Gesicht. »Ich habe eine Idee. Die größte Touristenattraktion dieser Gegend ist gar keine Pagode, sondern eine Brücke.«
»Das Monsterding, dass den Irrawaddy überspannt?«, fragte ich entgeistert und sah uns über die Stahlbrücke wandern.
»Nein, die U Bein Brücke.«
Ich verstand nur U-Bahn und versuchte in ihrer Mimik zu lesen, was sie uns sagen wollte.
»Das ist die längste Teakholzbrücke der Welt. Wenn wir ihn

irgendwo finden, dann dort.« Wieder warf sie Alina einen fragenden Blick zu. Ein komisches Gefühl, dass ich mir meine guten Vorschläge von der jungen Frau absegnen lassen musste, das kannte ich aus meiner Firma nicht. Aber wahrscheinlich zahlte sie für die Dienste unserer Fremdenführerin. So war das eben. Wer zahlt, entscheidet. Erfreulicherweise nickte Alina.
»Auf geht's. Dadurch, dass wir hier rumsitzen, finden wir Bhas nie«, ermutigte ich meine Reisegruppe. Und weil sie das gleiche Ziel hatten wie ich, standen sie auf und folgten mir.
Bei der Hitze, war auch der Abstieg anstrengend. Malte und Hank bewegten sich nur langsam, den einen bremste sein sportentwöhnter Körper, den anderen wahrscheinlich sein modischer Mantel. Das gab mir die Gelegenheit, nachzufragen.
»Alina, Sie arbeiten doch eng mit Bhas zusammen. Hat er mit Ihnen über die Anfänge von MWC mal gesprochen?«
Sie lachte hell auf. Es war das erste Mal, dass ich sie so lachen hörte und es machte sie mir gleich viel sympathischer.
»Bhas hat mir die Geschichte tatsächlich mal erzählt und aus seinem Mund klang sie ein wenig anders«, sagte Alina. »Malte ist ein genialer Berater, das steht außer Frage. Er sieht auf einen Blick, wo das Problem steckt, er ist so analytisch wie ein Quantencomputer. Leider ist er aber auch genauso empathisch. Bhas sagte, er kenne keinen Menschen, den Malte nicht innerhalb von drei Minuten vor den Kopf stoßen würde. Bhas hat immer gesagt, er glaubt, Malte habe irgendeine Form von Autismus, gepaart mit einer Arroganz, die nur einer aushält und das ist Malte. Entschuldigung, ist nur ein Zitat.«
Ich schmunzelte. »Klingt nach Bhas.« Und jeder, der Malte kannte wusste, dass das stimmte.
»MWC wäre nach fünf Tagen Pleite gegangen, wenn Bhas nicht eingestiegen wäre. Bhas hat vom Geschäft damals keine Ahnung gehabt, aber er hat Deals gewonnen und seine Präsentationen haben die Kunden geliebt. Die beiden waren ein kongeniales Paar, die haben sich perfekt ergänzt. Aber die Firma konnte nur mit beiden zusammen funktionieren, als Bhas ausstieg, war klar, dass es das Ende war. Die beiden sind so extrem in ihren Begabungen, nur die zwei konnten sich ergänzen, es konnte keinen Ersatz für einen von ihnen geben.«
»Als Bhas ausstieg?«, fragte ich, schrie ich. Hörte man wohl die Panik in meiner Stimme? Bhas war nicht mehr bei MWC? Hatte

er überhaupt noch das Geld, mich zu retten?
»Malte«, schrie ich noch lauter und wartete, bis er zu uns aufgeschlossen hatte. »Stimmt das? Bhas ist nicht mehr bei MWC?«
»Ja, Bhas ist ausgestiegen«, keuchte Malte.
Und ich fragte mich, ob er nur deswegen so schwitzte, weil es heiß war und der Abstieg so anstrengend. »Aber nun hat er sich ja gemeldet. Wahrscheinlich, um wieder einzusteigen. Ich bin hierher, so schnell ich konnte, um MWC zu retten«, erklärte Malte.
Willkommen im Club dachte ich.

18

Der Weg zur U Bein Brücke führte uns zurück über den Fluss in Richtung Mandalay.

»Die Fahrt dauert fast eine Stunde«, klärte Lwin uns auf, die wieder vorne saß. Hank hatte sich in die letzte Reihe gesetzt, ich war zu langsam gewesen und Malte hatte sich vorgedrängelt. Es war wie früher auf Klassenfahrt, die Coolen saßen in der letzten Reihe. Damals war es Malte nie gelungen, dazuzugehören. Abstrus, dass er das immer noch versuchte. Ich stieg nach Alina ein und setzte mich neben sie. Mit schlechtem Gewissen nahm ich eine Wasserflasche entgegen und drehte mich so, dass Malte das nicht sah. Wir achteten auch darauf, dass Malte keine bekam, niemand hatte Lust auf seine Tiraden.

»Wie kommt es eigentlich, dass Sie für Bhas arbeiten? Auch jetzt noch, da er nicht mehr bei MWC ist?«

»Ist eine lange Geschichte.«

»Wir haben ziemlich viel Zeit.«

»Ich bin bei meiner Mutter aufgewachsen. Sie war wirklich schräg, die verrückteste Frau, die ich je gekannt habe. Ich habe sie abgöttisch geliebt.«

»Verrückt?«

»Statt mir Tattoos auszureden, hat sie sich zusammen mit mir eins stechen lassen. Sie bestand nur darauf, dass es was Religiöses sein musste.«

»Das ist definitiv verrückt. Kein Vater?«

»Der hat sie sitzen gelassen. Nach meiner Geburt musste sie ihr Studium abbrechen, Sinologie, das hätte sie auch nicht reich gemacht. Sie hat sich als Verkäuferin durchgeschlagen. Geld war immer knapp bei uns, aber wir sind klar gekommen, keine Ahnung, wie sie das geschafft hat. Meine Motivation war, es besser zu haben, ihr helfen zu können. Ich hab studiert, Wirtschaft. Und dann den Job bei Bhas bekommen. Meine Mutter kannte Bhas. Sie waren Freunde.«

»Sie sind also gleich nach dem Studium zu MWC?«

«So war das. Ich habe viel von Bhas gelernt. Er ist unglaublich mit Menschen, aber wenns um die Konten geht, Verträge,

Organisieren, das ist nicht sein Ding. Und wenn er seine schwierigen Tage hat, geht gar nichts mehr.«
Ich wurde hellhörig. »Schwierige Tage?«
«Sie kennen ihn doch von früher. Das hat sich nicht geändert. Manchmal klinkt er sich aus. Sitzt nur da. Starrt irgendwohin. Hadert mit sich. Beschimpft sich. Man fürchtet das Schlimmste. Und einen Tag später kann er Bäume ausreißen und die Welt verändern und für MWC einen Millionendeal gewinnen.«
»Ja, das war Bhas«, sagte ich versonnen und war mir nicht sicher, was ich dabei fühlte. All das war so weit weg gewesen, jetzt war es wieder da.
»Bhas hat ja nicht gekündigt oder so, er ist einfach nicht mehr zur Arbeit gekommen. Die ersten paar Wochen war das nicht weiter ungewöhnlich, das kam bei Bhas schon mal vor. Aber nach etwa einem Monat hat er Malte angerufen und ihm gesagt, dass er aussteigt, dass er den Job nicht mehr machen will, Geld habe er schon lange genug, es wäre höchste Zeit, etwas Grundlegendes in seinem Leben zu verändern.«
»Also doch gekündigt?«
»Er ist Teilhaber, er kann gar nicht einfach so kündigen. Und Malte hat natürlich gehofft, es wäre wieder nur so eine Phase. Deswegen bin ich weiterhin bei MWC und weiterhin ganz offiziell Bhas Assistentin.«
»Und Sie machen auch weiterhin Ihren Job?«
»Klar. Das hab ich ja schon immer gemacht. Wenn Bhas sich seine Auszeiten nahm, habe ich seine Sachen geregelt. Das mache ich auch jetzt, so gut ich kann.«
»Und er ist nach Myanmar, um sein Leben zu ändern. Um Buddhist zu werden? Um Zeuss und Apollo wiederzubeleben?«
Alina zuckte mit den Schultern und starrte aus dem Fenster auf die Landschaft, die an uns vorbeizog. Wir bogen in eine belebte Straße ein, überall Autos und Menschen, Geschäfte, Restaurants.
»Wir sind gleich da«, erklärte Lwin. »Wir werden ein paar Schritte zur Brücke gehen. Es ist wirklich sehr voll hier, wir müssen zusammenbleiben«, schärfte sie uns ein.
Ich liebte es, die Luft surrte vor Betriebsamkeit. Hier spürte ich das geschäftige Leben in Myanmar noch mehr als in der Shwedagon Pagode. Wir folgten Lwin wie Entenjunge ihrer Mutter, sie hielt vor einem Street Food Stand, an dem es alle

Arten von Frittiertem gab.
»Das ist so lecker, ich würde Sie gerne auf einen Snack einladen«, sagte sie mit leuchtenden Augen.
»Kann man das essen? Nicht, dass man davon Durchfall bekommt«, sagte ausgerechnet Leitungswasser-Malte. Falls Bhas wirklich vorhatte, Zeuss und Apollo neu zu gründen, würde ich vorschlagen, Malte durch einen Drumcomputer zu ersetzen. Ich war mir sicher, auf Hanks Stimme konnte ich zählen.
»Das ist frittiert, das überlebt kein Bakterium«, beruhigte uns Lwin.
»Und es ist absolut verantwortungslos, es in kleine Plastiktüten zu verpacken. Das ließe sich genauso gut mit Papiertüten machen«, polterte Malte und ich hatte Angst, er würde den netten Verkäufer anschreien. Aber Hank nahm ihn am Arm und blickte ihn scharf an. Hank hatten wirklich einen guten Einfluss auf Malte.

Es schmeckte grandios. Keine Ahnung, was genau wir aßen, ob das Heuschrecken, Erdnuss-Müsliriegel in Öl oder irgendein Gemüse war, aber wir alle verspeisten unsere Portionen in Rekordzeit. Lwin lächelte glücklich. Wahrscheinlich verbesserte es ihr Karma, dass sie uns ein wenig Freude geschenkt hatte. Allerdings sahen nicht alle Imbisse so lecker aus. Es gab hier auch Befremdliches. Ich sah einen Stand, an dem Schweinefleisch auf die Hand verkauft wurde. An dem Spieß aber steckten nicht kleine leckere Filetstückchen, sondern allerhand appetitliche Dinge wie Ohren, Pfoten und Rüssel.
Die Brücke selbst war wirklich lang.
»Sie ruht auf mehr als tausend Pfählen«, erläuterte Lwin, »und wurde nach dem Bürgermeister U Bein benannt, der ihren Bau um 1850 in Auftrag gab. Sie ist über einen Kilometer lang und überquert den Taungthaman See.«
Malte stand neben ihr und schien zu kochen, man sah ihm an, dass er das gerne erzählt hätte.
»Am besten wir gehen einmal über den See, dann werden wir schon sehen, ob Bhas hier ist«, sagte ich. Die Brücke war gerammelt voll von Menschen. Sie verlief ungefähr sechs bis acht Meter über dem Boden und es waren weit und breit keine Geländer zu sehen.
»Ist das nicht gefährlich?«, winselte Malte. »Fallen bei dem

Gedränge nicht immer wieder Touristen von der Brücke?«
Lwin sah ihn verwundert an. »Wenige. Vielleicht ein bis zwei pro Jahr.«
Amüsiert registrierte ich, wie Malte zusammenzuckte. Hank, unser Held der Lüfte, war noch blasser geworden, als er ohnehin schon war. »Ich denke, es reicht, wenn einer nach Bhas sucht«, sagte er und schaute mich dabei demonstrativ an.
»Ja, das ist wahrscheinlich wahr«, sagte ich, ich wollte mich von den beiden Waschlappen nicht länger von der Suche abhalten lassen. Ich sah Alinas Blick. Er war vernichtend.
»Ich komme mit«, sagte sie demonstrativ. Nach einem kurzen Gespräch mit Alina bot Lwin an, bei Malte und Hank zu bleiben. Wahrscheinlich hatte Alina Angst, dass die beiden sonst verloren gehen könnten.
Es herrschte ein ziemliches Gedränge auf der Brücke und ich versuchte mich in der Mitte zu halten. Ich ging hier ja nicht zum Spaß. Es war schwierig, ich konnte meine Augen nicht überall haben. Hier gab es mehr Touristen als an jedem anderen Ort, den wir bisher in Myanmar besucht hatten.
»So geht das nicht«, sagte ich schließlich zu Alina. »Warum setzen wir uns nicht auf eine der Bänke dort? Dann können wir wenigstens niemand in unserem Rücken übersehen.«
An zwei, drei Stellen gab es leichte Verbreiterungen, an deren Rändern Bänke standen. Als auf einer zwei Plätze frei wurden, ließen wir uns nieder. Eine Weile betrachteten wir den Menschenstrom, der an uns vorbeifloss. Kein Bhas.
»Wie geht es eigentlich Morgana?«, rutschte mir heraus. Ich hatte in den letzten Tagen mehr an sie gedacht, als in all den Jahren zuvor.
»Wenn Sie mich fragen, ist das keine glückliche Ehe. Diese Phasen, die Bhas hat, das ist für keinen leicht zu ertragen, am wenigsten für seine Frau, denke ich. Und das geht schon, seit ich Bhas kenne. Es ist schwer, eine Partnerschaft von außen zu beurteilen, aber mein Eindruck ist, dass es mehr als kriselt.«
»Das tut mir leid für Morgana«, sagte ich und meinte es auch so.
»Als sie gehört hat, dass Bhas nach Myanmar fährt und dass er mich mitgenommen hat, hat sie sofort einen Flug gebucht.«
»Woher wissen Sie das?«, fragte ich erstaunt. Band die Frau das der potenziellen Geliebten auf die Nase?

»Sie hat mich angerufen, wollte Bhas sprechen. Ich hab ihr das ganz sachlich erklärt, dass wir in Myanmar sind. Sie war auch ganz sachlich. Hat gesagt, dass das das Fass zum Überlaufen bringt und sie mit Bhas reden muss. Er war aber in dem Moment nicht da. Also hat sie gesagt, dass sie kommt.«
Ich spürte dieses komische Gefühl in meiner Magengegend. Morgana in Myanmar. Womöglich würde ich sie wiedersehen, nach all den Jahren.
»Ich denke, dieses Mal macht sie Schluss. Ich habe ihr gesagt, wo sie ihn findet, ich will nicht, dass sie glaubt, ich habe etwas mit ihm. Wahrscheinlich glaubt sie mir nicht.«
»Kommen Sie, wir suchen wieder mal vergeblich, es ist fast sechs. Nicht, dass wir ihn noch im Mama Guesthouse verpassen.«
Ich brauchte Zeit, um in Ruhe nachzudenken. Morgana wiedersehen. Wie würde das sein? Alina hatte ihr gesagt, wo sie Bhas finden würde. So wie uns? War sie vielleicht schon im Guesthouse angekommen? Wartete sie dort auf uns, zusammen mit Bhas? Ich wurde nervös, fühlte mich ungewöhnlich schlecht, ganz so wie zum letzten Mal vor langer Zeit, vor den Abi-Prüfungen.
Wir standen auf und gingen zurück zu den anderen.

19

Da saßen wir wieder im Innenhof des Guesthouse. Genau wie gestern Abend. Nur dass sich unsere kleine Gruppe um einen Reisenden vermehrt hatte, leider um den falschen. Wir bestellten Frühlingsrollen, Porc Burma, frittierten Reis und Hank natürlich die seiner Ansicht nach weltbesten Pommes, die er je gegessen hatte. Es hätte richtig nett sein können. Alina war ein wenig aufgetaut, auch wenn ich mir lebhaft vorstellen konnte, dass eine Reise mit all den alten Käuzen nicht ihr Traum vom Glück war. Malte schmierte sich sorgfältig mit Repellent ein, während Lwins Vater Räucherstäbchen vor die Türen unserer Zimmer und unter die Tische stellte. Meiner Meinung nach half das eine so wenig wie das andere. Immerhin gab es hier praktisch keine Malariagefahr.

»Hast du eigentlich in der Schule irgendwas mit Bhas zu tun gehabt?«, fragte Hank Malte, nachdem unsere Mägen gut gefüllt waren und wir alle etwas nervös warteten, ob Bhas nicht doch noch aufkreuzen würde.

»Klar«, sagte Malte. Dabei war eigentlich klar, dass dem nicht so war.

»Echt?«, fragte ich deshalb.

»Ich weiß noch, als wir diese Arbeit schreiben sollten, die völlig überraschend kam, weil Herr Themel uns noch eine Woche vorher beruhigt hatte.«

»Themel?«, fragte ich, »in Geschichte?«

»Genau. Ich habe mich gemeldet, habe all die Gründe aufgezählt, warum das nicht fair war. Aber ich weiß, ich galt als Streber, die meisten hätten diese Arbeit allein schon deswegen geschrieben, weil ich anderer Meinung war. Bhas hat gar nichts gesagt. Er hat Themel angelächelt, der hatte sowieso schon hilfesuchend zu ihm geschielt. Dann hat Bhas dir einen Klaps auf den Arm gegeben.«

Ich grinste, ich erinnerte mich wieder.

»Du hast im Grunde dasselbe gesagt wie ich, nur kürzer. Bhas hat gelächelt und schon war die Arbeit verschoben. Er musste noch nicht einmal etwas sagen in so einer Situation, in der ich mit den besten Argumenten der Welt gescheitert war. Kein Wunder, dass es das Gerücht gab, er könnte Lehrer durch die Macht seines Willens manipulieren. Wobei ich da nicht sicher bin. Ich glaube nicht, dass er das konnte.«

»Bhas konnte alles erreichen, wenn er nur wollte. Seine Tragik war, dass es ihm so oft an diesem Willen fehlte«, sagte ich.

»Ich denke eher, dass seine Tragik war, dass er nie wirklich wusste, was er wollte«, sagte Hank und je länger ich darüber nachdachte, umso mehr kam ich zu dem Schluss, dass Hank recht hatte.

»Ich räume mal den Müll weg, ist ja scheußlich«, sagte Alina und begann, das Geschirr zusammenzustellen. Typisch Frau, dachte ich, kein Mann würde das je machen, schon gar nicht, wenn man quasi Essen ging und es jemand für einen erledigen würde. Es mochte ein Klischee sein, aber nach meiner Erfahrung war die Unrat-Toleranz bei Männern im Allgemeinen deutlich stärker ausgeprägt als bei Frauen.

Malte telefonierte mit der Heimat, Hank pfiff die Melodie von 'Mocking Bird', trommelte dazu auf dem Tisch den Takt und starrte auf seine Bierflasche und ich schaute Alina bei der Arbeit zu. Sie brachte das schmutzige Geschirr zu zwei Schwestern von Lwin, die uns bedient hatten und die sich für Alinas Hilfe mit herzlichem Lächeln und einer Verbeugung mit zusammengelegten Handflächen bedankten. Ich sah wenig davon, da Alina es so eingerichtet hatte, dass sie zwischen uns und den Schwestern stand. Deren Reaktion interessierte mich, in Deutschland hätte so eine Aktion entweder eine verdrießliche Diskussion oder eine immense Peinlichkeit heraufbeschworen, aber hier war alles anders. Ich rutschte also mit meinem Stuhl um den Tisch herum, um besser sehen zu können und traute meinen Augen nicht. Malte hatte ein Kaugummi, das er als Nachtisch malträtiert hatte, wegen der Zähne, wie er eindringlich erwähnte, auf seinen Teller gespuckt. Und ich war mir hundertprozentig sicher, dass Alina das vorsichtig in eine Serviette wickelte und einsteckte. Mein Gott, wie eklig, dachte ich. Sie hat ein psychisches Problem. Oder das war eine Falle? Wollte Bhas Malte irgendetwas anhängen? Ihn aus der Firma drängen? Was wusste ich, was die moderne Medizin aus einem Kaugummi alles herauslesen konnte? Mir lief es eiskalt den Rücken herunter. Was hatte Bhas mit uns vor? Und welche Rolle

spielte Alina, seine Komplizin? Sollte ich sie direkt darauf ansprechen? Besser nicht. Sie wusste nicht, dass ich sie beobachtet hatte, schnell stellte ich den Stuhl zurück. Dieses Wissen war der einzige Trumpf, den ich hatte. Gegen wen auch immer, ich kannte ja nicht mal meinen Gegenspieler. Ich kannte nicht mal das Spiel. Ab sofort würde ich Alina genau beobachten, bis ich wusste, was die zwei mit uns vorhatten.
Alina kehrte zurück zu unserem Tisch, setzte sich zu uns und nahm einen Schluck von ihrem Wasser. Es war spät geworden, zu spät, um in Sachen Bhas noch optimistisch zu sein.
»Alina. Bhas ist wieder nicht hier. Hier ist was faul.« Ich versuchte, sie aus der Reserve zu locken.
Sie blieb cool, obwohl Hank und Malte, der sein Gespräch beendet hatte, mir sofort den Rücken stärkten.
»Also gut, ich versuche ihn anzurufen.« Sie stand auf und verschwand in Richtung der Zimmer.
»Warum kann sie nicht von hier aus anrufen?«, fragte Malte.
»Weil ich ihr dann das Handy aus der Hand reiße und endlich direkt mit Bhas spreche«, sagte ich der Wahrheit entsprechend. »Und das weiß sie. Sie ist nicht dumm.«
Wir bestellten alle noch ein alkoholisches Getränk, um unseren Kummer mit den falschen Waffen zu bekämpfen und endlich, nach mehr als einer Viertelstunde, kam Alina zurück.
»Es tut mir leid, schlechte Nachrichten. Wir waren zu spät. Bhas hat hier auf uns gewartet. Als wir nicht kamen, ist er weitergereist. Er sagt, er hält diese Hitze nicht aus. Ihm gehts nicht gut. Der Kreislauf. Er ist nach Bagan. Dort ist das Klima milder.«
»Das ist die größte Scheiße, die ich je gehört habe«, ereiferte ich mich und schlug mit der Faust so hart auf den Tisch, dass unsere Gläser hoch hüpften, Malte sich an seinem Cocktail verschluckte und Hank ihm nur durch einige wüste Schläge auf den Rücken wieder zu normaler Atmung verhelfen konnte.
»Das kann er nicht machen«, sagte Malte, nachdem er wieder sprechen konnte. »Uns erst herbestellen und dann nach Strich und Faden verarschen.«
Ich wollte noch deftigere Wörter benutzen, doch dann hörte ich ein Geräusch, das mich stutzig machte. Als ob jemand weinte. Und tatsächlich, es weinte jemand. Hank. Es war uns allen peinlich, wir sahen uns betreten an. Wie soll man reagieren,

wenn ein erwachsener Mann in Tränen ausbricht?
»Ich sag's doch, Frank ist ein Freak.« Malte hatte es schon wieder getan. Geschmacklos.
»Es ist aus. Bhas hat mein Leben einmal zerstört. Er hat es wieder gemacht«, schniefte Hank. Ich hatte Mitleid mit ihm, aber ich schämte mich auch für ihn, dass er nicht den Mumm hatte, sein Leben selbst in die Hand zu nehmen.
»Hast du denn gar keinen Stolz?«, fuhr ich ihn an.
»Stolz?« Er blickte mir in die Augen. »Den habe ich vor langer Zeit verloren. In einer Fußgängerzone in Gütersloh. Mit fünf Euro am Ende eines langen Tages. Am Bahnhof von Bielefeld, angepöbelt von Jugendlichen. In einer U-Bahn in Hannover, abgeführt vom Ordnungsdienst. Mit einer Flasche Fusel, die ich gemeinsam mit ein paar Pennern auf einer Bank an den Paderquellen in Paderborn geleert habe. Zu der sie mich eingeladen hatten, ich konnte mir nicht mal das leisten. Ihr mit euren Luxusproblemen, die Herren Unternehmer. Ich bin echt am Arsch. Die Re-Union war die letzte Chance, meinen Lebenstraum zu erfüllen. Und die geht gerade den Bach runter.«
»Niemals aufgeben«, sprach ich Hank Mut zu. »Niemals.« Was soll man auch sagen.
»Du meinst wie Barclay James Harvest?« Langsam trockneten seine Tränen. Und er erzählte die alte Geschichte, mit der er uns schon damals motiviert hatte. »Im Sommer 1967 haben sie sich entschieden, Profis zu werden. Sie haben ihre Berufe hingeschmissen und nur noch Musik gemacht. Mit ihrem Manager John Crowther gingen sie nach Lancashire auf einen alten Bauernhof und haben gearbeitet bis zum Umfallen. Und bham, ende April 1968 erschien ihre erste Single, 'Early Morning'. Die war erfolgreich und sie bekamen einen richtigen Plattenvertrag. 1969 dann die zweite Single 'Thrush'. Wieder ein Erfolg. Und 1970, drei Jahre nachdem sie sich entschieden hatten, Profimusiker zu werden, nahmen sie ihre erste LP auf. In den berühmten Abbey Road Studios. Zusammen mit einem echten Symphonieorchester. Ihrem Symphonieorchester.« Der Glanz war in Hanks Augen zurückgekehrt.
Aber Malte war nicht in der Stimmung, Hank zu trösten. »Du Haufen Elend voller Selbstmitleid. Fällt dir nichts auf an deiner tollen Geschichte?«
Hank sah ihn mit großen Augen an.

»Die haben gearbeitet. Alle zusammen. Über Jahre. Hart. Und sich eben nicht in Selbstmitleid gesuhlt. Bhas steigt aus. Ja und? Schon mal drüber nachgedacht, dich mit anderen Musikern zusammenzutun? Wie kommst du auf die Idee, man wird ein Star, wenn man sich mit einer Gitarre und der Stimme eines großen Jungen in die Fußgängerzone eines Provinznests setzt? Was hast du denn für deinen Erfolg getan?«
Maltes Stimme bebte. Ich konnte nur ahnen, wie hart er für seinen Erfolg geschuftet hatte, ich erinnerte mich an meine 14-Stunden-Tage. Malte hatte völlig recht. Aber hatte Hank das schon jemals jemand so deutlich gesagt?
»So denkst du also, du fettes Schwein? Du bist also plötzlich der Experte für Erfolg im Musikbusiness?« Hank stand auf.
Ich machte mich bereit dazwischenzugehen, wenn es zu einer Schlägerei kommen sollte. Auch Alina stand auf, wer weiß, womit sie rechnete.
»Wisst ihr was? Geschissen. Auf alles. Auf euch, auf Bhas, auf dieses Land, auf dieses Leben. Ich geh ins Bett.«Hank drehte sich um und ging.
Alina setzte sich wieder. »Wir legen uns jetzt auch besser hin. Unser Bus nach Bagan fährt morgen sehr früh ab, um viertel nach sechs gibt's Frühstück.«

Der Abend ließ mich ratlos zurück. Ergab das alles noch Sinn? Morgen war Montag, meine Jungs gingen wieder ins Büro, das Geld war nicht da, die Uhr tickte und ich spielte Verstecken irgendwo in Südostasien. Allein, ich hatte keine Idee, was ich stattdessen hätte machen können, um die 3S zu retten. Also fügte ich mich in mein Schicksal und ging schlafen.

20

Ich ließ mich um sechs von meinem Handy wecken, sprang in Rekordzeit unter die Dusche und raffte meine wenigen Sachen zusammen. Das war der Vorteil meines leichten Gepäcks, es gab wenig zu packen. Allerdings fiel es auch schnell auf, wenn etwas fehlte, und in der Tat, es fehlte etwas. Meine Bürste war verschwunden. Nicht, dass sie bei meinen kurzen Haaren überlebensnotwendig gewesen wäre, aber in meiner Branche zählte ein gepflegtes Äußeres und dafür brauchte ich sie. Dringend. Wahrscheinlich hatte ich sie schon im Hotel in Yangon liegen gelassen. Wenn ich so weiter machte, stand ich bald ganz ohne Gepäck da. Je älter ich wurde, umso vergesslicher wurde ich, vielleicht sollte ich mir so eine Gehirnjogging App auf mein Smartphone laden? Doch dann dachte ich mir, dass ein leerer Magen offenbar auf die Denkfähigkeit schlug, und machte mich auf zum Frühstück.

Alina und Hank saßen schon vor Kaffee, Ei, Obst und Toast. Malte hatte offenbar noch größere Probleme als ich mit dem Aufstehen. Die Stimmung war besser, als die nachtschlafende Zeit erwarten ließ, Hank hatte sein Tief überwunden und lobte Alinas Shirt, was die mit einem irritierten Lächeln quittierte.

»Ich schau mal nach Malte«, sagte sie dann und stand auf.

»Hast du meine Bürste gesehen?«, fragte ich Hank.

Er sah mich komisch an. »Wofür brauchst du eine Bürste?«

»Vergiss es.«

»Malte kommt gleich«, sagte Alina grinsend. »Er ist noch beschäftigt.«

Ich wurde langsam wach und nagte an meinem Toast, als Malte endlich erschien.

»Du hast noch zehn Minuten, um Viertel vor bringt uns Lwins Bruder zum Busbahnhof«, sagte Alina.

»Merkt ihr denn nichts in der Magengegend?«, begrüßte uns Malte. »Seit Mitternacht war ich schon fünf Mal auf dem Porzellan. Dieses verdammte Frittierte.«

Wir drei führten simultan unsere Kaffeetassen zum Mund, um unser hämisches Grinsen zu verbergen. Ich überlegte, ob ich

das Thema Leitungswasser anschneiden sollte, begnügte mich stattdessen mit einem kurzen »Nö, alles gut« und vertilgte noch einen Toast.
Malte hatte einen ersten Schluck Kaffee getrunken, als sich sein Gesicht plötzlich verzerrte, eilig sprang er auf und rannte, so schnell es ihm seine Würde gestattete, zurück zum Zimmer.
»Ja, ja, das Frittierte«, sagte Hank genießerisch.
Um zehn vor kamen wir trotzdem los, Malte zwar ohne Frühstück, aber doch sicher, dass das Übelste überstanden war. Sein Satz »Der Darm müsste jetzt aber wirklich leer sein«, waberte noch durch meine Gedanken und ließ sich nicht so einfach vergessen.

Unter dem Busbahnhof von Mandalay hatte ich mir die Kombination von drei, vier, fünf Bushaltestellen vorgestellt, doch weit gefehlt. Der Bus schien das Hauptverkehrsmittel für reiseverrückte Burmesen zu sein, entsprechend groß war das Areal, es war riesig. Es wimmelte von Menschen, die alle möglichen Arten von Geschäften betrieben, und von Bussen jeder Größe und jedes Baujahrs. Ohne unseren Fahrer hätten wir nie und nimmer unseren Bus gefunden. Und wieder war ich fasziniert von der Organisation der Burmesen, hier klappte alles wie am Schnürchen. Wir waren überpünktlich, ein freundlicher Mitarbeiter stellte in einer Holzbaracke Plastikstühle für uns auf, damit wir es bequem hatten, während wir warteten. Vor der Hütte stand ein erstaunlich kurzer Reisebus der mir bis dahin völlig unbekannten Marke King Long. Wir hatten sogar Platzkarten bekommen.
Um zwanzig nach sieben brachte uns ein Angestellter des Busunternehmens zu unserem Fahrzeug, das Gepäck hatten sie längst verstaut. Die Sitze waren großzügig bemessen, ich hatte einen Gangplatz, der Fensterplatz neben mir war leer. Vor mir hing ein schwarzer Plastikabfallbeutel und eine Plastikwasserflasche steckte im Netz. Hinter mir saß Hank, auf der anderen Seite nahmen Alina und Malte Platz. Malte diskutierte mit dem Busfahrer über den übermäßigen Plastikeinsatz. Der verstand offenbar kein Wort Englisch, lächelte liebenswürdig und ignorierte Malte. Und dann lernten wir den Busmanager kennen, dessen Rolle wir erst im weiteren Verlauf der Reise verstehen sollten. Er schaffte es, Malte durch

einen einzigen Blick zum Schweigen zu bringen, den ich zu gerne auch gesehen hätte, es musste eine mächtige Waffe sein.
Um halb acht waren wir pünktlich bereit loszufahren und gerade, als ich es bedauerte, dass wir ihr weder im Mama Guesthouse noch hier auf dem Busbahnhof begegnet waren, stand sie vor der Tür. Morgana.
Es kostete sie nur einen Augenaufschlag, den Busmanager zum Öffnen der Tür zu bewegen, auch wenn wir gerade losfahren wollten. Er lächelte sie an, offenbar dankbar, dass sie sich doch noch die Ehre gab, und wies ihr einen Platz hinter Malte, am Fenster zu. Neben ihr saß ein älterer Burmese mit einem Hühnerkäfig auf dem Schoß, in dem zwei kleinwüchsige Hähne saßen.
»Hi, Morgana«, sagte Hank.
»Hallo«, näselte Malte.
»Hallo, Frau Trumpf«, begrüßte Alina sie höflich.
Morgana schaute sich um, sagte »Na sowas? Hallo zusammen!«, kalt, fast schon missmutig und dann kein Wort mehr.
»Morgana«, rief ich ihr zu. Sie tat so, als würde sie mich weder sehen noch hören. Ein Hahn krähte.
»Entschuldigen Sie«, sprach ich den Einheimischen an, »würden Sie eventuell den Platz mit mir tauschen?« Der verstand mich wohl tatsächlich nicht, denn er schaute zwar in meine Richtung, zuckte aber unbeholfen mit den Schultern. Ich fackelte nicht lang, stand auf und deutete erst auf ihn und dann auf meinen leeren Platz. Der Bus fuhr los, es ruckelte fürchterlich, sodass ich fast auf dem Boden gelandet wäre, der Busmanager faselte von Sicherheit und der Mann mit den Hähnen lächelte unsicher, was er nun tun sollte. Morgana blickte angestrengt aus dem Fenster. Ich fasste den Einheimischen am Oberarm und versuchte, ihm zu helfen, sich aus seinem Sitz zu erheben, während der Busmanager mir immer wieder sagte, ich solle mich doch bitte zurück auf meinen Platz begeben.
»Morgana«, sagte ich, doch sie ignorierte mich weiter, der Burmese aber gab auf, erhob sich und der Busmanager sah ein, dass der einfachste Weg, das Chaos aufzulösen, darin bestand, den Sitztausch zu vollenden. Und dann saß ich neben ihr. Doch sie schaute weiter aus dem Fenster und tat, als sei ich gar nicht da.
Wir waren keine fünf Minuten gefahren, da hielt der Bus schon

wieder an. Offenbar war es eine uns unbekannte Mischung aus Linien- und Fernbus, denn wir erreichten eine Art Bushaltestelle, an der vier Einheimische zustiegen. Der Manager wies ihnen ihre Plätze zu. Nur die ältere Dame, die er neben Hank setzen wollte, begann aufgeregt wie ein Huhn schrille Töne auszustoßen, vermutlich hielt sie ihn für eine Erscheinungsform des Teufels und hätte sogar den Gepäckraum vorgezogen. Der Manager nahm einen Plastikhocker von einem Stapel, stellte ihn hinten in den Mittelgang und die Frau ließ sich zufrieden lächelnd darauf nieder. Eine Viertelstunde später war der kleine Bus brechend voll. Selbst auf dem Platz neben Hank saß jemand, der weise Manager hatte einen fülligen Mann dorthin gesetzt, der es wahrscheinlich mit allen bösen Gestalten dieser Welt aufnehmen konnte. Er kaute. Das hatte er schon gemacht, als er eingestiegen war. Und dann, plötzlich, ohne Vorwarnung, beugte er sich vor, hielt die Plastiktüte auf, die ich für einen Müllbeutel gehalten hatte, und spie hinein. Eine eklige, rote Brühe, soweit ich das erkennen konnte. Seine Zähne waren pechschwarz. Es schüttelte mich. »Betel«, erklärte Malte ungefragt.

Der Mittelgang war nun bis vorne zum Fahrer mit Plastikhockern vollgestellt. Der Manager hatte gute Neuigkeiten für seine geschätzten Passagiere, er würde nun das Entertainment Programm starten, so jedenfalls interpretierte ich das Wedeln mit einer DVD. Und schon lief ein Film, ein Musical, in dem sich die Superstars der burmesischen Musikszene mit Wasser bespritzen, zaghafte Annäherungsversuche machten und auf eine Art sangen, die dem deutschen Schlager gar nicht so unähnlich war.

»Du verpasst den Film des Jahres«, versuchte ich noch einmal, Morganas Aufmerksamkeit auf mich zu ziehen. Sie sah wohl ein, dass sie es nicht sechs Stunden durchhalten würde, mich zu ignorieren.

Endlich drehte sie sich mir zu, sah mich an, lächelte und sagte: »Das ist ja eine nette Überraschung. Du hier?«

Und mein Puls ging so sehr nach oben, dass ich fast ohnmächtig geworden wäre.

21

»Morgana«, flüsterte ich selbstvergessen und genoss ihren Anblick. Sie hatte sich nicht sehr verändert, ihre Augen leuchteten wie früher, dieser Blick, die Lachfältchen, die vielleicht etwas ausgeprägter waren als vor etwas mehr als zwanzig Jahren.
»Du kennst Thingyan nicht, das Wasserfest?«, sagte sie. »Drei Tage lang fallen die jungen Leute hier übereinander her und bespritzen sich mit Wasser. Und dann kommt das neue Jahr. Schau sie dir an.«
Jetzt fiel es mir ein, Regel sechs aus dem Touri-Führer, die Menschen in Myanmar lieben Feste und Zeremonien, hatte er mich belehrt. Auf dem Bildschirm vorne im Bus warf ein gutaussehender junger Mann einem gutaussehenden jungen Mädchen einen schmachtenden Blick zu, dann drückte er einem Jungen einen Zettel in die Hand, den er wohl dem Mädchen geben sollte. Die Szene erinnerte mich irgendwie an das vorletzte Jahrhundert.
»Es ist schön dich zu sehen«, sagte ich und konnte gar nicht aufhören, sie anzuschauen.
Sie lächelte. »Es war gar nicht so einfach, Alina zu finden. Aber dass du und Malte und Hank auch hier seid ... Das ist skurril.«
»Bhas will uns sehen.«
»Wen interessiert, was Bhas will? *Ich* will Bhas sehen. Der kann was erleben. Er hat mich mit der Kleinen betrogen. Und ist dann einfach so abgehauen.«
Das letzte was ich wollte, war mit Morgana über Bhas zu sprechen. »Du siehst genauso aus wie damals«, sagt ich.
Sie warf mir einen Morgana-Blick zu, einen von denen, die dich durchdringen und ich spürte das gleiche Kribbeln wie damals. Ich hätte alles für sie getan.
»Weißt du«, sagte sie, »ich habe oft an dich denken müssen. Die Wochen mit dir waren die beste Zeit meines Lebens.«
Sie sagte das auf eine Art, in einem Ton, dass ich mir nicht sicher war, wie ernst sie es meinte. Sicherheitshalber grinste ich dümmlich und erzählte von meiner Firma und der prekären

Situation, in der wir steckten.
»Du bist nicht verheiratet?«, fragte sie. Ich schüttelte den Kopf und sah sie weiter einfach nur an.
»Freundin? Kinder?«
Wieder schüttelte ich den Kopf. »Nichts Festes.«
Wir sprachen über Verantwortung und Prioritäten, über gute Filme und gute Musik und es war, als hätte es die dreißig Jahre nicht gegeben, als wären wir wieder jung und ganz vertraut und meinetwegen hätte in diesem Moment die Zeit stehen bleiben können. Meinetwegen hätte der gutaussehende Typ mit der Sonnenbrille in dem offenen Jeep für immer Wasser aus einer Gießkanne auf die süße Burmesin kippen können, der Bus immer weiterfahren können und ich hätte mich mit Morgana immer weiter unterhalten über dies und das, das war völlig egal und sie hätte mich immerzu angelächelt und ich hätte für immer in ihre Augen geschaut und wäre im Himmel gewesen. Und Morgana hätte verstanden, dass sie damals einen Fehler gemacht hatte, und dass wir schon immer füreinander bestimmt gewesen waren. Ob ich ihr das einfach sagen sollte? Sie hätte mir das nicht abgenommen.
»Du hast Bhas geheiratet?«
»Ja, sehr bald, nachdem wir zusammengekommen sind. Es war alles so logisch. Aber der Zauber der Liebe, die Verliebtheit, blieb nur ein halbes Jahr, wie es eben oft ist. Und dann wurde es schwer. Du kennst ja seine Phasen. Und ich hatte nicht die Kraft, ihm zu helfen. Wir haben aneinander vorbeigelebt. Er wollte keine Kinder, ich habe Theater gespielt.«
»Echt? Im Fernsehen? Oder Stadttheater?«
Sie lachte. »Nein, in unserer Kirchengemeinde. Aber immer die Hauptrollen.« Sie gluckste. »Um die Zeit totzuschlagen. Geld hatten wir immer genug. Jeder lebte sein Leben und war auf seine Art glücklich. Mehr oder weniger. Doch dann hat er dieses Mädchen zu seiner Assistentin gemacht. Und ist schließlich mit ihr nach Myanmar durchgebrannt.«
»Alina? Aber sie ist hier, sie sitzt vor dir, sie ist nicht bei Bhas.«
Sie ignorierte die Fakten. »Irgendwie bin ich ihm nicht mal böse, wir hätten längst Schluss machen sollen. Ich hatte nicht den Mut dazu. Jetzt ist es wenigstens klar. Deswegen muss ich ihn finden, um mit ihm zu reden.«
»Was würde ich dafür geben, dich noch einmal als Morgana zu

sehen«, seufzte ich.
»Jetzt kann ich es dir ja sagen: Du wärst der bessere Artus gewesen«, sagte sie und ich fühlte, wie ich errötete.
»Ich kann mich noch gut an unsere Proben erinnern. Ich war so wütend auf Bhas. Weil er unverschämterweise nicht versucht hatte, mich rumzukriegen.« Sie lachte glockenhell auf. »Oh, wie ich das liebte. Du warst so süß und so schüchtern. Klar, ich hätte jeden haben können. Sogar Bhas. Aber Bhas konnte auch jede haben. Ich wollte ihn, aber nicht um jeden Preis, wollte es ihm nicht leicht machen, und er? Er hat null Interesse an mir gezeigt, weil er sich nie anstrengen musste, für nichts. Du aber hast dich angestrengt, sehr sogar.«
Sie sprach jetzt ganz selbstvergessen, so als wäre ich gar nicht da. Wollte ich das hören?
»Und vielleicht war auch ein wenig Trotz im Spiel, vielleicht hast du mir Leid getan, dass du dich so um mich bemüht hast und doch eigentlich keine Chance hattest. Vielleicht wollte ich dem Schicksal zeigen, dass ich entscheide, was geht und was nicht.«
Ich schluckte, sie hätte das nicht sagen müssen. Ich spürte, wie ich wieder der unsichere Junge von damals wurde, ich dachte, ich wäre da rausgewachsen. War das alles ein Fehler? Wäre es besser einen Schlussstrich zu ziehen, zu versuchen, eine andere Morgana zu finden? Machte ich gerade einen großen Fehler? Aber durch unsichtbare Fäden war ich mit meinem vergangenen Ich verbunden, zog es mich zurück zu dieser Frau, die meine Morgana gewesen war. Und immer noch war? Es war die Erinnerung an sie gewesen, dieses uneingelöste Versprechen, dass dafür gesorgt hatte, dass es mit anderen Frauen nie lange geklappt hatte.
»Und so kamen wir zusammen«, fuhr sie fort. »Es war eine schöne Zeit, ich habe später, als ich mit Bhas zusammen war, viel an dich gedacht. Eigentlich habe ich dich und unsere gemeinsame Zeit erst im Nachhinein richtig schätzen gelernt, aber da war es natürlich zu spät. Ich habe es ja selbst kaputtgemacht, an dem Abend, auf dem Festival.«
Ich schluckte wieder. Wir hatten nie darüber gesprochen, was passiert war, wie es passiert war und ich war mir nicht sicher, ob ich es überhaupt wissen wollte, aber Morgana sprach einfach weiter, während der Mann in dem Video sich eine E-Gitarre nahm und so etwas Ähnliches wie einen Rock-Song auf

burmesisch performte.

»Es war auf dem Festival, auf dem Zeuss und Apollo spielten. Du hast dich abgeschossen, du vertrugst ja nicht viel. Wir waren alle nicht mehr nüchtern, du und Hank und Malte und eben Bhas. Und plötzlich war er da, wir sind ein paar Schritte am Fluss entlang gegangen, waren allein, er hat mir Komplimente gemacht, hat mir die Aufmerksamkeit geschenkt, die ich von ihm nicht erwartet hatte, und dann hat es Klick gemacht. Er hat mich geküsst, ich wollte eigentlich nicht, ich war nie so eine. Aber er hat nicht lange gefackelt und er ist nun mal Bhas, ich meine, keine Frau kann ihm widerstehen, wenn er sie küsst. Es hätte alles großartig sein können. War es auch manchmal. Aber oft auch die Hölle. Der einzige Mensch, der nicht daran glaubte, dass alles gut werden kann, ist leider Bhas selbst. Seit ich ihn kenne, ist er auf der Suche. Aber immer, wenn er glaubte, er habe sich gefunden, in der Musik, in MWC, in mir, hat es sich über kurz oder lang als Sackgasse herausgestellt. Jeder will so sein wie Bhas, nur er nicht.«

Also sprachen wir über Bhas. Wo ich doch nur über Morgana reden wollte.

»Ich weiß, wie schwer es ist, wenn er seine Phasen hat«, sagte ich. »Weil er sich nicht helfen lassen will. Weil er dann Energie aus dir rauszieht, dass du denkst, du fällst in dich zusammen wie eine leere, ausgelutschte Hülle.«

»Ich habe es versucht. Am Anfang. Aber ich sah, dass ich ihm nicht helfen konnte. Dass es mich kaputt machte, dass er mich kaputt machte, aber dass er trotzdem weiter seine Phasen hatte.«

Ich schwieg einen Moment. Dachte nach. Wägte meine Worte ab, wollte ihr keinen Vorwurf machen, verstand sie nur zu gut.

»Er hat gelernt, alleine klar zu kommen?«, fragte ich schließlich.

»Nein. Nicky war bei ihm, wenn er sie gebraucht hat.«

»Nicky?« Mit allem hätte ich gerechnet, aber nicht damit. »Sie haben sich gesehen?«

»Sie stand fest an seiner Seite, nur dank ihr hat er seine Phasen überstanden. Sie war die einzige, die dann zu ihm durchdrang.«

»Nach allem was zwischen ihnen war?«

»Ja, komisch, oder?«

Der Bus hielt an. Neugierig reckte ich meinen Hals, um zu

sehen, was passiert war. Es war Malte, der mit hochrotem Kopf zur Tür hinausstürzte. Das verdammte Frittierte wirkte also immer noch nach.
Alina stand auf. »Ich glaube, ich gebe ihm doch mal Tabletten«, hörte ich sie zu Hank sagen.
Mich hatte sie wohl abgeschrieben. Ich hätte nicht gedacht, dass sie so gemein sein konnte, die hätte sie ihm ja auch schon heute Morgen geben können. Gleichmütig warteten die Einheimischen die Pause ab, verfolgten den Film, tippten auf ihren Handys, die fast alle dabei hatten, ein paar unterhielten sich auch. Dann ging es endlich weiter.

»Das war doch bei dem gleichen Festival, als ihr zusammengekommen seid?«
Sie lächelte melancholisch. »Ja, ein merkwürdiger Zufall. Wir haben ja alle da gezeltet, jeder hatte sein eigenes Zwei-Mann-Iglu-Zelt dabei. Dabei hätten nur wir zwei es eigentlich gebraucht. Aber du musstest ja deinen Rausch ausschlafen, es stank darin wie in einem Biertank, deswegen war ich noch draußen. Und bin dann mit Bhas in seinem Zelt gelandet. Nicky war ja schon immer der größte Fan von Z&A. Und was ich sehr an ihr geschätzt habe, ist diese unglaubliche Energie, mit der sie alles angefasst hat, was sie gemacht hat. Sie hat immer 150% gegeben. Immer mehr als jeder andere. Sie liebte Z&A abgöttisch und ebenso liebte sie Bhas und wollte ihn. Ihr war es nicht genug, einen BH auf die Bühne zu werfen. In der Nacht kam sie in Bhas Zelt.«
»Nein!«
»Doch. Ich wachte auf, weil der Mond plötzlich hereinschien und vor dem Mond stand Nicky, so wie Gott sie erschaffen hat und, wow, sie sah wirklich umwerfend aus. Und sie summte Deeper Love.«
Mein Lied, unser Lied, ich bekam eine Gänsehaut. Wusste Morgana eigentlich, dass ich Deeper Love für sie geschrieben hatte?
»Ich bekam mit, dass Bhas sich aufrichtete, sie ansah, etwas sagen wollte. Da richtete auch ich mich auf, der Schlafsack, den wir als Decke benutzt hatten, rutschte weg und so starrten wir uns an, wir beiden Nackedeis.« Sie lächelte bei der Erinnerung an diese unwirkliche Szene.

»'Oh', hat Nicky da gesagt. Sie war nie jemand, die einfach so wegläuft. Sie hat immer den Tatsachen ins Gesicht gesehen. 'Zeit für eine kleine Entscheidung, Bhas', hat sie gesagt. Ich war drauf und dran aufzuspringen und auf sie loszugehen, auf dieses Flittchen. Aber Bhas hat mir das abgenommen.
'Nicky. Schön dich zu sehen', hat er gesagt, wie das in so einem Moment nur Bhas sagen konnte. 'Du, ist grad schlecht. Das ist Morgana. Die werde ich heiraten. Sehen wir uns bei meinem nächsten Konzert?'«
»Das hat er gesagt? In eurer ersten Nacht? Ohne dich zu fragen?«
Sie nickte, ich sah nicht, ob sie lachen oder weinen wollte und sie wusste es wohl auch nicht.
»'Klar', hat Nicky nur gesagt und ich habe den Kloß in ihrem Hals gehört. 'Natürlich komme ich.'« Dann hat sie sich umgedreht und ist in der Nacht verschwunden. Und Bhas hat ..«
»Äh ja«, sagte ich um nicht noch mehr zu hören. Das reichte fürs erste. Ich versuchte das Thema zu wechseln. »Wie geht es Nicky? Hast du auch Kontakt zu ihr?«
»Oh«, Morgana schaut mich betroffen an. »Sie lebt nicht mehr. Wusstest du das nicht?«

22

Gegen zwei Uhr nachmittags erreichten wir den Busbahnhof von Nyaung U. Ein Minibus wartete bereits auf uns. Er brachte uns zum Zfreeti Hotel.
»Ich dachte, wir fahren nach Bagan?«, fragte ich unsere Reiseleiterin Alina.
Malte kam ihr zuvor: »Das ist alles eins, Alt-Bagan liegt etwas westlich von hier und darunter Neu-Bagan. Nyaung U liegt allerdings verkehrsgünstiger.«
»Aha«, entfuhr es mir.
Jeder hatte seinen eigenen Sitz in dem kleinen Bus, niemand sagte etwas, die lange Fahrt hatte uns alle erschöpft. Ein paar Minuten später waren wir schon am Hotel, wieder klappte alles wie am Schnürchen, wir checkten ein, ich brachte mein Handgepäck aufs Zimmer, für halb drei hatten wir uns auf einen Snack an der Hotelbar verabredet. Ich wollte mich ein wenig frisch machen, nach dem frühen Start in den Tag und staunte nicht schlecht, als meine Bürste aus meinem Kulturbeutel fiel. Es war wirklich verdammt früh gewesen heute Morgen, als ich sie vergeblich gesucht hatte. Ich hielt meinen Kopf unter die Dusche und drehte das kalte Wasser auf. Tat das gut. Ich rubbelte ihn trocken und spürte meinen Hunger.

Die Bar war im Freien neben dem Hotelpool, wir waren um diese Zeit die einzigen Gäste. Obwohl es erst kurz vor halb war, waren schon alle da, Hank redete auf Alina ein, Malte und Morgana saßen stumm daneben, Biergläser standen auf dem Tisch, fast leer, ich orderte einen Weißwein. Wir aßen frittierten Reis und frittierte Nudeln, nur Alina entschied sich für ein Linsengericht. Bhas hatte recht, das Klima war angenehmer als in Mandalay, aber heiß war es auch hier und wir hatten Durst. Die Stimmung wurde lockerer, nun plauderten auch Morgana und Malte über alte Zeiten, gemeinsame Lehrer, übers Geschäft, die beiden hatten sich ja in den letzten Jahren oft genug gesehen. Nur Alina und Morgana sprachen nicht miteinander, vermieden es sogar, sich anzuschauen.

Hank lag in Sachen Alkoholkonsum eindeutig in Führung. Ich merkte das, als er Alina den Refrain von Deeper Love vorsang.
»Hank, ohne Gitarre klingt das, nun ja, sagen wir mal gewöhnungsbedürftig«, wies Malte ihn zurecht.
»Ich find's schön. Ich habe ja im Gegensatz zu euch Z&A nie live gehört«, sagte sie. »Tschuldigung, im Gegensatz zu Ihnen.« So nüchtern war sie doch noch.
»Jetzt reichts aber mit dem Sie«, tönte Hank. »Wir sind doch hier unter Freunden, da sagt man du.«
Ergeben stieß sie mit uns an. Morgana ging eine rauchen. Wusste gar nicht, dass sie das immer noch tat, die Busfahrt hatte sie ohne Entzugserscheinungen überstanden.
Ich schaute auf die Uhr. Schon kurz vor drei. Ich rechnete. Sommerzeit. Viereinhalb Stunden Zeitunterschied zu Deutschland. Sie waren also schon auf und saßen im Büro. Ich entschuldigte mich, nahm mein Handy und ging aufs Zimmer. Und rief Mike an.
»Gut, dass du anrufst«, begrüßte er mich mit gehetzter Stimme. »Wir hatten eben einen seltsamen Anruf von der Bank, sie haben irgendetwas von 'Kredit wird fällig' und 'Zahlungsschwierigkeiten' gefaselt. Was ist los?«
»Ja, ha ha«, simulierte ich Heiterkeit, »das ist so ein Running Gag zwischen Giselher und mir. Wir müssen tatsächlich eine kleinere Summe kurzfristig überweisen.«
»Wenn ich ihn recht verstanden habe, geht es um 400.000 Euro?«
»Ja, so in der Richtung, plus minus«, gab ich schluckend zu. »Aber hör mal, genau deswegen bin ich unterwegs. In Myanmar.«
Es folgte eine Pause, ich hörte nicht mal sein Atmen. Vielleicht war die Leitung schlecht, vielleicht hielt er die Luft an. Und dann stellte er die Frage.
»Nein, ich habe mich nicht abgesetzt. Blödsinn. Ich treffe hier einen alten Freund, der uns eine kleine Liquiditätsspritze geben wird.«
Er fragte mich, warum ich das mit der Liquiditätsspritze im Futur formuliert habe und wann mit einer Überweisung zu rechnen sei.
»Ne, ne, das ist alles bombensicher, das läuft. Die Überweisung müsste jede Minute bei euch eintreffen. Aber du weißt ja, wie Banken sind. Dann dauert es doch wieder einen Tag länger.«

Und dann begann er zu jammern, ob das auch wirklich sicher wäre und was wäre, wenn und die Konsequenzen. Ich bin kein Mann für Jammer-Arien. Ich simulierte eine gestörte Leitung, legte auf und atmete aus. Eins war sicher, die Galgenfrist lief ab, es war allerhöchste Zeit. Ich durfte mein Team nicht im Stich lassen.

Wir liehen uns E-Bikes aus. Es war Hanks Idee gewesen und er hatte völlig recht. Wenn wir schon mal hier waren, konnten wir uns auch die legendären Ruinen der Pagoden von Bagan anschauen. Was brachte es schon, den ganzen Tag am Hotel herumzuhängen. Wenn es Bhas beliebte uns zu treffen, würde er uns finden.

Alina zuckte mit den Schultern. »Bhas hat ja meine Nummer. Ich habe ihm eine SMS geschickt, dass wir im Zfreeti sind. Er wird sich bestimmt bei mir melden, wenn er hier ist.«

»Wohnt er auch im Zfreeti Hotel?«

»Nein«, sagte Alina, »er ist in einem Hotel in Alt-Bagan. Aber die hatten keine Zimmer mehr frei. Da habe ich aber eben schon angerufen. Sie sagten, er sei unterwegs.«

»Unser lieber Bhas, wie ein Gespenst«, sagte ich ernst.

Niemandem war zum Lachen zumute. Wir wussten nicht, ob wir weinen sollten.

»Ich besorge uns einen Guide«, sagte Alina.

»Willst du mich beleidigen?«, fragte Malte mit unverhohlener Empörung und wie um zu beweisen, dass wir keinen brauchen würden, nein, um zu beweisen, dass wir keinen finden würden, der es mit ihm aufnehmen könnte, begann er über Bagan zu erzählen. Dass der Aufstieg Bagans im neunten Jahrhundert begann und es dank seiner zentralen Lage auf dem Handelsweg zwischen Indien und China am Irrawaddy schon bald die Hauptstadt eines Königreichs so groß wie das heutige Myanmar war.

»Zu seiner Blütezeit um das Jahr Elfhundert erstreckte sich Bagan über eine Fläche von 40 Hektar und war ungefähr fünfzehn Mal größer als das damalige London«, referierte er aus dem Kopf. »Es gibt hier mehr als 2000 Pagoden. Und das auch nur, weil der letzte König von Bagan im Jahre 1287 zahlreiche Tempel abreißen ließ, um doch noch eine vernünftige Stadtmauer zu bauen. Aber er konnte Kublai Khan nicht

aufhalten.«
»Gut. Überzeugt. Kein Guide«, sagte ich. »Auf zu den E-Bikes.«
»Insgesamt gab es einst mehr als 6.000 Pagoden«, versuchte Malte uns weiter zu langweilen, aber als er sah, dass wir anderen uns die Funktionsweise der Fahrräder mit Elektromotor zeigen ließen, gab er auf und gesellte sich zu uns. So recht vertrauenserweckend sahen die Fahrräder nicht aus. Aber der Verleih gehörte zum Hotel. Immerhin mussten wir nicht selbst in die Pedale treten.

23

Malte machte eine Geste, als wollte er sich sein Haar aus der Stirn streichen. Das hatte er damals schon gemacht, in der Schule, allerdings ergab das zu der Zeit erheblich mehr Sinn als heute, denn da hatte er noch Haare gehabt, ziemlich lange sogar. Heute waren keine mehr da. Nur seitlich und am Hinterkopf standen Stoppeln, er war nah dran an der Glatze, entsprechend seltsam mutete die Handbewegung an.
»Schafft der Elektromotor mich denn auch?«, fragte er, meiner Meinung nach zurecht.
Der Mann, der sich für das Hotel um die Vermietung der E-Bikes kümmerte, also im Wesentlichen um die Schlüsselübergabe, gab sich zuversichtlich und klärte uns über die erfreuliche Qualität und herausragende Zuverlässigkeit der ganz offensichtlich in die Jahre gekommenen Fahrräder auf.
Malte seufzte leise, wir stiegen auf und fuhren los.
Schon nach wenigen hundert Metern hatte sich die Gruppe auseinandergezogen: Nur wenige Straßen im Ort waren geteert, um uns an die Räder zu gewöhnen, hatten wir uns naiv für Nebenstraßen entschieden, doch es erforderte Geschick, sich durch den Sand, der diese Straßen bedeckte, zu kämpfen. Alina und Hank hatten mehr davon, Malte und Morgana weniger. Und ich blieb in ihrer Nähe, um sie nicht zu verlieren.
Außerdem war ich mit mir selbst beschäftigt. Angestrengt dachte ich darüber nach, wie ich Bhas aufspüren konnte. Seinen Launen ausgeliefert zu sein, ertrug ich nicht länger.
Nach ein paar Minuten hatten wir endlich die Hauptstraße erreicht, die von Nyaung U nach Bagan führte und obwohl hier jede Menge Verkehr war, ging es auf Teer wesentlich einfacher. Doch die anderen holten wir nicht ein, die Fahrräder fuhren sehr unterschiedlich schnell, vielleicht wegen der Akkus, vielleicht wegen der Zuladung. Wir drei blieben also zurück, bei einem Tempo, das sich nicht nach Abenteuer anfühlte, sondern nach gesetztem Seniorenvergnügen. So hatte ich mir das nicht vorgestellt, aber ich war ja auch nicht zum Spaß hier. Es wurde Zeit, dass etwas passierte. Und das würde es jetzt. Warum hatte

ich überhaupt so lange damit gewartet? Aus Rücksicht auf Bhas? Weil ich insgeheim Angst davor hatte, nach all den Jahren seine Stimme zu hören, mit ihm zu sprechen? Weil ich Angst davor hatte, dass er mir das Geld nicht geben würde? Wie dumm von mir. Ich zog mein Handy raus, startete den Messenger und tippte auf die Botschaft von Bhas.
»Bist du verrückt, im Fahren zu telefonieren?«, ermahnte mich Malte.
»Bei der Geschwindigkeit könnte ich während der Fahrt die Reifen wechseln«, witzelte ich und ich sah genau, dass Morgana darüber schmunzelte. Ich war mir immer noch unsicher, wie es zwischen uns stand. Im Bus war es wie früher gewesen, im Hotel hatte sie mich kaum eines Blickes gewürdigt. Und bei mir im Bauch kribbelte es, als wäre ich wieder ein Teenager. Verflixt. Hatte ich denn nichts dazugelernt?
Ich drückte den Telefonhörer und hielt mir das Handy ans Ohr. Mein Puls zog an, ich hätte das schon in Yangon machen sollen, ich Hornochse. Jetzt würde es sich entscheiden. Scheiß auf seine kryptischen Botschaften und seine Spielchen. Es knackte, einmal, zweimal, dann kam ein Freizeichen. Ich lauschte gespannt. Ein LKW überholte uns, einer von den typischen alten aus China, bei denen der Motorblock nicht verkleidet ist und die so laut sind und so stark vibrieren, dass sie sich anhören wie eine Mischung aus Erdbeben und AC/DC. Ich fluchte leise, aber als der Lärm nachließ, war immer noch das Freizeichen zu hören. Ich wartete, schließlich legte ich enttäuscht auf.
»Hast du versucht Bhas anzurufen?«, riet Morgana.
»Er ist nicht dran gegangen«, entgegnete ich und versuchte, nicht ganz so mürrisch zu klingen, wie ich mich fühlte.
»Natürlich nicht. Macht er nie. Schon gar nicht, wenn er wieder eine seiner Phasen hat. Selbst wenn ich anrufe, geht er dann nicht ran. Nur die Anrufe seiner Assistentin nimmt er entgegen. Widerwillig.«
Ich stöhnte auf. Was für ein Freak.
Und eine Idee erblickte zaghaft das Licht der Welt. Und je länger ich darüber nachdachte, desto klarer wurde mir, dass das der einzige Weg war.

»Sag mal«, fragte ich Malte, »Alina, wie ist die eigentlich so? Ich meine, sie ist doch quasi auch deine Mitarbeiterin?«

Malte stand schon wieder der Schweiß auf der Stirn, den er mit einem rot-karierten Stofftaschentuch alle 200 Meter abtupfte. Obwohl er praktisch kaum treten musste.
»Alina«, sagte er gedehnt, so als sei es ein Urteil, eins, das nicht unbedingt positiv ausfiel.
»Viel gesehen habe ich von ihr nicht, sie unterstützt tatsächlich nur Bhas. Und Bhas und ich arbeiten eigentlich mehr nebeneinander als miteinander.«
»Du kennst sie also nicht gut?«
»Sie ist sehr smart, sie hat ja in vielerlei Hinsicht Bhas' Job gemacht. Aber sie hat ihren eigenen Kopf, eckt an, lässt sich nichts sagen.«
Ich fand, das klang ganz sympathisch.
»Was sie nicht gemacht hat, war alles, was mit Kunden zu tun hatte. Das Verkaufen, die Abschlusspräsentationen, das war auch nicht ihr Ding, das konnte nur Bhas.«
»Sonst wäre sie ja auch der bessere Bhas«, musste ich grinsen. Ein kurzer Seitenblick auf Morgana ließ allerdings meine Alarmglocken schrillen. Offenbar wollte sie nichts Positives von Alina hören, am liebsten wahrscheinlich gar nichts. Obwohl sie hier bei uns war, glaubte sie immer noch, Alina sei mit Bhas durchgebrannt. Ich würde Frauen zweifelsohne niemals verstehen, aber ich verstand sie doch immerhin so gut, um zu merken, dass es jetzt höchste Zeit war, das Thema zu wechseln.
»Du hast dich also ganz auf die Analyse konzentriert?«
Malte wischte sich wieder die imaginären Haare aus der Stirn. Meine Frage schien ihm ungemein zu schmeicheln, so viel Interesse an seiner Person war er wohl nicht gewohnt. »Es geht ja nur darum, Gründe für das zu finden, was das Management, das uns beauftragt, sowieso machen will. Meistens wollen sie Mitarbeiter abbauen. Das eigentliche Problem ist normalerweise komplexer und sehr viel schwerer zu lösen und oft hat das Management die Probleme selbst verursacht. Das wollen sie natürlich nicht hören. Der einfachere Weg ist, die Kosten zu reduzieren und das geht irgendwann, wenn der Karren tief genug in den Dreck gefahren ist, nur noch, wenn man Personal abbaut.«
Ich dachte an 3S, an mein Team. Wenn ich Bhas nicht fand, standen sie auch bald alle auf der Straße. Und ich war Schuld, weil ich alles auf eine Karte gesetzt und zugestimmt hatte, das

Geschäft über diese seltsame Consulting-Firma abzuwickeln. Ich Idiot. Klarer Managementfehler. Und meine Leute würden dafür zahlen. Ich schwieg einen Moment. Und dachte dann, dass ich fairerweise auch dafür zahlen würde, nächste Woche stand ich ohne meine Firma da, aber dafür mit beiden Beinen in der Privatinsolvenz, ich hatte Firma und Privates nicht gut genug getrennt, ich war immer schon ein hoffnungsloser Optimist gewesen.

»Ich kann ein paar Wochen, auch mal einen Monat oder zwei auf Bhas verzichten«, fuhr Malte fort, »aber nicht länger. Ohne ihn kommen keine Aufträge rein und ohne seine fabelhaften Präsentationen können Projekte nicht abgeschlossen werden, und dann fließt kein Geld.«

Er sprach immer schneller, immer erregter und ich verstand zu hundert Prozent, was er sagte. Ich nickte ihm aufmunternd zu.

»Wir werden ihn finden«, sagte ich, mehr zu mir selbst als zu ihm.

»Da, schaut mal!«, rief Morgana überrascht.

»Das ist der Htilo Minlo Tempel«, sagte Malte, froh wieder in seine 'ich weiß es besser als jeder Reiseführer'-Rolle schlüpfen zu können. »Der ist fast fünfzig Meter hoch und einer der letzten großen Tempelbauten in …«

Weiter kam er nicht.

»Nicht der Tempel, die beiden mit den Rädern«, fiel ihm Morgana ins Wort.

Ich schätzte, wir hatten die halbe Strecke nach Alt-Bagan hinter uns. Vor der Einfahrt zur eindrucksvollen, rot-ockerfarbenen Tempelruine standen zwei Personen mit Fahrrädern an der Straße, eine recht groß mit einem schwarzen Mantel.

»Hätte nicht gedacht, dass sie auf uns warten«, sagte Malte.

»Schätze, das machen sie nicht freiwillig«, sagte ich, denn Hank schwenkte hektisch seine Arme, er schien zu versuchen, ein Auto anzuhalten. »Da ist was passiert.«

24

»Bezaubernd, dass die ihre Tempel und Pagoden so schön in der Landschaft verteilt haben. Es sieht fast aus wie in einem englischen Park. Wenn die Stadtplaner von heute nur so viel Geschmack hätten«, sagte Morgana.
Hank winkte, wir fuhren bergab und dennoch gemächlich auf ihn zu und Morgana übte sich in Small Talk. Die Frau hatte Nerven. Malte allerdings auch.
»Vor 1000 Jahren sah das hier ganz anders aus. Die Stadt war dicht besiedelt, überall Hütten und Häuser, aber eben nicht aus Stein, sondern aus anderen Materialien. Als der Buddhismus aus Indien kam und den einheimischen Schlangenkult ablöste, wurden mitten in der Stadt all diese Heiligtümer errichtet. Erst nachdem die einfachen Gebäude verfallen waren, entstand diese wild romantische ...«
»Hank, was ist los?«, schrie ich, als wir nah genug waren, dass er uns hören konnte, ohne auf Malte Rücksicht zu nehmen.
»Alina hat eine Panne. Der Akku hat keinen Saft mehr.«
Wir kamen an und stiegen ab. Malte bestand darauf, das Fahrrad fachmännisch zu testen, kam aber zu dem gleichen Ergebnis. Akku tot.
»Hast du schon im Hotel angerufen?«, fragte ich Hank.
»Ja, habe ich«, antwortete Alina. »Wenn sie meine Wegbeschreibung verstanden haben, müssten sie in einer Viertelstunde hier sein.«
»So lange warte ich nicht«, sagte Morgana in die Runde, ohne dabei Alina anzuschauen. »Bringt ja auch nichts, wenn wir hier alle dumm rumstehen.«
»Kein Problem. Treffen wir uns heute Abend im Hotel, wenn Bhas kommt«, antwortete Alina.
Bei der Erwähnung von Bhas Namen verzog ich instinktiv das Gesicht. Ich hatte die Nase voll von dem Spiel.
»Dann bis heute Abend«, sagte Morgana. »Jungs, kommt ihr mit?«
Malte und Hank schwangen sich ohne zu zögern auf ihr Rad. Das kam mir ganz gelegen.

»Ich bleib hier, wir können sie ja nicht alleine lassen.«
»Ich wusste gar nicht, dass du ein Kavalier alter Schule bist«, spottete Morgana. Leider zeigte sie keine weiteren Zeichen von Bedauern und fuhr einfach los, gefolgt von den beiden anderen.
»Wegen mir hättest du nicht hierbleiben müssen«, sagte Alina.
Na prima, ich opferte mich auf und das war der Dank.
»Ich mach das gern. Wir sollten nicht vergessen, dass wir hier nicht in Europa sind.«
»Verstehe«, sagte sie und ihr Blick sah aus, als wollte sie mich auslachen und tatsächlich hatte ich mich, seit ich in Yangon gelandet war, nicht eine Sekunde lang unsicher gefühlt.
Wir standen im Schatten eines Baumes und warteten. Alina würgte meine zaghaften Versuche, sie in ein Gespräch zu verwickeln undiplomatisch ab, irgendetwas schien ihr grundlegend zu missfallen, ich hatte nicht den Eindruck, dass ihre schlechte Stimmung nur von der Fahrradpanne rührte. Endlich näherte sich ein kleiner LKW mit offener Ladefläche, auf der gleich mehrere Ersatzräder standen. Dabei hätte es ein neuer Akku doch auch getan. Zwei freundliche Männer vom Hotel reichten das Ersatzfahrrad herunter und nahmen das mit dem leeren Akku in Empfang. Alina drehte eine kurze Testrunde und schon fuhr der Truck wieder davon.
»Auch nicht sehr vertrauenerweckend«, entfuhr es mir.
»Eine Panne reicht«, sagte sie mehr zu sich selbst als zu mir. »Weißt du was, ich fahre zurück zum Hotel und miete mir was Vernünftiges.« Sie sah mich an, ihr wurde klar, dass ich die anderen nicht mehr finden würde und sagte mit einer Spur Mitleid: »Kannst ja mitkommen.«
»Gute Idee«, stimmte ich zu.
Der Rückweg war anstrengend, es ging bergauf, die Motoren waren schwach, die Räder schwer, wir mussten treten, um überhaupt vorwärtszukommen. Bei der vorzeitigen Rückgabe zeigte sich das Hotel verständig, zwei Schritte weiter liehen wir uns moderne Elektroscooter aus, die man in Myanmar ohne peinliche Fragen nach irgendwelchen Führerscheinen bekam, die wir ohne Helm fuhren und die richtig Spaß machten. In einem Bruchteil der Zeit waren wir zurück beim Htilo Minlo Tempel und ich konnte spüren, wie sich Alinas Laune besserte.
»Schon schön hier. Diese Landschaft. Wie ein Park.«
»Das war nicht immer so«, dozierte ich mit meinem neu

erworbenen Besser-Wissen. »Früher war hier alles voll mit Häusern. Aber die waren nicht aus Stein und sind über die Jahrhunderten verfallen.«

»Was für eine erhabene Stimmung!« Wir hatten unsere Scooter am Eingang des Tempels abgestellt und zogen unsere Schuhe aus. Regel Nummer vier aus den Benimmregeln für Touristen. Wenn du in Myanmar bist, verhalte dich wie die Myanmar. In Sachen Schuhe ausziehen hatte ich das schon voll und ganz verinnerlicht. Ich zitierte weiter aus dem Gedächtnis: »Früher haben die Menschen hier Schlangen verehrt.«

»Ih«, sagte Alina und grinste dabei.

»Doch dann kam der Buddhismus aus Indien, das war der Startschuss für diese gigantische Menge an Pagoden und Tempeln.« An mehr konnte ich mich nicht erinnern, es wurde Zeit, dass ein richtiges Gespräch zustande kam.

»Komm, schaun wir uns das Ganze mal aus der Nähe an«, sagte sie und ging entschlossen voran.

Den Tempel umgab eine rote Steinfläche, an deren Rand zahlreiche Händler Stände eingerichtet hatten. Hier gab es alles, was Touristen kaufen sollten, von Thanaka-Hölzern und -Cremes über Kleidung bis zu antik anmutenden kleinen Holzschatullen, in denen man Gewichte und Waagen bei sich tragen konnte, Schmuck und T-Shirts. Auch Raubkopien von Orwells Burma-Roman auf Deutsch wurden günstig angeboten. Es tat mir fast leid, dass ich Bücher nur noch auf meinem E-Reader las.

»Die Angebote sind ja spannender als der Tempel«, sagte Alina. Sie blieb stehen und musterte die Auslagen eines Kleidungsstands.

»Wir haben die Longys auch in anderen Farben«, sagte die junge Verkäuferin, die ein weißes T-Shirt mit Minni-Maus Gesichtern trug. Sie sah mich an. »Ich denke, braun würde Ihrem Mann stehen.«

Ich hatte das Gefühl rot zu werden, aber Alina sagte nichts. Stattdessen stellte sie sich neben die Verkäuferin, musterte mich ebenfalls, schüttelte den Kopf und sagte: »Das macht ihn nur noch älter, als er sowieso schon ist. Vielleicht dunkelblau? Mit einem Muster? Eher sportlich?«

»Haben wir«, triumphierte ihre Komplizin und verschwand im Inneren ihres Standes.

»Ich brauche keinen Wickelrock«, protestierte ich leise.
»Doch, trägt hier jeder, hast du doch gesehen.«
»Die Einheimischen.«
»Genau, die wissen, was bei der Hitze praktisch ist.«
Die Verkäuferin kam freudestrahlend zurück, zog einen neuen Longyì aus seiner Plastikverpackung und hielt ihn mir vor die Beine. »Das steht ihm gut.«
Ich hasste es, sie sprachen über mich wie über ein Kind, das man neu einkleidet.
»Besser als erwartet«, relativierte Alina, »Aber das muss man natürlich mal anprobieren.«
Ich musste eine Spur missmutig geschaut haben, die junge Frau sah ihr Geschäft in Gefahr und relativierte, dass die Longyis alle gleich groß seien, alle ein Meter mal zwei.
»Nicht wegen der Größe«, lächelte Alina, und ich sah, dass sie sich einen Spaß daraus machte, mich zu quälen, »wir müssen ja sehen, ob ihm die Farbe wirklich steht.«
Ich ließ es über mich ergehen, wurde in den Rock gepackt, selbst binden konnte ich ihn nicht, obwohl auch das im Touri-Guide in Regel Nummer 12 beschrieben wurde. Die Frauen umkreisten mich und kommentierten das, was sie sahen, mehr oder minder fachmännisch und Alina machte trotz meines kläglichen Protests Fotos. So hatte ich mir das nicht vorgestellt. Schließlich kaufte sie das gute Stück und machte es mir zum Geschenk.
»Na gut. Aber jetzt darf ich mich revanchieren.«
Sie grinste. »Einen Rock für mich? Hab ich schon.«
Ich schenkte ihr eine Kette, eine schlichte, mit einem kleinen Jadeelefanten als Anhänger. Es war schön zu sehen, wie sie sich freute. Zum Dank hauchte sie mir sogar einen Kuss auf die Wange. Wir fuhren weiter, zur Shwesandaw Pagode, stiegen ab, zogen wieder mal unsere Schuhe aus, umrundeten das Bauwerk und setzten uns dann auf die warmen Steine, mit dem Rücken an die Pagode.
»Die Mopeds sind wirklich cool«, sagte ich.
»Mopeds?«, fragte sie und sah mich irritiert von der Seite an.
»Also die Scooter.«
»Ah.«
»Interessant, dass die Mauer so viele Risse hat und an anderen Stellen sieht sie aus wie neu«, sagte ich, um das Gespräch nicht

einschlafen zu lassen.
»Hier gibt es immer wieder Erdbeben. Und die Regierung lässt dann an den Pagoden und Tempeln herummauern. Sie nennen das Renovieren.« Alina schüttelte sich demonstrativ, um ihr Missfallen zu zeigen. Sie hatte ihren Reiseführer gelesen. Jetzt waren mir meine wiedergekäuten Sätze über den Schlangenglauben peinlich.
»Kanntest du Nicky eigentlich gut?«, fragte ich sie. Mit Small Talk wurde alles nur noch schlimmer.
»Wie gut kennt man einen Menschen?«, fragte sie zurück. »Ich weiß nicht mal, ob ich mich gut kenne.« Sie lachte. Und dann erzählte sie.

25

»Nicky hat sich oft um Bhas gekümmert, seine Phasen kamen mit den Jahren immer öfter, in letzter Zeit alle paar Wochen. Morgana ist jedes Mal in das Ferienhaus an der Ostsee geflüchtet. Nicky ist dann gekommen. Nur sie konnte mit ihm reden, wenn er so war, und da ich mich um seine Geschäfte gekümmert habe, war Nicky meine erste Ansprechpartnerin. Da unterhält man sich schon mal.«

»Wie ist es ihr ergangen, damals, nach Z&A?« Das Licht, die Stimmung, es machte mich wehmütig und meine Gedanken wanderten zurück in die Vergangenheit. Ich hatte das alles hinter mir gelassen, und jetzt, mit all den Menschen von früher in meiner Nähe, kamen die Erinnerungen mit Macht zurück.

»Sie schlug sich als alleinerziehende Kellnerin durch. Ich hab dafür gesorgt, dass sie Geld bekam, wenn sie sich um Bhas gekümmert hat. Aber sie wollte das nicht, hat viel weniger genommen, als ihr zugestanden hätte. Und dann hat sie diesen Spleen entwickelt. Sie war wie besessen davon.«

Ich musste sie mit großen Augen neugierig angeschaut haben, denn sie beantwortete meine Frage, bevor ich sie stellen konnte.

»Die Sache mit der gesunden Ernährung. Sie war überzeugt davon, dass Bhas Problem im Grunde ein Problem seiner Ernährung war. Und sie hat alles ausprobiert, mit dem ihr eigenen Hang zur Übertreibung. Keine Laktose. Kein Gluten. Paleo. Vegetarisch und vegan. Und keine Ahnung was noch alles. Und jedes Mal hat sie versucht, Bhas zu überzeugen, es auch zu probieren. Aber er war sich sicher, dass seine Phasen nichts damit zu tun hatten, was er ass. Bhas ist kein Gourmet, hat sich aus Essen nie viel gemacht.«

Ich nickte und lächelte. »Ich weiß noch, wie wir mal Pizza gebacken haben, aus Mürbeteig, es schmeckte schrecklich, ein Tortenboden mit Salami und Käse. Er hat sich zwei Mal nachgenommen.«

Auch Alina grinste. »Typisch. Tagelang hat er auch gar nichts gegessen, das machte ihm nichts. Aber Nicky hat sich da richtig reingesteigert. Sie liebte Bhas wie am ersten Tag, sie hätte alles

für ihn getan und er war Morgana treu wie am ersten Tag.«
»Eigentlich seltsam, dass ihre Beziehung so wenig glücklich war?«
»Das war vielleicht Morganas Sicht, aber Bhas hat das nie so empfunden. Er merkte natürlich, dass Morgana nicht glücklich war und wusste, dass es an ihm und seinen Phasen lag. Er hatte ein furchtbar schlechtes Gewissen deswegen. Aber das hat seine Gefühle für sie nicht geändert. Er hätte Morgana niemals betrogen. Mit niemandem.«
»Morgana scheint das aber nicht zu wissen. Hat er ihr nie gesagt, wie sehr er sie liebt?«
»Das ist vielleicht die Tragik ihrer Beziehung, dass sie nie verstanden hat, wie sehr er sie geliebt hat - und sie ihn auch nie so sehr geliebt hat wie er sie.«

Wir schwiegen einen Moment, sahen Touristen zu, die mit ihren Scootern ankamen, sich die Schuhe auszogen, auf besonders bemerkenswerte Inschriften zeigten. Niemand sonst fuhr so ein altertümliches E-Bike wie Alina vorhin.
»Nach dem Tod von Nicky wollte Bhas unbedingt nach Myanmar«, erzählte Alina irgendwann weiter, den Blick in die Ferne gerichtet. »Denn das war das Land der Sehnsucht für Nicky. Sie hatte sich seit vielen Jahren sehr für den Buddhismus interessiert und seitdem hat sie davon geträumt, einmal hierher zu reisen.«
»Warum ist Bhas nicht einfach mit ihr hierhergefahren?«
»Wenn er gesund war, hätte er es niemals gemacht aus Rücksicht auf Morgana, und wenn er seine Phasen hatte, konnte er nicht. Aber nach ihrem Tod fand er, sei er es ihr schuldig.«
»Immer machen, niemals warten«, zitierte ich eine alte Lebensweisheit, von der ich nicht wusste, wo ich sie aufgeschnappt hatte. »Morgana hat er mit dieser Reise nicht gerade glücklich gemacht.«
»Sie hatten sich die letzten zwei Monate nicht gesehen. Bhas wollte ihr nicht wehtun. Aber es ging ihm nicht gut, es wurde nicht besser, nach Nickys Tod wurde es noch schlimmer, denn nun war niemand mehr da, der ihm in schwierigen Zeiten beistand.«
Das war eine traurige Geschichte. »Sag mal, Nickys Kind, kann das nicht sein, dass Bhas der Vater war? Dass sie deswegen so

gute Freunde waren?«
»Ausgeschlossen. Bhas hätte das nicht gemacht. Und wenn es seine Tochter gewesen wäre, hätte er sie als Tochter angenommen. Nein, das ist unvorstellbar.«
»Wie alt ist sie eigentlich? Hast du sie mal gesehen? Wie sieht sie aus?«
»Nur flüchtig, keine Ahnung, Hallo und Tschüss, mehr haben wir nicht gesprochen, meistens hab ich sie nur gesehen, wenn sie Nicky gefahren ist, die hatte ja keinen Führerschein.«
»Wusste sie denn, wer ihr Vater war?«
»Darüber hat sie mit mir nie gesprochen. Ich weiß nicht, ob sie das weiß. Jedenfalls war Nicky niemals verheiratet.«
Aber was bedeutete das schon. Ich erinnerte mich an den ersten Auftritt auf unserer Vier-Tages-Tournee. Natürlich war Nicky dabei. Und was immer zwischen ihr und Bhas vorgefallen war, sie ließ sich nichts anmerken. Sie himmelte uns, die Band, genauso an wie immer. Wir waren jung, sahen gut aus, waren aufgehende Sterne, die Welt stand uns offen. Morgana hatte sich für Bhas entschieden und ich brauchte Trost und Ablenkung. Spät am Abend fanden Nicky und ich uns alleine in einer Bar, die anderen hatten nicht so lange durchgehalten wie wir. Sie machte mehr Party als alle anderen, die ich kannte, zusammen, war immer guter Laune, hatte immer noch eine verrückte Idee in der Hinterhand. Es war ein wunderbarer Sommer, die Nacht war warm wie ein nachglühender Ofen, sie hakte mich unter und wir gingen noch mal zum Ufer des Flusses, saßen auf dicken Steinen, aus denen die Hitze des Tages uns wärmte und summten Lieder von Z&A mit albernen Improvisationen. Und landeten bei mir im Hotelzimmer. In der Nacht habe ich sie geliebt. Am nächsten Morgen war alles wie immer. Sie war wieder der Fan von Z&A, ich war nun ein Fan von Nicky, aber nicht mehr. Ich glaube, sie wurde dann Hanks Freundin. Er konnte einfach besser Gitarre spielen.

26

[redacted]Rufst du Bhas an?«, riss ich Alina aus ihren Gedanken.
Überrascht sah sie mich an. »Nein, er ruft mich an. Wollen wir auf die Pagode gehen? Von dort hat man bestimmt einen Wahnsinnsblick über die Landschaft, wenn die Sonne untergeht.«
»Aber du könntest ihn doch anrufen? Ich meine, du hast seine Nummer, und bei dir würde er drangehen?«
Alina stand auf und ging auf einen der vier Aufgänge zu. »Schade. Gesperrt wegen Einsturzgefahr. Das letzte Erdbeben war wohl eins zu viel. Oder sie haben ihre Sicherheitsanforderungen verschärft.«
»Alina. Du könntest ihn anrufen. Diese Schnitzeljagd ist kindisch.«
»Ach ja?«, sagte sie frech. »Das ist doch euer Ding, ihr und die Band und all das. Ihr habt doch alle diese verratenen Träume, unerfüllten Wünsche, scheinheiligen rosaroten Erinnerungen. Ihr wollt alle etwas von Bhas und da wundert ihr euch, dass er nicht mit dem Füllhorn ankommt und euch hilft, eure Fehler zu vergessen?«
»So sieht er das?« Ich stand auf.
»Keine Ahnung, wie er das sieht, aber nachdem ich mir jetzt seit Tagen eure Geschichten aus der Kindheit anhören muss, könnte ich es nur zu gut verstehen, wenn er euch gar nicht mehr treffen will. Hank, der wie ein kleines Kind seit Jahren auf seine Entdeckung wartet, ein erwachsener Mann, der nicht mal ein Taxi zahlen kann. Malte«, sie wischte sich in seiner Art affektiert die Haare aus der Stirn, »ein Oberlehrer und Spießer, neben dem jeder meiner Lehrer wie ein Hippie wirkt und du, der du nur an dein Geschäft und an dich selbst denkst, kein bisschen Benehmen. Wenn ich nicht für Bhas arbeiten würde, ich würde mich heute Abend in die nächste Maschine setzen und nach Hause fliegen.«
Wir standen uns Auge in Auge gegenüber. Es war mir unendlich egal, dass dieses verzogene Gör auf den Job keine Lust hatte. Aber sie war mein Schlüssel zu Bhas. Der Einzige. Ich brauchte

sie.
»Das tut mir leid«, begann ich daher. »Ich bitte dich auch nicht wegen mir, Bhas anzurufen. Aber denk bitte daran, dass ich das wegen meiner Firma mache. Wir haben mehr als 30 festangestellte Mitarbeiter. Wenn ich Bhas nicht treffe, kann er mir nicht helfen, wenn er mir nicht hilft, schlittern wir in die Insolvenz. Die stehen dann alle auf der Straße, die sind dann arbeitslos. Denk an die, die Familie haben, kleine Kinder. Ein Anruf und du kannst ihnen helfen.«
Ich hatte den Eindruck, dass sie nachdachte, jedenfalls wanderten ihre Pupillen nach rechts oben, ich hatte mal in einem Kurs gelernt, solche Zeichen zu deuten, nur leider all die Details vergessen.
»Gut, ich ruf ihn an.«
Na also, ging doch. »Danke«, sagte ich knapp.
»Und wir fahren zum O Htein Hill East, um uns dort den Sonnenuntergang anzuschauen. Ich will den wirklich noch sehen, bevor wir Bhas treffen.«
Ich nickte, wir gingen zu unseren Scootern. Zwei Touristen fuhren direkt neben uns vorbei, wir standen praktisch auf dem Weg. Sie kramte ihr Handy aus der Tasche und wählte. Ich stand dicht neben ihr, sie drehte sich etwas von mir weg, machte einen Schritt zur Seite, sodass ich nichts hören konnte.
»Bhas, hi«, hörte ich sie sagen. Und was dann passiert ist, kann ich kaum erklären. Irgendwie ging es mit mir durch. Die ewige Warterei, das Vertrösten, die Anspannung wegen 3S.
Jedenfalls riss ich Alina ihr Handy aus der Hand. Ich wollte mit Bhas sprechen, sofort.
Aber ich hatte nicht damit gerechnet, was nun geschah. Ich kannte Alina einfach nicht gut genug. Sonst hätte ich gewusst, dass das Mädchen irgendeine verdammte Kampfsportart praktizierte. Ehe ich mich versah, hatte sie mir den Arm auf den Rücken gedreht, der Schmerz machte mich fast wahnsinnig. Es fühlte sich an, als würde sie mir den Arm auskugeln oder gar brechen. Ich ging in die Knie, sie ließ nicht locker. Was ich nicht sah, war, was mit dem Handy geschah. Ich hatte es loslassen müssen, es war zu Boden gefallen. Das nächste, was wir hörten, war das metallische Knirschen, das entsteht, wenn Scooterräder über ein Handy rollen.
»Scheiße«, brüllten Alina und ich fast gleichzeitig. Das Display

war gesplittert, die Hülle zerbeult, es sah bemitleidenswert aus.
»Wie dumm kann man sein?«, zischte Alina und bückte sich nach ihrem Telefon.
»Geht es noch?«, fragte ich kleinlaut.
»Einen Scheiß tut es«, sagte sie so sachlich, wie man so einen Satz sagen konnte. »Falls es dir darum ging, unsere Verbindung zu Bhas zu kappen, herzlichen Glückwunsch. Das hast du prima hinbekommen.«
Ich hätte mich gerne an einer Stelle gebissen, die anatomisch nur schwer zu erreichen ist.
Wir setzten uns auf unsere Scooter, Alina fuhr los, ich hinterher, mit dem schlechtesten Gewissen der Welt. Wie konnte ich das nur wieder gut machen? Und was wäre, wenn Bhas nachher nicht ins Hotel käme? Dann war es endgültig vorbei.

Ich gab Gas, holte auf, bis ich neben ihr fuhr.
»Wirst du es den anderen erzählen?«, schrie ich ihr zu.
Sie blickte kurz zur Seite, in meine Richtung. Und antwortete nicht einmal. Klar, warum sollte sie das verschweigen? Ich ließ mich etwas zurückfallen, fuhr hinter Alina her und malte mir aus, wie ich Hank und Malte am besten davon abhalten würde, gemeinsam prügelnd über mich herzufallen.
Wir fuhren an verschiedenen Pagoden vorbei, deren Namen ich nicht kannte. Alina wagte ich nicht zu fragen, sie hätte nicht geantwortet und im Grunde war es mir auch egal. Wir kamen an einem Schild vorbei, Sula Mani. Dann ein Hügel, wieder ein Schild, der O Htein West. Weit konnte es also nicht mehr sein.
Der östliche O Htein Hügel war gut besucht. Die Menschenmassen, die sich tagsüber auf all die Tausende von Tempeln und Pagoden verteilten, versammelten sich bei beginnender Dämmerung an den Hotspots, die fantastische Aussichten auf die malerisch matt glänzenden Ruinen boten. Dieser Hügel war einer davon. Aber was war da los? Hatte sich eine Keilerei wegen der besten Plätze entwickelt? Jedenfalls stach uns eine Gruppe von Menschen ins Auge, die ungewöhnlich dicht beieinander standen und sich offenbar anschrien. Wir kamen zum Fußende des Hügels, stellten die Maschinen ab und drehten die Zündschlüssel auf aus, nun konnten wir die Schreie verstehen, sie waren zwar auf Englisch, aber mit dem harten Akzent meiner Muttersprache.

»Nein, ich bin nicht bereit, solche Tickets zu erwerben«, sagte Malte aufgebracht. »Das ist Piraterie. Das ist ja wie Eintritt für die Alpen zu verlangen.«
«Malte, sie wird nicht wissen, was die Alpen sind«, versuchte Morgana ihn zu beruhigen. Sie hielt ihn am Arm, anscheinend hatte er auf die junge Burmesin, die ihm offenbar etwas verkaufen wollte, losgehen wollen.
»Und ich verbiete dir, dass du die Tickets kaufst«, knurrte er Morgana an und strich sich hektisch gleich zwei Mal kurz hintereinander sein nicht vorhandenes Haar aus der Stirn.
»Keine Sorge, ich habe mein Portemonnaie im Hotel liegen lassen«, sagte sie genervt.
»Und ich habe eh kein Geld mehr«, erklärte Hank unnötigerweise.
»Was macht ihr hier?«, begrüßte Alina die drei streng. Sie klang wie eine Lehrerin, die schon wieder Ärger mit ihren ungezogenen Schülern hatte.
»Ihr seid unsere Rettung«, grüßte Morgana erleichtert zurück. In diesem Moment sah sie darüber hinweg, dass sie mit Alina normalerweise kein Wort wechselte. Vielleicht dachte sie nicht daran.
»Um was geht's denn?«, fragte ich.
»Um Bagan besuchen zu dürfen, muss man ein archäologisches Ticket erwerben. Die werden sporadisch an einigen herausragenden Sehenswürdigkeiten kontrolliert, wie zum Beispiel am O Htein. Hat irgendwer von euch daran gedacht?«, fragte Alina genervt.
Hank zuckte hilflos mit den Schultern, Morgana schüttelte den Kopf, ich sagte wahrheitsgemäß »Nein« und Malte sagte, unnötig laut und immer noch erregt, dass er das natürlich gelesen habe, aber es unverschämt fände und nicht bereit sei, die Wildwest-Methoden der immer noch weitgehend vom Militär gesteuerten Regierung zu unterstützen.
»Es fehlen also vier Tickets«, stellte Alina selbstbeherrscht fest, zog Geld aus ihrer Börse und reichte es der jungen Frau, die trotz der ganzen Aufregung höflich lächelnd ruhig stehen geblieben war.
»Ich zahl das«, versuchte ich mich an einer kleinen Wiedergutmachung.
»Danke, ich brauche dein Geld nicht«, ließ Alina mich abblitzen.

Die Verkäuferin steckte das Geld ein, riss vier Tickets von einem Block ab und reichte sie mit einer angedeuteten Verbeugung Alina. »Viel Spaß beim Sonnenuntergang. Aber ganz ehrlich, heute ist es hier zu voll. Der Typ da vorne auf dem Motorrad ist einer meiner Brüder. Wenn ihr wollt, zeigt er euch einen der kleinen Tempel, auf die man noch raufklettern darf. Das ist viel schöner.«
»Danke«, sagte Alina und lächelte zurück. »Ihr habt es gehört. Mir nach.«
Und wie Lämmer, die man zur Schlachtbank führt, trotteten wir hinter ihr her. Ich schickte ein Stoßgebet zum Himmel, weil das Gezeter wegen der Tickets für den Moment die Telefongeschichte in den Hintergrund gedrängt hatte. Vielleicht würde ich zumindest den Sonnenuntergang in Ruhe anschauen können. Und dann würden wir ja schon Bhas treffen. Vielleicht würde doch noch alles gut.

27

Der Bruder der Ticketverkäuferin freute sich sichtlich, dass wir in seine Richtung fuhren.
»Ich kenne den besten Platz in ganz Bagan. Ihr werdet ihn lieben«, begrüßte er uns.
»Warum macht er das? Was will er? Geld?«, zischte Malte.
»Er macht es für sein Karma. Sein Lohn liegt in der guten Tat«, antwortete Hank mit einem seligen Lächeln auf den Lippen.
Unser Guide fuhr vorneweg. Er hatte eine Gitarre auf dem Rücken. Neben ihm fuhr ein Freund, ebenfalls mit einem richtigen Motorrad mit Benzinmotor, allerdings waren beide älteren Baujahrs und knatterten laut. Uns zuliebe fuhren sie langsam, damit wir hinterherkamen. Sehr langsam. Denn Morgana, Hank und Malte waren ja noch auf den antiken Fahrrädern unterwegs.
Der Geheimtipp lag nicht weit vom Htilo Minlo entfernt, auf der anderen Seite der Straße. Wir kamen an einem Gebäude vorbei, das Malte lautstark als 'die fabelhafte Upali Thein Ordinationshalle« lobte.
»Was um alles in der Welt ist eine Ordinationshalle?«, fragte Hank nicht weniger laut.
»Ordination bedeutet Weihe, dort wurden Gläubige zu Priestern geweiht«, erklärte Malte schreiend und glücklich, dass er eine Nachfrage beantworten durfte.
Der Weg wurde sehr sandig, ich achtete höllisch darauf, mit der richtigen Geschwindigkeit auf der richtigen Spur zu fahren, doch bevor es richtig lästig wurde, waren wir auch schon am Ziel. Die Jungs stiegen ab und erklärten breit grinsend, dass der kleine Tempel, vor dem wir standen, im Inneren über ein Treppenhaus verfüge, über das man auf sein Flachdach gelange, auf das man sich setzen könne und von dem man eine wunderbare Aussicht habe. Und verschwanden im Inneren. Auch wir anderen stellten unsere Räder und Scooter ab. Morgana, Hank und Alina folgten ihnen. Nur Malte blieb vor einer großen Metalltafel stehen, neugierig stellte ich mich neben ihn.
»Was ist das?«, fragte ich.

»Schau es dir nur gut an, das sind die Tipps der Regierung für Touristen, was man hier alles nicht darf.«
Die Liste war lang. Es gab drei Klassen von Regeln: Da waren zum einen die, die man normalerweise nicht aussprechen musste, weil es sowieso klar war. Dass man die antiken Dinge nicht stehlen und verkaufen durfte. Dass man die empfindlichen Malereien in den Tempeln nicht anfassen sollte. Dass man betende und meditierende Mitbürger nicht durch Schreien und Lärmen stören sollte.
Zum zweiten gab es Anweisungen, die irritierten, weil man auf die Idee erst mal kommen musste, zum Beispiel, dass man in den Gebäuden nicht kochen und sie auch nicht als Müllhalden missbrauchen sollte.
Und schließlich Regeln, die mich überraschten. Streng genommen durfte man die Buddha- Bilder weder fotografieren noch filmen. Daran hatte sich kein einziger Tourist gehalten, den ich heute gesehen hatte.
Malte zeigte mit ausgestrecktem Arm auf eine der Regeln . »Schau dir das an. Man darf sich kein Buddhabild tätowieren. Als wenn jemand auf so eine Idee kommen könnte.«
Ich zuckte mit den Schultern. Es gab ja nichts, was es nicht gab. Wobei mir die Warnung auch nicht gerade sinnvoll erschien. Wir folgten den anderen.
Auf dem Flachdach saßen bereits Gruppen von Menschen. Unsere beiden Führer hockten zusammen, einer der beiden klimperte auf der Gitarre.
Etwas weiter vorne saß ein Pärchen, das sich in breitestem Schwäbisch über Erlebnisse in Kambodscha unterhielt, nicht weit von ihnen saß eine Gruppe Einheimischer. Sie schwatzten munter. Und ein paar Meter weiter ein junger Mann, der melancholisch die untergehende Sonne fixierte.
Alina saß neben Hank, er erzählte, sie hörte zu, ihr Gesicht sprach Bände. Morgana hatte sich auf die Hank-Seite gesetzt, ich hockte mich neben sie, Malte neben mich. Wir starrten in die Ferne.
»Sieht ein bisschen aus wie ein Foto mit einem Sepiafilter«, brach Malte unsere Stille und fing sich einen bösen Blick von Morgana ein.
»Alter Romantiker. Ist das nicht ein Traum: Der rotbraune Savannenboden, darin die Tempel und Pagoden, und sogar der

Himmel nimmt ihre Farbe auf, immer einen Ton variierend, so als würden Himmel und Erde in der Ewigkeit verschmelzen?«
Klang blöd, war aber wirklich schön, dachte ich mir, vor allem, als Morgana ihren Kopf an meine Schulter lehnte. Es war wieder ein wenig so wie auf der Busfahrt. Mein Herz klopfte. Zögerlich legte ich meinen linken Arm um ihre Schulter, bereit, ihn schnell wegzuziehen, wenn sie darauf irgendwie abweisend reagieren würde. Tat sie aber nicht. Ich fand, sie lehnte sich eher hinein in meinen Arm. So konnte es bleiben.
Nach und nach verstummten die Gespräche, selbst die Schwaben genossen nun das Panorama, wahrscheinlich hätte man uns atmen hören können, wenn nicht einer immer noch gesprochen hätte. Hank. Wollte er Alina beeindrucken?
»Die Vier-Tages-Tournee war ein rauschender Erfolg. Der Typ von der Plattenfirma liebte uns. Er platzte in eine Probe rein. Es war ein unwirklicher Moment. Eben noch hatten wir an einem neuen Riff gebastelt, ganz in der Musik versunken, und dann kam der Typ rein, abgehetzt, mit glänzenden Augen. »Good News, Jungs. Der Boss will mit euch eine Probeaufnahme machen.« Und dann war er auch schon wieder weg, immer in Hektik, wie er nun mal war. Und wir standen da und mussten uns erst mal kneifen, dass wir nicht geträumt hatten. Er wollte Probeaufnahmen machen. Probeaufnahmen.« Er sprach das Wort aus wie Champions League Sieger oder Weltmeister oder drei Michelin Sterne. »Uns war ein Plattenvertrag so gut wie sicher. Wir standen nur einen Schritt entfernt von der Ziellinie, wir mussten nur noch drüber gehen.«
Alina hörte ihm zu, ich wusste ja, dass sie die Bandgeschichten nicht mehr hören konnte. Und Hank merkte einfach nicht, dass er uns anderen diese wunderbare Stimmung kaputt redete.
»Und dann brachen wir in Jubel aus, sieht man den beiden da gar nicht an, dass sie so richtig ausflippen können, oder?« Dabei nickte er in unsere Richtung. Ich verzog keine Miene, ich wusste ja, wie die Geschichte weiterging. Malte machte auch nicht den Eindruck, als wollte er sie nochmal hören.
»Nur Bhas reagierte komisch. Es war, als erwachte er aus einem Traum. Es hat mir immer Angst gemacht, wenn seine Stimmung umschlug. Und ausgerechnet in dem Moment geschah es.
'Probeaufnahmen?', sagte er ernst. Wir wurden sofort still, sahen ihn entgeistert an. 'Wir sollen ins Studio? Wir können

doch nichts. Was soll das?', sagte er.
Ich packte ihn bei beiden Schultern. 'Wach auf, Bhas', ich schüttelte ihn, 'wir sind's. Zeuss und Apollo, die gerade die ganze Gegend gerockt haben. Wir werden Stars. Wir haben es geschafft.'
Er drehte sich zu mir um, sein Blick ging mir durch Mark und Bein, mir wurde kalt, es war grausam. 'Wir dürfen uns nichts mehr vormachen. Bisher war das Spielerei, Kinderkram, hier mal ein Gig, da mal ein kleiner Auftritt. Das ist jetzt das Showgeschäft. Und dazu reicht es nicht, nicht bei mir, nicht bei dir. Ich bin kein guter Sänger und du bist kein guter Gitarrist. Schau uns doch an, was haben wir denn gelernt? Gar nichts. Alles selbst beigebracht, alles dilettantisch. Die lachen uns doch aus. Akzeptiert die Realität. Ich bin raus.'
Und dann tat er das, was er immer schon am besten konnte. Einfach gehen, wenn es schwierig wird.«
Einen Moment verstummte Hank und ich atmete erleichtert aus. Doch aus mir unerfindlichen Gründen fragte Alina nach: »Aber ihr seid doch ins Studio gegangen?«
»Ja«, sagte Hank gedehnt und melancholisch. »Wir sind ins Studio gegangen.«
«Hank kam zu mir«, sagte Morgana, »noch am gleichen Tag, aufgelöst, fertig mit sich und der Welt und nicht bereit, seinen Traum zu begraben. Ich hab ihm versprochen, das zu klären. Damals dachte ich noch, meine Kraft reicht auch für zwei. Damals dachte ich noch, Bhas und ich, wir zwei zusammen, könnten diese dunkle Macht in ihm besiegen. Ich suchte ihn, ich fand ihn, ich redete die halbe Nacht auf ihn ein und am nächsten Morgen war er bereit, es zu versuchen. Es hat mich so viel Kraft gekostet, es war furchtbar, aber ich hatte gewonnen. Dachte ich jedenfalls.«
»Er rief mich an«, erzählte Hank weiter. »Er sagte, vergiß den Unsinn, den ich gestern gesagt habe, ich stand unter Schock. Wir sind die Helden des Universums, wir werden es allen zeigen. Wir sind die Größten. Kurzum, er war wieder Bhas.«

Neben mir saßen die zwei Burmesen und unterhielten sich leise, aber angeregt. Die Gitarre unseres Guides lag neben ihm. Ich blickte ihn fragend an, er nickte mir zu und ich nahm das Instrument und klimperte ein wenig darauf herum. Es war lange

her, Melodien wusste ich keine mehr, ich war auf das Niveau von Peter Burschs Gitarrenbuch Band 1 zurückgefallen. Damals, mit 15, hatte ich durch Versuche, Boby Dylans 'Blowing in the wind' zu spielen, die an Katzenmusik erinnerten, meine Schwester fast in den Wahnsinn getrieben.
Ich schrammte über die Saiten, ein A-Dur, ein A-Moll, ein C-Dur, die Gitarre klang gut, einwandfrei gestimmt. Ich schlug die Saiten zart an, um die Stimmung des Moments nicht durch laute Riffs zu zerstören. Hank schaute mich ungläubig an. Er sagte nichts, auch ihm war die Stimmung endlich heilig, schüttelte aber angewidert den Kopf, er schien das ernst zu nehmen und hielt mir seine Hand hin. Bereitwillig gab ich ihm das Instrument. Er hustete leise, dann begann er zu spielen. Ein paar Tonleitern zum Warmwerden, in seiner Hand veränderte sich das Ding, es erwachte zum Leben, erzeugte Laute, die so unwirklich waren, wie die sandfarbenen Umrisse der Pagoden am Horizont. Seine Töne klangen kristallklar. Sein Spiel wurde mehrstimmig, ich erkannte den Song, Aching Feet, er spielte leise, aber deutlich. Alle, die hier oben saßen, hatten sich ihm nun zugewandt, die beiden Burmesen, die Schwaben, die kleine Gruppe Burmesen, die ein paar Meter von uns anderen saß. Und dann sang er. Früher hatte das immer Bhas gemacht. Ich erinnere mich nur an eine Gelegenheit, als Hank gesungen hatte, es war keine besonders angenehme Erinnerung. Aber jetzt war es anders. Die Jahre hatten seinen Gesang verändert, er war dunkler, spröder, rauchiger geworden, eine Mischung aus Tom Waits und Joe Cocker. Und die Töne hatte er schon immer getroffen. Er sang jetzt mit viel Gefühl und Eindringlichkeit. Ich bekam eine Gänsehaut, es war großartig. Wir alle waren verzaubert. Das war der perfekte Soundtrack zum Sonnenuntergang. In diesem Moment spürte ich das wahre Leben. Oder war das einfach nur Kitsch? Jedenfalls dachte ich an nichts, es war wie eine Meditation, ich war eins mit der Musik, der Landschaft, der warmen Luft und den immer noch warmen Ziegeln unter mir.
»Oh, mein, Gott«, flüsterte Morgana.
Der junge Mann, der so grüblerisch abseits der anderen gesessen hatte, zog geistesgegenwärtig sein Handy und hielt es auf Hank. Sofort taten es ihm andere Burmesen gleich. Klar, sie hielten Hank für einen Star. Schon der Ledermantel hatte sie

beeindruckt, und wenn man ihn so singen hörte, konnte man gar nicht anders. Und dann spielte er auch noch Deeper Love und für mich blieb die Zeit stehen. Zum ersten Mal vergaß ich die 3S und Bhas und alles andere und fragte mich, was ich eigentlich die letzten Jahrzehnte so getrieben hatte, wenn das hier doch das Paradies war.

28

»Zeit zu gehen«, sagte Morgana und sah mich dabei seltsam an. So, dass mir ganz anders wurde.
Malte stand auf, als habe er nur auf diesen Moment gewartet. Ich versuchte Morganas Blick zu erwidern, wir schauten uns nur einen Wimpernschlag lang in die Augen, doch so kurz es war, es reichte doch, mir das Gefühl zu geben, ich könnte fliegen.
Alina applaudierte Hank, zum ersten Mal sah sie wirklich zufrieden und frei aus. Bisher hatte sie für mich immer etwas Ernstes an sich gehabt, wie jemand, der eine große Verantwortung trug, eine zu schwere Bürde für ihr Alter. Jetzt schien sie mir endlich sie selbst zu sein.
Hank genoss den Moment. Sicherlich fühlte er sich endlich als der Star, der er immer schon sein wollte, denn auch die Burmesen und sogar die Schwaben hatten ihm applaudiert, bevor sie in die fast schon finstere Nacht verschwunden waren.
»Das war großartig«, sagte Alina.
»Der schönste Lohn des Künstlers ist ein begeistertes Publikum«, sagte Hank und ich vermutete, es sollte bescheiden klingen, aber sein Stolz war unüberhörbar. Und dann tat er etwas, für das ich mich jetzt noch schäme, wenn ich nur daran denke und mit dem niemand gerechnet hatte, am wenigsten wohl Alina. Er nahm ihre Hand, sie ließ es überrascht geschehen, und drückte ihr einen Kuss auf den Handrücken. Erschrocken zog sie sie zurück und machte sich vorsichtig auf den Weg durch das zappendustere Treppenhaus nach unten.
»Das ist gefährlich«, hörte ich Hank sagen, dann folgte er ihr, und Morgana und ich folgten ihm.
Es war in der Tat sehr dunkel, zu dunkel um zu sehen, was nun geschah. Hank und Alina mussten sehr nah beieinander die Treppe hinuntergegangen sein und kaum waren wir im Erdgeschoss angekommen, hörte ich das Geräusch, das entsteht, wenn eine flache Hand eine Wange trifft und einen überraschten Schmerzensschrei.
»Hände weg!«, bestätigte Alina meine Vermutung.
Wir standen nun alle vor dem Tempel, im fahlen Licht einer

Straßenlampe.
»Was hat er getan, der Rocker?«, brauste Malte auf. Er hatte das letzte Wort ironisch verzerrt, schien überhaupt nicht mehr in der Lagerfeuerstimmung, in die uns Hanks Gesang versetzt hatte, nein, er wirkte ganz und gar im Unreinen mit sich und der Welt. Dieser Moment, den ich am liebsten festgehalten hätte, musste in ihm Gedanken geweckt haben, an denen er noch jetzt arbeitete, die ihn ins Wanken brachten. Ich sah, wie sich seine Muskeln anspannten, wie er die Rechte zur Faust schloss.
»Ich wollte ihr nur die Treppe runterhelfen«, stammelte Hank. »Es ist dunkel.«
»Die Hand hatte da nichts zu suchen«, stellte Alina nüchtern fest.
Ich war mir sicher, dass Maltes Hals anschwoll und sein Gesicht sich ins Rötliche verfärbte.
»Du musst das verstehen, einer betörend schönen jungen Frau konnte ich noch nie widerstehen«, sagte Hank und grinste dabei dümmlich.
Malte schlug einfach zu. Mit einer Geschwindigkeit, die ich ihm wohl wegen seiner Korpulenz nicht zugetraut hatte. Hank taumelte zwei Schritte zurück, starrte ihn verdutzt an.
»Nicht schlagen«, sagte Alina, nachdem sie realisiert hatte, was gerade geschehen war. Ich stellte mich schützend vor Morgana und machte einen Schritt zurück. Sie drückte sich an mich. Instinktiv legte ich meinen Arm um ihre Schulter. Es wurde kühler und ich spürte ihren warmen Körper an meinem, insgeheim dankte ich Malte, dass er diese Situation herbeigeführt hatte, schaute aber natürlich so empört wie möglich.
Hank brauchte nicht lange, um die Fassung zurückzugewinnen und schlug nun seinerseits auf Malte ein, der mit beiden Armen seinen Oberkörper und sein Gesicht schützte. Es ging hin und her.
»Hört auf!«, fuhr ich sie an, doch sie nahmen mich wahrscheinlich gar nicht wahr.
Nachdem seine Faustschläge bei Malte keinerlei Wirkung zeigten, wechselte Hank die Strategie, lief gebeugt mit dem Kopf voran in Malte hinein, riss ihn so zu Boden und versuchte sich auf ihn zu setzen. Doch Malte klammerte sich nun seinerseits an Hank und schon rollten sie gemeinsam, fest

verknotet über den sandigen Boden.
»Du Freak! Tust immer so besonders. Aber du bist nur ein Grapscher«, stieß Malte hervor, wenn sein Gesicht mal grade nicht im Staub lag.
»Schlagen kann jeder. Bist ja nur neidisch. Dich hat ja nie eine gewollt«, nutzte Hank seine sandfreien Momente.
»Das hättest du schon vor dreißig Jahren verdient gehabt«, sagte Malte, nachdem es ihm gelungen war, Hank in den Sand zu drücken und sich so auf seinen Brustkorb zu setzen, dass Hank kaum noch Luft bekommen konnte.
»Wenn du glaubst, Fett sitzt oben, irrst du dich«, röchelte Hank, stieß mit beiden Handkanten in Maltes Nieren, sodass der vor Schmerz aufschrie. Hank nutzte den Moment sich unter ihm hervorzuwinden, aufzustehen und Malte, der sich mit schmerzverzerrtem Gesicht die Seiten hielt und dabei leicht vorgebeugt stand, mit dem Knie vor die Nase zu treten. Maltes Brille flog in hohem Bogen davon und sofort schoss Blut aus seiner Nase.
»Hank! Malte! Hört auf, es reicht!«, brüllte ich. Wenn sie so weiter machten, würden wir noch einen Krankenwagen brauchen, oder noch schlimmer, die beiden auf unseren Scootern zum Hotel transportieren müssen.
Aber sie waren noch nicht fertig. Als der den Versuch machte, einen weiteren Tritt zu landen, schnappte sich Malte Hanks Bein, zog daran, sodass Hank rückwärts zu Boden ging und eine Staubwolke aufstob, die im matten Schein der Laterne gespenstisch wirkte, so als hätte jemand gezaubert.
Hank schrie auf. »Hilfe. Ich bin gelähmt. Ich habe mir das Rückgrat gebrochen.«
Malte klatschte sich den Sand aus den Händen. »Geschieht dir recht, du Arsch!«
»Malte!«, fuhr Morgana ihn an.
»Ist doch wahr«, maulte er und holte ein Papiertaschentuch hervor, aus dem er einen Stopfen für seine Nase rollte und legte seinen Kopf in den Nacken.
»Nimm den Kopf nach vorne!«, wies Alina ihn an, »sonst läuft dir das Blut in die Speiseröhre und dir wird schlecht.«
»Ja, ja, weiß ich«, näselte er, »aber sonst krieg ich den Stopfen nicht in die Nase.«
Alina verdrehte die Augen.

Ich reichte Hank die Hand und zog ihn hoch, ich kannte seinen Hang zur Melodramatik. Sein Rücken schmerzte sicherlich, war aber allem Anschein nach voll funktionstüchtig. Auf seinem Gesicht aber blutete eine mehr als handlange Wunde, er hatte beim Sturz Bekanntschaft mit einem Dornenbusch gemacht.

»Das muss schnellstens desinfiziert werden«, bemerkte Morgana.

Malte kniete nieder und krabbelte über den Boden.

»Was hat er? Doch schwerer verletzt?«, fragte ich Alina.

»Er sucht seine Brille«, erklärte sie im Ton einer Kindergärtnerin, wenn sich die Jungs mal wieder geprügelt haben.

»Der Bügel ist angebrochen«, stöhnte Malte, der sie offenbar gefunden hatte. »Wenigstens hab ich's dir endlich mal so richtig gezeigt, du Arsch«, sagte er, während Hank fast gleichzeitig etwas überaus Ähnliches sagte.

Ich konnte nicht anders, ich grinste.

Der Kampf war vorbei, er hatte etwas Befreiendes gehabt. Ich sah, dass auch die anderen beiden schmunzelten. Nur Morgana und Alina blieben ernst. Sie hielten uns wahrscheinlich alle drei für komplett verrückt.

»Wieder Freunde?«, sagte Hank und hielt Malte seine Hand hin.

»Niemals, du Pappnase«, sagte Malte und schlug ein. Die beiden waren nie Freunde gewesen. Maltes Augen strahlten. Ich musste schlucken.

»Es reicht, meine Herren«, übernahm Alina das Kommando. Es wird Zeit, dass wir zurückfahren, oder wollt ihr Bhas warten lassen?«

29

Gegen acht erreichten wir das Hotel, pünktlich um Bhas zu treffen. Ich ging direkt zur Bar, die anderen folgten mir. Alina sprach noch mit der jungen Frau an der Rezeption, klar, von uns allen war es für sie am wenigsten spannend, Bhas wiederzusehen. Mein Herz klopfte, der wunderbare Tag hatte mich abgelenkt, es schien eine Zeit lang, als gäbe es Wichtigeres im Leben als meinen alten Freund, aber das war nur ein Trugbild. Meine Firma, mein Leben. Bhas. Ich schaute mich um. Zwei Tische waren besetzt. Ein Pärchen verspeiste Curry, sie unterhielten sich auf Französisch. Zwei deutsche Touristen tranken den Cocktail of the day. Ein junger Burmese mit nicht ganz sauberer weißer Leinenjacke stand hinter dem Tresen und polierte Weingläser. Wo - war - Bhas?

Wir standen ratlos herum. Er musste doch hier sein. War er aber nicht. Wollte er uns an einem anderen Ort im Hotel treffen? Auf dem Dach, wo das Frühstück serviert wurde? Malte strich sich nervös seine imaginären Haare aus der Stirn. Hank, ein wenig krumm wie immer, murmelte ein Wort, das mit F begann, mehrmals.

Und dann kam Alina von der Rezeption zu uns, in ihrer rechten Hand einen Notizzettel. Ich musste nicht wissen, was darauf stand, ich sah es an ihrem Gesicht. Kein Lächeln, ausdruckslos. Eine Botschaft von Bhas, er würde nicht kommen. In mir Leere. Es gab keinen Bhas, es war alles nur Fiktion, ein Spiel.

»Eine Botschaft von Bhas«, kam sie direkt zur Sache, ohne uns auf das, was nun kommen musste, auch nur irgendwie vorzubereiten. Hank hörte auf, vor sich hin zu fluchen, wir alle starrten sie an. Auch den anderen war klar, was das bedeutete.

»Ich war etwas früher als geplant hier«, las sie vor, »aber ihr wart nicht da.«

»Warum hat dieser Spinner nicht gewartet? Wenn er selbst sagt, er war zu früh da?«, keifte Malte.

Alina las weiter: »Du warst per Telefon nicht zu erreichen, ich bin weiter, zu den Golden Island Cottages, ruf mich nicht an, ich melde mich bei dir.«

Sie sah zu Boden, verlegen.
Wir anderen waren seltsam still, damit beschäftigt einzuschätzen, was das für uns bedeutete, was wir tun konnten.
»Gut, fahren wir zu den Golden Island Cottages«, brach ich das Schweigen.
»Das ist nicht hier, das ist am Inle See«, erklärte Alina.
»Wie weit ist das?«
»Ein kurzer Flug, keine Stunde.«
»Dann lass uns lieber fahren.«
»Dann dauert es einen ganzen Tag.«
»Mist«, sagte ich. »Also gut. Fliegen wir ihm wieder mal nach. Gleich morgen Früh.« Ich hatte keine Ahnung, warum ich das sagte. Was sollte das alles noch? Glaubte ich wirklich daran, Bhas jemals wiederzusehen? Und auch noch rechtzeitig? Gab es andere Gründe, warum ich die Verfolgungsjagd jetzt nicht beenden wollte?
»Wieso?«, fragte Malte. »Warten wir doch erstmal auf den Anruf von Bhas bei Alina. Dann kann er uns erklären, warum er nicht gewartet hat, was das Ganze soll. Mir reicht's.«
»Er wird sie nicht anrufen«, sagte ich leise.
»Er wird sie nicht anrufen?«, wiederholte Hank laut. »Aber das hat er doch geschrieben. Dass er sie anruft.«
»Er kann sie nicht anrufen«, sagte ich, immer noch leise. »Alinas Telefon ist kaputt. Ein Tourist ist mit seinem Scooter drübergefahren.«
»Alina?«, schrie Hank.
»Es war nicht meine Schuld«, sagte sie.
»Ja, ich wollte es ihr wegnehmen, um diesem Spuk ein Ende zu machen und Bhas anzurufen«, sagte ich mürrisch. »Und dabei gab es ein kleines Handgemenge und es fiel zu Boden.«
Malte klatschte sich mit der Hand vor die Stirn, Hank trat ein Luftloch gegen irgendeinen imaginären Gegenstand und Morgana stöhnte leise.
»Na super«, sagte Malte ironisch. »Vielen Dank auch, Superman. Der erfolgreiche Unternehmer, der superschlaue beste Freund von Bhas, trennt die einzige Verbindung, die wir zu Bhas hatten. Wie dumm kann man sein?«
Sein neuer bester Freund Hank nickte und selbst Morgana schien auf seiner Seite. Ich wäre am liebsten im Hotelpool untergetaucht, um ihre Blicke nicht länger ertragen zu müssen.

Fast trotzig sagte ich: »Ja, das war Mist. Aber das hat nichts damit zu tun, dass Bhas uns versetzt hat.«
»Also was mich betrifft«, sagte Hank, »So lange er zahlt, reise ich ihm nach bis ans Ende der Welt.« Er sagte das ohne den Hauch eines Lächelns. »Und wenn ich ihn dort gefunden habe, mache ich ihn kalt.« Ein schlechter Witz, über den er nicht mal selber lachen konnte.
»Das ist typisch Bhas«, sagte Malte und seine Stimme klang auf einmal erschöpft, resigniert. Er setzte sich auf einen der Stühle. »Er stellt sich einfach nicht seiner Verantwortung. Na warte, Bürschchen, wenn ich dich endlich in die Finger kriege.«
Alina schaute sich um, ihr Blick blieb an Morgana hängen. Sie nickte ihr zu. »Was ist mit dir?«
»Ich habe es so viele Jahre vor mir hergeschoben, reinen Tisch zu machen, da lass ich mich von solchen kleinen Schwierigkeiten nicht abhalten«, sagte sie trotzig.
»Leute«, richtete Alina das Wort an uns alle. »Ich buche die Flüge und die Unterkunft für uns. Geht doch schon mal vor zum Dinner.«
Abendessen?, dachte ich. Die Frau war wirklich praktisch veranlagt. Erstaunlich wie schnell sie zur Tagesordnung überging. Ich hatte eigentlich gar keinen Hunger mehr nach dieser erneuten Enttäuschung.
Hank kannte solche Probleme nicht. »Ich könnte ein ganzes Wildschwein essen«, sagte er. »Die an der Rezeption meinte, das Weather Spoon's wäre super und ist nur fünf Minuten zu Fuß.«
Malte nickte, Morgana nickte und ich nickte auch, denn ich wollte jetzt auf keinen Fall allein sein.

30

Das Weather Spoon's wirkte auf den ersten Blick eher wie ein Imbiss als ein Restaurant. Es war ein nach zwei Seiten hin offener Verschlag mit billigen Tischen und Stühlen, eine der beiden Wände war voller Notizen von Reisenden aus aller Welt. Auf unserem kurzen Weg waren wir an einigen leeren Restaurants vorbeigekommen, das Weather Spoon's war bereits gut gefüllt mit Menschen jeden Alters aus verschiedensten Winkeln der Welt, die eifrig schwatzten. Es gibt Orte, an denen fühlt man sich sofort wohl. Das Weather Spoon's war einer von ihnen. Wir bekamen den letzten Sechsertisch und ein junger Burmese, der uns freundschaftlich begrüßte, brachte uns die kleine laminierte Karte. Morgana achtete darauf, dass Malte einen Stuhl nahm, von dem aus er die Plastikflaschen am Nachbartisch nicht sehen konnte.

»Mir reicht eigentlich ein Wasser«, sagte er, als wir die Getränke bestellten, doch auch jetzt verhinderte Morgana ein weiteres Drama, indem sie ihn davon überzeugte, Lemon Mint zu nehmen. Das wurde definitiv im Glas serviert.

»Ist denn das Eis auch nicht aus Leitungswasser?«, fragte Malte besorgt. Er hatte dazugelernt, das musste man anerkennen, dachte ich.

»Wir verwenden für unser Eis nur Wasser aus der Flasche«, beruhigte ihn der Junge, der diese Frage wahrscheinlich jeden Tag ein halbes Dutzend Mal beantworten musste.

Wir anderen starteten direkt mit Bier. Alkohol löst keine Probleme, aber es hilft, sie für einen Moment weniger ernst zu nehmen. Wir waren uneins, ob Mandalay oder Myanmar besser schmeckte. Morgana nahm Mandalay, ich Myanmar, Hank einfach beides.

»Kennt ihr die Geschichte vom Original-Wetherspoons eigentlich?«, fragte Malte und ich freute mich, denn wenn er erzählte, kümmerte er sich hoffentlich nicht um Plastikmüll. Morgana dachte bestimmt ähnlich, denn sofort schüttelte sie eifrig den Kopf und bat Malte, zu erzählen.

»Das ist eine riesige Pub-Kette in Großbritannien. Angeblich hat

der Gründer sie nach einem seiner Grundschullehrer benannt, der immer gesagt hat, aus ihm werde sowieso nichts. Allerdings leugnet er diese Version inzwischen.«
Das Essen war grandios. Hank hatte einen gigantischen Burger mit Pommes, die er in jedem zweiten Satz lobte. Mein Curry war so gut wie irgendeines der köstlichen, die ich jemals in Thailand gegessen hatte und Morgana hatte sich in ihren Avocadosalat verliebt. Malte kaute mit Genuss an seinem in Teig frittiertem Gemüse. Wir orderten Bier nach, Malte holte zügig auf. Wir waren in bester Stimmung, uns ging es fast wieder so gut wie auf dem Dach des Tempels bei Sonnenuntergang. Die Szene im Hotel hatte jetzt etwas Unwirkliches. Aber ich wusste, das war die bittere Realität. Malte leerte seine halbe Flasche mit einem großen Schluck und winkte dem Jungen zu.
»Und morgen holen wir uns Bhas. Sonst ist MWC ruiniert«, sagte er.
Ich nickte. »Geht mir genauso.« Und dann kam mir ein Gedanke, ein Strohhalm nur, aber immerhin. Warum war ich nicht viel eher darauf gekommen? Malte war doch auch Geschäftsführer von MWC. Ihm gehörte die Firma zur Hälfte. Er war reich. Er konnte mir doch genauso gut helfen.
»Noch mal das Gleiche?«, fragte der Junge Malte.
»Ja«, sagte Malte.
»Für mich auch«, sagte ich, plötzlich euphorisch.
»Und mich. Und die Dame«, sagte Hank, obwohl die Dame schon ein wenig glasig schaute und nichts gesagt hatte.
»Wie schlecht läuft es denn bei euch?«, fragte ich Malte. Ich bemühte mich, die Worte sorgsam voneinander zu trennen, sie hatten auf einmal die Tendenz, sich zu mischen und ich fürchtete, es könnte unverständlich klingen.
»Das sind die besten Pommes, die ich jemals gegessen habe«, sagte Hank unvermittelt. Ich ignorierte ihn.
»Eigentlich läuft es gut. Und noch ist es nicht bedrohlich«, sagte Malte.
»Mensch, Malte«, sagte ich. »Ich brauche nur vierhunderttausend, nur für kurze Zeit, das ist für MWC doch ein Klacks. Kein Risiko. Ich zahl euch auch Zinsen.«
Malte lachte hysterisch auf. »Ich kann dir zehntausend geben. Keinen Cent mehr.«
»So schlimm ist es bei euch?«, fragte ich besorgt.

»Nein, gar nicht, aber Bhas und ich sind gleichberechtigte Partner, wir haben das als Wertgrenze festgesetzt, über die der eine ohne die Unterschrift des anderen verfügen kann.«
»Ihr hättet das Geld also?«
»Ja, hätten wir. Ich würde es dir vorstrecken. Kein Problem.« Ich hatte mich vorgebeugt, um ihn besser zu verstehen. »Aber ohne Bhas kann ich es dir nicht geben.«
Enttäuscht sackte ich auf meinem Stuhl zusammen. Die Hoffnung, so unerwartet aufgelodert, war schon wieder erstickt. »Noch ein Bier«, rief ich so laut in Richtung Bar, dass sich ein halbes Dutzend Köpfe in meine Richtung drehte. Es war mir egal.

»Wisst ihr«, sagte Hank, »Ich glaube, Barclay James Harvest waren im Grunde nur so erfolgreich wegen dem Mellotron.«
»Was?«, sagte Morgana. Sie schaute ihn aus leicht zusammengekniffenen Augen an.
»Genauer gesagt, war es Woolly, der ein Mark 2 spielte.«
»Was zum Kuckuck erzählst du da?«, fragte Malte.
»Am Anfang hatten sie ja ein richtiges Orchester. Aber wie teuer ist das! 1963 bauten die Gebrüder Bradley das Mellotron Mark 1. Das war ein Gerät, bei dem du auf eine Taste gedrückt hast wie bei einem Klavier und dann wurde die Aufnahme eines bestimmten Instruments in einer bestimmten Tonhöhe vom Band gespielt.«
Ich hatte noch nie davon gehört. Klang irgendwie interessant. »Sowas wie Samplen eigentlich«, sagte ich. »Analoges Samplen.«
»Ja genau. Computer konnten das damals noch nicht.«
»Damit haben die also ein ganzes Orchester ersetzen können?«, fragte Morgana.
»Zumindest konntest du so Sachen wie Streicher, einen Chor oder Trompeten aufnehmen und dann aus den kurzen Aufnahmen ganze Lieder zusammenspielen.«
»Davon habe ich noch nie gehört«, sagte Malte und leerte eine weitere Flasche.
»Hast du«, sagte Hank. Er klang vergleichsweise nüchtern, er war offenbar größere Mengen Alkohol gewöhnt als wir. »Erinner dich an das Intro von Strawberry Fields von den Beatles. Das ist der Sound eines Mellotrons. Viele progressive Rock Bands haben

das benutzt, zum Beispiel Pink Floyd oder The Moody Blues. Aber niemand so vollendet wie Barclay James Harvest. Und Woolly.«
»Das klingt irgendwie kompliziert«, nuschelte Morgana.
»War es auch, ziemlich störanfällig, groß und schwer. Das Mark 1 wog mehr als 150 kg. Und war auch sehr teuer. Sehr, sehr teuer. Das erste Mellotron hat sich Barclay James Harvest nicht gekauft, sondern nur geliehen.«
»Mit was für einem Unsinn du dich beschäftigst«, versuchte ich ihn zu stoppen. Warum erzählte er uns das? »Das kann doch heute jeder Computer«, sagte ich.
»Das war«, sagte Hank plötzlich langsam und melancholisch, »als Nicky und ich uns getrennt haben.«
»Ihr wart zusammen?«, fragte Morgana erstaunt.
»Ja«, sagte Hank verträumt. »Es war nach der Vier-Tages-Tour. Nur für ein paar Wochen. Als Z&A starb, starb auch unsere Beziehung.«
»Wahrscheinlich warst du für sie nur als Gitarrist von Z&A interessant«, sagte ich.
»Vielleicht«, sagte er und starrte seine Flasche Mandalay an. »Weiß nicht, es hat nicht mehr funktioniert. Mit dem Ende von Z&A brach für uns beide eine Welt zusammen, wir fielen auf uns selbst zurück, plötzlich waren wir uns fremd. Wir versuchten es noch ein paar Tage, mussten neu überlegen, was wir nun machen wollten und erkannten, dass unsere Wege in unterschiedliche Richtungen führten. Hätte ich gewusst, dass sie schwanger war…«
»Sie war damals schwanger?«, fragte ich.
»Na ja, kann doch sein, wenn sie ein Kind hatte? Schon erwachsen? Kann doch sein?« Er schaute mich herausfordernd an. Ich sagte nichts. Er fixierte wieder die Flasche. »Jedenfalls, ohne Z&A, ohne Nicky, fiel ich in ein Loch, und dann habe ich mich intensiv mit dem Mellotron beschäftigt, es wurden weltweit nur einige tausend gebaut, ein magisches Instrument. Ich hab sogar mal eins gespielt. Aber glaubt mir, Gitarre ist einfach geiler.«

Alina kam spät. Wir wollten ihr ein Bier bestellen, doch offenbar genügte ihr ein Blick, um zu dem Schluss zu kommen, dass sie uns dringend irgendwie zurück zum Hotel bringen musste,

wollten wir am nächsten Morgen unseren Flug nicht verpassen. Wir folgten ihr ohne Widerstand, dazu waren wir nicht mehr fähig. Hank und Malte gingen Arm in Arm und sangen 'Aching Feet'. Es klang jetzt nicht mehr ganz so gut wie auf dem Tempel, Malte traf die Töne nur zufällig und niemals zur richtigen Zeit. Auch Morgana und ich gingen Arm in Arm. Und ich glaubte, es lag nicht nur daran, dass sie ohne Hilfe nicht mehr gehen konnte. Alinas Gesichtsausdruck konnte ich nicht deuten. Klar, es war kein Spaß, diese Gruppe Betrunkener zu managen. Die Leichtigkeit, die mich an der Pagode so sehr für sie eingenommen hatte, war wieder verschwunden. Irgendetwas beschäftigte sie. Was war ihr Geheimnis?
Im Hotel wünschten wir uns eine gute Nacht.
»Ich habe für euch Weckrufe bestellt«, sagte Alina. »Tut mir den Gefallen und seid pünktlich.« Aber außer mir hörte ihr niemand zu, denn die beiden besten Freunde für immer lallten ein Lied aus zwei verschiedenen Melodien und Morgana flüsterte mir etwas ins Ohr. Etwas Unerhörtes.
»Zu mir oder zu dir?«, wisperte sie, mit der gebotenen ironischen Betonung, überraschend deutlich, so betrunken schien sie gar nicht zu sein.
»Zu mir«, sagte ich und schlug den Weg ins Erdgeschoss des ersten Trakts ein, in Richtung meines Zimmers, sie immer noch im Arm.
»Ich folge dir, wohin auch immer du gehst«, hauchte sie. Sie klang dabei nach der verdammt guten Schauspielerin, die sie war.

31

Um sechs Uhr dreißig klingelte der Wecker meines Handys. Ich spürte, dass etwas fehlte, noch bevor ich die Augen aufschlug. Ich vermisste ihren ruhigen Atem in meinem Nacken. Der Platz neben mir war leer. War sie im Bad? Ich stand auf, schaute nach. Nein, sie war fort. Ohne etwas zu sagen. Sie hatte mir keinen Zettel hinterlassen. Ich fühlte mich leer, enttäuscht. Ich wurde nicht klug aus ihr, es war so schön gewesen.
Am Empfang traf ich auf Hank und Alina. Alina checkte aus, Hank flirtete mit der jungen Dame hinter dem Schalter.
»Normalerweise können wir Sie erst auschecken, nachdem wir das Zimmer abgenommen haben«, sagte sie und lächelte Hank mehr als freundlich an. »Aber bei Ihnen machen wir natürlich eine Ausnahme.«
Ich war zu ihnen gegangen und konnte nicht anders als ein wenig dümmlich, so überrascht war ich, zu fragen: »Warum?«
»Ihr Freund ist ein Star«, schwärmte sie und hielt mir ihr Handy hin. Es lief ein YouTube Video, das Hank zeigte, wie er auf dem Tempel saß und sang.
Hank grinste so breit, wie ich ihn noch nie hatte grinsen sehen. Wie der Stolz ihn verändert hatte, ich hatte den Eindruck, er stand aufrecht und gerade, vielleicht zum ersten Mal in seinem Leben. Ich schaute wieder auf den Film.
»Sie singen großartig«, himmelte sie Hank an und stoppte dann die Wiedergabe, um sich wieder ihrer Arbeit zuzuwenden. Ihr Handy lag noch vor ihr auf dem Tresen. War das Video viral gegangen? War Hank nun wirklich ein Star? Ich schaute genauer hin. 134 Aufrufe las ich. Nein. Das war gar nichts in Zeiten des Internets.
»Wie haben Sie das gefunden?«, fragte ich sie.
»Hat mir mein Cousin gezeigt. Er hat das gefilmt.«
Bagan war eine kleine Stadt. Vielleicht wurde Hank hier zum Helden, im Rest der Welt war er das, was er die letzten Jahrzehnte immer gewesen war. Ein Loser.

Der Wagen wartete schon auf uns. Erst als wir schon Platz

genommen hatten, kam Morgana aus dem Hotel. Sie setzte sich neben mich, begrüßte uns freundlich und gab mit keinem Zeichen zu erkennen, dass wir die Nacht zusammen verbracht hatten. Also zumindest einen Teil der Nacht. Klar, was sollte sie vor den anderen auch sagen, aber auch sonst kein Augenzwinkern, kein Lächeln, das war wieder die andere Morgana, die Distanzierte, immer ein wenig Ironische, bei der ich nie wusste, woran ich war.

Der Flughafen war sehr klein, eigentlich eher ein Flugplatz. Am Check-in gaben wir unsere Reisepässe ab. Sie wurden nach hinten durchgereicht. An einem Tisch saß eine junge Frau, die Bordkarten und Gepäckanhänger bastelte. Alles war wohl organisiert und nur wenig später gelangten wir in die Abflughalle. Eine Menge Fernseher hingen an der Wand, auf den meisten lief Werbung, immer wieder für Bier, abwechselnd Mandalay und Myanmar. Ein Bildschirm blieb dunkel, womöglich war er für die Anzeige der Flüge vorgesehen. Fünf Türen führten nach draußen in Richtung Rollfeld, über dreien stand 'No Exit', die anderen beiden trugen die Bezeichnung Gate A und Gate B. Langsam leerte sich der Saal. Immer wenn ein Flug aufgerufen wurde, wurde die Gate A Tür geöffnet. Für welche Fälle man wohl Gate B reserviert hatte? Staatsgäste? Prominente Rockstars? Würde man sie für Hank öffnen? Ich schmunzelte, was mir einen seltsamen Blick von Malte einbrachte, der leidend neben mir saß. Er hatte nur unwesentlich weniger als Hank getrunken, verfügte aber nicht annähernd über dessen in langen Jahren erworbene eiserne Kondition. Morgana reichte ihm ein Wasser in einer Plastikflasche, das er dankend annahm. Er nuckelte daran wie ein Baby. Es musste ihm wirklich schlecht gehen.
Endlich wurde unser Flug aufgerufen. Außer uns stiegen noch die beiden Schwaben, die wir schon am Tag zuvor nicht kennengelernt hatten, eine Familie mit zwei Kindern, offenbar auch aus Deutschland, und ein chinesisches Paar mittleren Alters ein. Die Chinesin wurde immer wieder von schaurigen Hustenanfällen geschüttelt. Der Flug dauerte nur wenig länger als eine halbe Stunde, die Stewardess verteilte Zimtschnecken. Hank bekam zwei, denn Malte griff zum Papierbeutel in der Sitztasche vor ihm, als die Stewardess ihm seine hinhielt.

Morgana, die neben ihm saß, verhinderte das Schlimmste, indem sie die Schnecke schnell weiter reichte.

Der Flugplatz von Heho war sogar noch kleiner. Wenn das so weiterging, würden wir bald Sandpisten mitten im Dschungel ansteuern. Im Ankunftsbereich wartete ein Mann auf uns, der ein Schild hochhielt, auf dem 'Mrs Alina and Family' stand. Er führte uns zu einem Wagen, der vor dem Flugplatz schon auf uns wartete. Alina war ein Organisationstalent, so viel stand fest. Eine Dreiviertelstunde dauerte die Fahrt im klimatisierten Auto. Niemand sagte ein Wort. Malte litt. Ich war in Gedanken. An Morgana. Aber ich verlor mich auch in grundsätzlichen Betrachtungen. Ich war erst seit ein paar Tagen in diesem Land, doch wie weit weg war mein bisheriges Leben? Wie schnell verlor das alles an Bedeutung? Warum hatte ich nur für die Firma gelebt? Nach Morgana hatte ich ein paar flüchtige Beziehungen gehabt, aber nichts Festes, was war schief gelaufen? Ich dachte an Nicky, die eine Tochter hatte. Ich hatte mich mit dem Thema Kinder nie wirklich auseinandergesetzt und jetzt war es vielleicht schon zu spät. Eine melancholische Stimmung überkam mich und ich wusste nicht, hatte ich die anderen angesteckt oder sie mich? Auch Hank und Morgana schienen, ihren entrückten Blicken nach zu urteilen, tief in Gedanken.

Wir stiegen um in ein sehr langes, schmales Boot. Man bat uns, Schwimmwesten anzulegen. Das Knallorange kontrastierte mit Hanks schwarzem Mantel. Der Fahrer des einbaumartigen Bootes empfahl uns auch Hüte und Sonnenbrillen aufzusetzen. Immerhin letztere hatte ich dabei. Der Diesel klopfte laut und schnell, eine Wasserfontäne begleitete unsere Fahrt. Immer, wenn uns ein Boot entgegenkam, schaukelten wir. Es schienen nur Boote dieser Art auf dem Inle See unterwegs zu sein. Auf vielen saßen Touristen, einige mit Sonnenschirmen, aber die gleichen Boote wurden auch, voll beladen, zum Frachttransport eingesetzt.
Eigentlich war es zu laut, um sich zu unterhalten, doch Morgana, die vor mir saß, hatte sich weit nach vorne gebeugt und sprach zu Alina, den Mund nahe an ihrem Ohr. Begriff sie endlich, dass Bhas kaum mit Alina durchgebrannt sein konnte, wenn sie hier

mit uns reiste? Nach einer weiteren Dreiviertelstunde auf dem See erreichten wir endlich das Hotel, eine Siedlung von Hütten, die auf Pfählen gebaut waren. Wir fuhren durch ein großes Tor geradewegs auf das Haupthaus zu. Eine breite Treppe nahm die gesamte Front ein und führte vom Bootsanleger auf die Veranda. Dort standen die Hotelangestellten, ich zählte zehn, die auf allerlei fremdartigen Instrumenten eine Art Willkommensmusik produzierten. Die ganze Szene hatte etwas Unwirkliches. Hier sollten wir Bhas finden?

32

Wir standen an der Rezeption, Alina checkte für uns alle ein. Die Anlage war groß, ich schätzte sie auf mehr als vierzig Hütten, doch andere Reisende hatte ich noch nicht gesehen, warum war es hier so leer?
»Gute Neuigkeiten«, sagte Alina, »wir haben ein Upgrade bekommen. Malte, hier ist der Schlüssel für die Männerhütte.«
Sie drückte ihm den Schlüssel in die Hand. Malte schien wieder fit, ihm war der Fahrtwind auf dem See anscheinend gut bekommen.
Ich war enttäuscht. Wieso hatte ich erwartet, Morgana würde einen Bungalow mit mir teilen, wenn sie mich während der Fahrt links liegen gelassen hatte?
Alina sah mir meinen Missmut wohl an. Sie nickte mir aufmunternd zu. »Morgana und ich haben so einiges zu besprechen. Frauensachen.« Sie war bester Laune, wahrscheinlich freute sie sich, dass Morgana ihr endlich nicht mehr feindselig begegnete.

»Sag mal, findest du das mit Morgana eigentlich in Ordnung?«, fragte Hank, als wir hinter einem Hotelboy her trotteten, der uns über einen Holzsteg zu unserer Hütte führte.
Ich sah ihn irritiert an. Was hatte er gestern Abend mitbekommen? War er nicht sturzbetrunken gewesen? Sollte ich so tun, als wäre nichts gewesen? Aber warum, Morgana und ich waren erwachsene Menschen. Wir konnten tun, was wir wollten und mussten uns vor niemandem rechtfertigen.
»Aber ja. Sie will Bhas sowieso verlassen.«
»Aber noch sind sie verheiratet.«
»Wusste gar nicht, dass du so ein Spießer bist«, flachste ich und fand es selbst nicht witzig.
»Er war immer dein bester Freund«, sagte Hank ernst.
»Der sie mir damals ausgespannt hat, ohne eine Sekunde an seinen besten Freund zu denken und daran, wie sein bester Freund das wohl findet.«

»Ihr müsst wissen, was ihr tut. Aber wenn du von Bhas etwas willst, meinst du, er gibt es dir eher, wenn du ihm seine Frau ausgespannt hast?«
Dieses Detail hatte ich bisher geflissentlich ignoriert. Ich hatte es verdrängt, denn Morgana war mir wichtiger als alles andere. Trotzdem musste ich mich der Frage stellen. Wie hatte ich mir das eigentlich vorgestellt? Erst das Geld einsacken und dann beichten, dass Morgana ihn verlässt? Ihm komplett verheimlichen, dass ich seine Frau noch immer liebte? Aber das war ja sowieso alles reine Theorie, denn sie zog es ja vor, sich eine Hütte mit Alina zu teilen.

Der Bungalow war ein Traum aus Teak. Drei große Einzelbetten sahen so behaglich aus, dass ich mich am liebsten zu einem morgendlichen Erfrischungsschlaf hingelegt hätte. Leider blieb dafür nicht genug Zeit, wir wollten uns um zwölf zum Mittagessen treffen. Das Badezimmer war riesig und es gab gleich zwei Terrassen, von denen aus man einen wunderbaren Blick über den See hatte.
»Das sind die berühmten schwimmenden Gärten vom Inle See«, belehrte uns Malte. Er war tatsächlich wieder ganz der Alte. »Und schaut euch das kleine Boot mit dem Ruder an.«
Hank fummelte an dem Moskitonetz eines der Betten herum, ich aber staunte nicht schlecht. Der Mann hantierte mit beiden Händen an einer Stange, während er mit dem Bein ruderte.
»Ein Einbeinruderer. Auch dafür ist der Inle-See berühmt«, führte Malte weiter aus. »Mit den Stangen fischen sie Tang, Schlamm und Pflanzen aus dem See, und damit düngen sie die schwimmenden Gärten.«
Am Horizont sah man schemenhaft Berge, ein berauschendes Bild, wäre das Knattern der vielen Dieselmotoren nicht gewesen, das Einbeinrudern nutzten sie nur für die Fahrt auf den engen Wasserwegen in den Gärten, auf dem See vertrauten sie auf die Kraft der Motoren.

»Wie geht es weiter?«, fragte ich Alina beim Essen. »Wann treffen wir Bhas?«
»Er wird sich bei mir melden. Anrufen und fragen kann ich ihn ja nicht mehr«, sagte sie bissig. Ich kniff die Lippen zusammen.
»Okay, er hat sich gemeldet«, sagte sie versöhnlich. »Er hat

eine Nachricht hinterlassen. Er ist auf dem See unterwegs. Heute Abend treffen wir ihn.«

Wir alle stöhnten nahezu synchron, zu oft hatten wir das schon gehört. Komischerweise ließ es mich irgendwie kalt. Meine Gedanken kreisten um Morgana. Und das erstaunlich teure, dafür leider wenig schmackhafte Mittagessen. Außer uns gab es im Restaurant nur noch eine Gruppe rüstiger französischer Senioren, die an einer langen Tafel speisten und sich so laut unterhielten, dass wir nur mit Mühe ein Gespräch führen konnten.

»Das gibt's doch nicht«, knurrte Malte unvermittelt, er sah richtig wütend aus.

»Lass sie doch, sie sind wahrscheinlich alle ein wenig schwerhörig«, versuchte ich ihn zu beschwichtigen.

Er sah mich irritiert an. »Das meine ich nicht. Schau doch mal hin. Die haben jeder eine Plastikflasche vor sich stehen. Sie hätten sich ja zumindest große Flaschen teilen können.«

Ich verstand nicht, woher er diesen Idealismus nahm und auch nicht, warum er mit so viel Aggression aufgeladen war. Während ich mich noch darüber wunderte, stürzte sich Malte schon auf die Franzosen. Wie ein Racheengel kam er über sie und sie wussten nicht, wie ihnen geschah, denn Malte sprach kein Französisch und ich hegte grundlegende Zweifel, ob jemand aus der Gruppe sein Englisch mit dem harten deutschen Akzent verstand. Er stellte sich an den Kopf der Tafel und erklärte laut und ausführlich die Gefahren der Umweltverschmutzung durch Plastik. Die Franzosen verstummten und lauschten ihm verunsichert, so wie man fasziniert einen Hagelschlag beobachtet. Doch als er seinem Nachbarn die Plastikflasche wegnahm und sie wild durch die Luft schwenkte und dabei immer wieder 'das ist das Böse' skandierte, wurde jener Nachbar nicht nur unruhig—womöglich fürchtete er um das Leben der aparten Französin an seiner Seite, einer Grande Dame, die mich irgendwie an eine berühmte Pariser Schauspielerin erinnerte, deren Namen ich mir leider noch nie hatte merken können. Malte hörte nicht auf. Wartete er darauf, dass die alten Herrschaften seinen Slogan mitbrüllten? Den Gefallen tat ihm der Mann nicht, er stand auf, nahm seinen Stock und hieb Malte damit überraschend schnell und kräftig in die Kniekehlen, Malte sackte zu Boden. Doch dem rüstigen

Senior reichte das nicht, er verpasste Malte drei weitere Streiche an die Seite und auf den Brustkorb, sagte etwas auf Französisch, was der Rest der Gruppe mit einem wohlwollenden Schmunzeln aufnahm, setzte sich und man aß ungerührt weiter.
Alina und Morgana kümmerten sich um den stöhnenden Malte. Mir schien er nicht verletzt zu sein, aber er atmete schwer und klagte über Schmerzen, wahrscheinlich sei eine Rippe angebrochen.
»Komm, ich bring dich zurück zur Hütte, da kannst du dich erstmal ausruhen«, bot ich an. Das Essen schmeckte sowieso nicht, außerdem stützte er sich mit einem Arm auf Morgana, ich hoffte, sie würde mitkommen. Und sie ging mit.
»Ich bin so ein Blödmann«, ächzte Malte. »Wieso musste ich mich auch einmischen? Ich bin ein Trampel. Ich verhalte mich einfach immer falsch«, klagte er.
So kannte ich Malte nicht, so voller Selbstzweifel. Aber ich wagte nicht, ihm zu widersprechen. Er hatte ja recht. Ob er immer noch so reden würde, wenn die Schmerzen aufhörten? Sollte ich ihm dann ehrliches Feedback geben? 'Denke an die erste und wichtigste Feedbackregel,' sprach eine innere Stimme zu mir. 'Nur wenn er dich fragt.' Ich versprach mir, mich daran zu halten.

»Bhas ist nicht allein unterwegs«, sagte Morgana unvermittelt auf dem Rückweg zum Restaurant.
»Nicht?«, sagte ich überrascht.
»Er reist mit der Tochter von Nicky. Es tut mir so leid, dass ich Alina die ganze Zeit zu Unrecht verdächtigt habe.«
Ich hätte ihr gerne gesagt, wie schön ich die letzte Nacht erlebt und wie sehr ich sie heute Morgen vermisst hatte, aber ich war froh, dass sie immerhin so vertraut mit mir sprach, wollte nichts kaputt machen.
»Du glaubst, er hat was mit ihr? Sie muss mehr als zwanzig Jahre jünger sein.«
»Aber ja, das ist es doch, was ihr Männer wollt. Eine jüngere Frau.«
»Die Tochter seiner besten Freundin?«
»Männer sind Schweine.«
Das Gespräch entwickelte sich nicht in die richtige Richtung, ich war fast froh, dass wir wieder bei den anderen waren.

Alina schien auch Hank ins Bild gesetzt zu haben, denn auch sie sprachen über Nickys Tochter. 'Wieso jetzt?', ging es mir durch den Kopf. Alina musste die ganze Zeit über gewusst haben, dass Bhas nicht alleine reiste, warum erzählte sie es uns jetzt erst? Weil es nicht wichtig war?
»Ich glaube, sie ist meine Tochter«, sagte Hank sehr ruhig, sehr überzeugt. »Nicky und ich, wir waren ja damals zusammen, von der Zeit her würde es passen.«
Ich dachte an meine Nacht mit Nicky. Nichts, verglichen mit Hanks Beziehung. Aber wer weiß, mit wem sie in der Zeit noch befreundet gewesen war? Ich hatte nicht das Gefühl gehabt, dass sie wie eine Nonne gelebt hatte. Aber ich sagte lieber nichts, Hank steigerte sich in seine Vaterrolle, er hegte nicht den geringsten Zweifel.
»Noch ein Grund mehr, Bhas zu finden«, sagte er. »Nein, das ist das viel größere Ziel: Meine Tochter finden. Bhas kann mir gestohlen bleiben. Z&A kann mir gestohlen bleiben.« Er blickte in die Ferne, sehr ernst, und sagte mit erhabener Stimme: »Ich habe eine Tochter. Ein Wunder. Das verändert alles.«
Ich bekam eine Gänsehaut. Woher nahm er nur diese Sicherheit? Merkte man das als Vater vielleicht einfach, dass es so war? War das der sechste Sinn?
»Ich weiß allerdings nicht, wie lange deine Vaterfreuden währen werden«, sagte Morgana. »Wenn ich das Flittchen in die Finger kriege, wird sie nicht mehr lang zu leben haben.«

33

Wir wollten uns um eins am Empfang treffen. Alina hatte angerufen, sie hatte wieder einmal einen Führer bestellt. Das kannten wir ja schon, wir irrten herum wie Touristen und dann kam Bhas sowieso wieder nicht. Es war mir egal. Ich freute mich auf ein paar Stunden mit Morgana.
Mike hatte versucht mich anzurufen. Aber ich war nicht drangegangen. Ich konnte sowieso nichts machen. Wenn ein Wunder geschah, würden wir Bhas treffen, wenn nicht, war ich erledigt. Meine Zukunft lag in Gottes Hand. Oder wer immer da oben das Sagen hatte. Allerdings merkte ich, dass mir die 3S nicht mehr so wichtig war. Alles hatte sich verschoben.
»Wo bleibt die Kleine?«, nölte Hank. »Alina war doch bisher immer so pünktlich.«
Womit er recht hatte, es war schon fast viertel nach. Und dann sah ich sie, allerdings allein.
»Wo ist Morgana?«, begrüßte ich sie.
»Sie kommt nicht mit«, sagte sie kurz angebunden.
»Weil?«, ließ ich nicht locker.
»Weil sie unpässlich ist«, sagte sie. »Gib mir mal deine Nummer«, fuhr sie fort.
»Wofür? Du kannst mich doch sowieso nicht anrufen. Ohne Telefon.«
Sie verdrehte die Augen. »Nicht für mich, für die Rezeption. Wenn Bhas sich meldet, rufen sie dich an.«
»Das ist schlau«, sagte ich kleinlaut und gab ihr meine Nummer, die sie mit einem Kugelschreiber, wie er auch neben meinem Bett gelegen hatte, auf einem kleinen Blatt Papier notierte. Sie ging zum Tresen, reichte den Zettel dem Rezeptionisten und erklärte ihm etwas, das wir nicht verstanden. Sie winkte uns und wir gingen zu ihr.
»Das ist auch schon unser Führer. Leider spricht er nicht sehr gut englisch, aber er wird uns zu den Sehenswürdigkeiten des Inle Sees fahren. Los geht's mit In Dein.«
»In Dein? Was ist das?«, fragte Hank.
»Ein Pagodenwald«, erklärte Malte, noch ehe Alina etwas sagen

konnte.
»Echt? Mal ganz ehrlich, langsam habe ich für dieses Leben genug Pagoden gesehen. Muss das sein? Wollen wir nicht mal ein bisschen abhängen? Ein paar Bier vielleicht?«, meckerte Hank.
»Ich dachte, deine Tochter sei jetzt das Wichtigste in deinem Leben?«, fragte ich ihn.
Und wieder wurde er ganz feierlich. Er stand auf. »Wie konnte ich das nur vergessen. Genau so ist es. Ich muss zu ihr. Sie hat ihren Papa schon zu lange entbehren müssen. Vielleicht finden wir die beiden ja tatsächlich irgendwo auf dem See oder in diesem Pagodenwald. Los, los, keine Zeit verlieren.«
Ich warf einen Blick zu Alina. Sie hatte Hank seltsam angeschaut, in ihrem Gesicht mischten sich Ekel und Verachtung. Als sie meinen Blick bemerkte, schaute sie mich kurz an, dann weg. Mir schien, sie hatte von uns allen die Nase voll. Aber es sollte noch schlimmer kommen.

Wir stiegen hinter unserem Führer in das lange, schmale Boot ein, er gab Gas und schon hatten wir das Hoteldorf verlassen und brausten, Wasserfontänen speiend, über den See. Hank verteilte ein paar Bierdosen, woher auch immer die stammten. Ich drehte mich zu Alina um, die hinter mir saß, um ihr auch eine zu reichen, aber sie schüttelte nur ärgerlich den Kopf. Selber Schuld, dann blieb mehr für uns. Wir tranken gierig, denn die Sonne brannte.
»Ihr könnt euch gar nicht vorstellen, wie ich mich darauf freue, meine Tochter endlich zu sehen«, schrie uns Hank von vorne zu. Ich fand das völlig übertrieben, er hatte von ihrer Existenz doch erst vor so kurzem gehört. »Wenn ich das gewusst hätte, dass Nicky schwanger war, ich hätte sie doch vom Fleck weg geheiratet.«
»Ja, die war scharf. Die kannte keine falsche Scham«, sagte Malte und machte ein schnalzendes Geräusch. Ich stutzte.
»Malte?«, fragte ich.
»Und dieses coole Tattoo auf ihrem Bäuchlein, dieser Spruch, von Hesse glaub ich?«
»Glück ist Liebe«, schrie ich. »Bäuchlein ist gut, das war eher etwas tiefer.«
Hank, Malte und ich lachten grölend.

»Du hattest auch was mit ihr?«, fragte Hank.
»Nachdem ihr euch getrennt hattet. Sie war der Wahnsinn. Ich war allerdings auch nicht schlecht, damals.«
Ich hätte fast lachen müssen, Malte war nie ein toller Hecht gewesen. Aber schön, wenn er sich ein gesundes Selbstbewusstsein bewahrt hatte.
»Wie die abging.«
»Eijeijei«, krähte Hank, wahrscheinlich schon mit seinem zweiten Bier fertig.
»Glück ist Liebe, nichts anderes. Wer lieben kann, ist glücklich«, zitierte Malte aus dem Kopf. »Das ist aus Hermann Hesses Liebessprüchen.«
»Sie war so ein Hesse-Fan. Typisch Nicky, was immer sie gemacht hat, sie hat es aus ganzem Herzen getan«, sagte ich.
»Sag doch, wie es ist«, brüllte Hank von vorne. »Sie war ein Extremist, ein Psycho, bei ihr waren es immer 150%, alles, was sie getan hat, hat sie übertrieben, wie eine Besessene.«
»So ist es«, stimmte ich ihm bei. »Und so war es auch mit Hesse, den hat sie ja immer mit sich rumgetragen und ständig zitiert. 'Man hat nur Angst, wenn man mit sich selber nicht einig ist.', das war doch eines ihrer Lieblingszitate.«
»Jau, das kenn ich auch noch«, sagte Hank.
»Und ihre Küsse«, sagte Malte.
»Und das war noch gar nichts verglichen mit allem anderen«, schrie Hank.
»Es reicht«, schrillte es von hinten.
Ich drehte mich um. Alina liefen Tränen über die Wangen. »Sie ist doch tot. Und ihr redet so billig über sie. Das ist abstoßend.«
Ich nahm einen Schluck aus der Dose. Es waren schöne Erinnerungen. Ich verstand Alina nicht. Warum reagierte sie so sensibel?

Das Boot wurde eine Winzigkeit langsamer, wir verließen den See und bogen in eine Art Kanal ein. Das Ufer lag etwas höher, ich erahnte Reisfelder, wahrscheinlich diente der Arm zur Bewässerung und war künstlich angelegt worden. Am meisten aber faszinierten mich die kleinen Wehre aus Bambus, die in der Mitte eine Schneise für die Boote frei ließen. Wir fuhren nicht nur flussaufwärts, sondern wir bewegten uns fast wie Lachse die Wehre hinauf auf einen höheren Wasserspiegel. Die

Landschaft war idyllisch, wegen der langsamen Fahrt war der Motor leiser, wir brauchten nicht mehr so zu schreien und da unser Führer offensichtlich kein Wort Englisch beherrschte und Hank mit Stille nicht viel anfangen konnte, sprach er wieder einmal von Musik.
»Geht euch das auch so? Ich weiß genau, was ich sein werde, ich habe das schon immer gewusst. Meine Bestimmung ist es, Musik zu machen, berühmt zu werden, ein Star zu sein. Die einzige Frage ist, wann es endlich so weit sein wird.«
Malte gab ein grunzendes Geräusch von sich, das nicht im Entferntesten nach Zustimmung klang. »Es gibt keine Bestimmung, es gibt nur den Zufall, wir sind Spielbälle des Glücks, es kommt, wie es kommt«, sagte er, ganz ohne Aggression. Es war das erste Mal auf dieser Reise, dass wir uns so gelassen austauschten, ohne dass irgendwer irgendwem etwas beweisen musste. Seltsam, obwohl alle Probleme, mit denen ich hierhergekommen war, ungelöst geblieben waren, war ich so entspannt wie lange nicht mehr.
»Ich stelle es mir so vor«, sagte ich, »dass die ungeborenen Seelen dort oben zusammensitzen und dann spielen sie ein Spiel, jeder hat eine Mission, die er hier auf der Erde erledigen muss. Und das schwierigste ist es, herauszufinden, woraus diese Mission besteht.«
»Was für ein Quatsch«, sagte Malte und ich nahm ihm seine Meinung gar nicht übel. »Hast du das schon immer geglaubt oder haben dich die ganzen Pagoden mürbe gemacht?«
Ich lächelte. »Je älter ich werde, umso mehr wirres Zeug denke ich. Geht es euch nicht genauso?«
»Nur wenn ich zu viel trinke«, sagte Hank. »Also viel zu oft.« Er lachte meckernd und es wirkte ansteckend.
»Wahrscheinlich sind unsere Seelen seit Jahrtausenden Freunde. Und sie saßen da oben beieinander und haben sich überlegt, dieses Mal gehen wir auf die Erde, 20. Jahrhundert, Deutschland. Und deine Seele hat gesagt: Da werde ich Rockstar. Das Problem ist nur, wenn die Seelen auf die Welt geworfen werden, haben sie alles vergessen, was dort oben war und müssen sich erstmal finden. Vielleicht war meine Mission ein tolles Start Up aufzubauen. Vielleicht aber auch, die Wale zu retten. Oder ein Leben in Askese zu führen. Oder diese eine Frau glücklich zu machen, die für mich bestimmt war. Morgana.«

Es war einen Moment lang ruhig. Alina sagte nichts, sie war bestimmt immer noch sauer auf uns wegen Nicky, ich wagte nicht, mich nach ihr umzuschauen.
»Wie ist das bei dir, Malte? Dein Leben ist die MWC? Sicher?«, fragte ich.
Er stöhnte, aber nicht, um sich über mich lustig zu machen. »Wie gesagt, ich glaube nicht an irgendein Schicksal. Alles, was wir sind, müssen wir uns hart erarbeiten. Und wir können frei entscheiden, was wir sein wollen. Nur wir selbst richten darüber, ob es gut oder schlecht, richtig oder falsch ist. Nur macht das die Sache nicht leichter. Natürlich zweifle ich daran, ob ich mit meinem Leben das Richtige angestellt habe. Ich liefere Managern die Gründe, Mitarbeiter zu entlassen. Das macht mich ja nicht unbedingt zu einem guten Menschen. Es gibt Tage, da halte ich mich für ein verdammtes Genie und andere, da denke ich, ich muss alles hinwerfen, mein Leben umkrempeln und nach Afrika fahren und den Armen helfen, Brunnen zu bauen. Je älter ich werde, um so mehr zweifle ich und um so weniger Zeit bleibt mir, es anders zu machen.«
»Hank, ich beneide dich darum, dass du so sicher weißt, wofür du lebst«, sagte ich.
Er lachte gackernd. »Und ich euch beide um das sorgenfreie Leben im Luxus, das ihr führt. Ihr jammert auf hohem Niveau, weil es euch einfach zu gut geht.«

34

Wir waren angekommen, der Führer machte das Boot fest und half uns, an Land zu gehen. Wir befanden uns in einer kleinen Siedlung, in einem Bambushaus wurden Snacks verkauft, es war nicht viel los, nur ein paar einheimische Jungs spielten im Fluss und machten so viel Lärm wie ein halbgefülltes Fußballstadion. Unser Führer stapfte los und wir schlossen daraus, dass wir ihm folgen sollten. Schon bald erreichten wir einen überdachten Aufgang, wie er uns noch von der Schwedagon Pagode in Yangon vertraut war, nur dass dieser deutlich kleiner war. Auch hier gab es zahlreiche Händler, die im Grunde die gleichen Dinge anboten, wie wir sie schon von den Märkten in Bagan kannten. Besonders angetan hatte es mir ein Hut, der ganz aus Zähnen bestand.
»Sind die von Menschen?«, fragte Hank und es fiel mir schwer herauszuhören, ob er das wirklich befürchtete oder nur einen schlechten Scherz machte. Ich tippte auf Büffel, sollte ein Mensch solche Zähne haben, wäre sein Gesicht schon sehr auffällig. Ich musste grinsen.
»Mensch natürlich«, sagte ich zu Hank und blinzelte ihm zu. Ich war mir nicht sicher, ob er mich verstanden hatte.

Unser Führer winkte uns zu, den überdachten Aufgang seitlich zu verlassen und was wir dann sahen, war so unwirklich, dass ich mich in eine andere Realität versetzt fühlte. Es war wie in einen alten Bildband einzutauchen, der eine Welt darstellte, die nach Jahrhunderten der Vergessenheit gerade erst wiederentdeckt worden war. Um uns herum erhoben sich Stupas, so weit das Auge reichte. Sie waren alt, zerfallen, die Pflanzen hatten begonnen, sich die Reste der roten Ziegelbauten einzuverleiben. Doch noch standen sie im Kern aufrecht, bildeten eine höchst romantische Symbiose, ein Schnappschuss eines Kampfes, den die Werke von Menschenhand nicht gewinnen konnten. Besonders hatte es mir eine Stupa angetan, an deren Seite und durch deren Risse ein Baum gewachsen war,

dessen Krone sie nun überragte, sodass es auf den ersten Blick aussah, als sei der steinern Bau der Stamm dieses Gewächses. Wir schlenderten durch das Pagodenfeld und stießen immer wieder auf meisterhaft gefertigte Figuren oder Ziersteine.
»Wie alt mag das sein?«, sinnierte ich.
»17. Jahrhundert«, wusste Malte.
Ich bewunderte wieder einmal sein unglaubliches Gedächtnis.

Endlich erreichten wir den höchsten Punkt der Erhebung und der Begriff Pagodenwald wurde für uns begreifbar, es mussten hunderte sein, wenn nicht mehr. Und nicht alle waren alt und verfallen, hier oben herrschte eine kunterbunte Mischung. Zahlreiche Stupas waren renoviert worden, oft leider auf so einfache, ja stümperhafte Weise, dass die erhabene Eleganz des Originals unter grobem Ziegel unwiederbringlich verloren gegangen war. Einige schienen auch neu errichtet, die Namen der Geldgeber standen auf marmornen Schildern. Dort fanden wir auch den Preis, den der edle Spender gezahlt hatte. 4.000$ von einem reichen Russen hier, 10.000$ aus Singapur dort. Wie seit jeher versuchte man auch heute noch, mit großzügigen Stupabauten das Karmakonto auszugleichen. Seltsam, das war ein wenig wie bei uns der Ablasshandel im Mittelalter. Der Mensch blieb sich treu, egal wie viel Zeit und Raum ihn auch trennte, er kam zu ähnlichen Lösungen. Geld fürs Seelenheil, es gab eben immer auch einen einfachen Weg. So standen wir in Gedanken in diesem Heer aus Pagoden und ahnten nicht, wie schnell diese friedfertige Stimmung ins genaue Gegenteil umschlagen würde. Es kam alles ganz überraschend, wie ein Gewitter in den Bergen. Und wir waren gänzlich unvorbereitet.

Es war brütend heiß und Schatten fand sich kaum. Wir waren alle durchgeschwitzt. Doch anders als wir war Alina für eine längere Reise ausgerüstet und hatte in einem kleinen Rucksack ein dünnes Top mit, das sie nun statt des wärmeren Hemdes, das sie für die Fahrt über den See gewählt hatte, anziehen wollte. Ich sah aus den Augenwinkeln, wie sie das Hemd ablegte. Einen Moment lang stand sie nur mit einem Sport-BH bekleidet da und wollte sich gerade ihr T-Shirt überziehen, ja zog es schon an, als zwei Männer, die die Szene gesehen hatten, lauthals zu schreien begannen. Erbost zeigten sie auf Alina, und

schon näherten sich weitere einheimische Besucher des Pagodenfeldes. Auch ich hatte es gesehen, Alina trug tatsächlich ein Buddha-Tattoo am Oberarm. Und es war für kurze Zeit sichtbar gewesen. Selbst jetzt wurde es von dem Shirt nur teilweise verdeckt. Als Buddha war das Tattoo nun nicht mehr zu erkennen, aber wenn man erstmal wusste, was es war ... Schnell bildete sich eine Traube um unsere kleine Gruppe, vorwiegend Männer, die wild durcheinander redeten. Unser Führer war plötzlich verschwunden, offenbar scheute er jede Form von Ärger.
Hank, Malte und ich dachten keine Sekunde nach, wir stellten uns dicht um Alina, nahmen sie in unsere Mitte. Zwischen uns und dem Mob blieb nur eine schmale Gasse von vielleicht einem Meter. Zum Glück verstanden wir nicht, was sie riefen. Oder war das unser Unglück?
Ein Mann in Uniform löste sich aus der Menge und stellte sich so nah an Alina, wie wir es zuließen. Mit ernster Stimme und in gebrochenem Englisch erklärte er ihr, dass man den Verdacht habe, sie trage ein gotteslästerliches Tattoo und dass sie das doch bitte nochmal zeigen solle. Die Männer begannen nun rhythmisch etwas zu rufen und mir wurde angst und bange, ich sah schon vor meinem inneren Auge, wie der Mob uns lynchen würde und spannte meine Muskeln an. Barbaren.
»Tut doch was«, jammerte Alina.
Und ich besann mich und begann so freundlich, wie es mir möglich war, auf den Polizisten einzureden. Dass es sich da um ein bedauernswertes Missverständnis handle. Dass das Tattoo keineswegs Buddha zeige, sondern eine im Westen überaus populäre Fernsehfigur names Barbapapa. Dass man es der jungen Frau keinesfalls zumuten könne, sich vor all den Männern zu entblößen und das doch auch im Widerspruch zur hiesigen Kultur und lokalen Gewohnheiten stünde. Die Miene des Mannes blieb grimmig. Und dass wir es sehr bedauerten, dass er durch diesen Fehlalarm von seiner Arbeit abgehalten werde und das natürlich kompensiert werden müsse. Malte verstand mich, er drückte mir einen Stapel größerer Kyat Scheine in die Hand, wahrscheinlich nur ein paar Dutzend Euro wert, für den Einheimischen aber ein mittleres Vermögen. Ich gab ihm die Scheine einen nach dem anderen, so dezent, dass die Umstehenden es nicht beobachten konnten, weiterhin

beruhigend auf ihn einredend. Seine Züge entspannten sich. Endlich nickte er, seine Taschen waren wohl voll, mehr Scheine schien er nicht unauffällig transportieren zu können. Er drehte sich zu der Menge, erhob beide Hände und fuhr sie harsch an. Auf Englisch sagte er, dass er die Sachlage geprüft habe und dass sie sich geirrt hätten und die Frau bitteschön nicht weiter belästigen sollten. Und dann folgten noch längere Ausführungen auf burmesisch, verbunden mit einem Gefuchtel der Hände, als wollte er Hühner in ihren Käfig scheuchen. Und endlich waren wir wieder allein.
Alina standen Tränen in den Augen. Sie wollte etwas sagen, aber ihre Lippen zitterten und sie brachte kein Wort heraus. Nacheinander nahmen wir sie in den Arm und nur langsam beruhigte sie sich wieder.
»Ihr habt mein Leben gerettet«, stammelte sie schließlich.
»Na ja«, scherzte Hank halbherzig, »Die hätten dich ja nicht gleich an der nächsten Pagode aufgeknüpft.«
»Ich kenne die Geschichten. Wenn die mich festgenommen hätten. Wenn du hier erstmal im Knast sitzt.«
»Eine Frage hätte ich aber schon noch«, sagte ich. »Warum um alles in der Welt hast du ein Buddha-Tattoo am Arm?«
»Das war eine Idee meiner Mutter. Sie hatte das gleiche, wir haben es uns zusammen stechen lassen.«
Der Gedanke an ihre Mutter trieb ihr wieder Tränen ins Gesicht. Ich strich ihr tröstend über den Arm.
»Denk nicht drüber nach, alles ist gut«, sagte ich. Sie nickte.
»Danke«, sagte sie, und »Irgendwie seid ihr doch ganz coole Typen.«
Und auch wenn es nur ein paar Worte waren, in einer extremen Situation, spürte ich ein tiefes Gefühl der Freude, so, als hätten wir gerade eine wichtige Prüfung bestanden.

35

Wir machten uns auf den Weg zurück zum Fluss und diskutierten, wie wir ohne Fremdenführer hier wieder wegkommen würden. Andere Touristen sahen wir nicht und das Dorf war klein und lag abseits jeglicher Zivilisation. Doch wir hatten uns umsonst gesorgt. Unser Mann saß in seinem Boot, kaute etwas, ich befürchtete Betel und lächelte freundlich, als er uns sah, winkte uns sogar zu, als wäre nichts gewesen. Erleichtert stiegen wir ein und er brachte uns zurück zum See. Wir hatten den Kanal hinter uns gelassen, als mein Telefon klingelte. Genauer gesagt vibrierte es. Obwohl ich es nicht auf lautlos gestellt hatte, war der Klingelton nicht zu hören. Es war eine Sequenz aus *Sperratos* von Barclay James Harvest, etwas sphärisch, etwas melancholisch und definitiv zu leise, um gegen einen Dieselmotor anzukommen. Ich überlegte, ob ich drangehen sollte. Wahrscheinlich war es Mike und ich fürchtete mich davor, ihm die Wahrheit sagen zu müssen. Dass es vorbei war. Dass er sich einen neuen Job suchen musste. Und ich schuld war. Das alles war weit weg, ich wollte es nicht an mich heranlassen. Aber das Vibrieren ließ nicht nach. Und dann fiel mir ein, dass Alina ja meine Nummer dem Mann im Hotel gegeben hatte. Wenn das Bhas war und ich Dackel ging nicht dran? Hektisch zerrte ich das Gerät aus meiner Tasche. Das Vibrieren hatte aufgehört. Ich wäre am liebsten aus Ärger über mich selbst in den Inle See gesprungen. Bis ich bemerkte, dass mein Handy die Nummer anzeigte, von der aus angerufen worden war. Es war nicht Bhas, sonst wäre sein Name im Display erschienen. Wahrscheinlich das Hotel, ich wählte.

»Hallo, ich rufe vom Hotel an. Herr Bhaskar hat eine Nachricht für sie«, kam der Rezeptionist direkt zur Sache.

»War er bei Ihnen? Haben Sie ihn gesehen?«, fragte ich neugierig und gespannt. Kamen wir ihm endlich näher? Doch der Mann verstand mich nicht oder wollte mich nicht verstehen. Las er die Botschaft vielleicht sogar einfach nur ab?

»Er hat unser Hotel leider schon verlassen. Er möchte Sie heute Abend im Blue Vanda Hotel in Nyaung Shwe treffen.«

»Wann?«, presste ich angespannt hervor, doch da hatte er

schon aufgelegt. Das F-Wort ging mir durch den Kopf. Dieses Spiel nahm kein Ende. Ich drehte mich zu Alina um und erklärte ihr aufgebracht, was ich soeben erfahren hatte.
»Wir müssen direkt zurück zum Hotel. Hier ist er nicht«, schrie ich gegen den Motor an.
»Warum, wenn wir ihn erst heute Abend treffen?«, fragte sie.
Ja, warum eigentlich. Zumal ich sowieso nicht mehr wusste, ob ich ihn überhaupt noch sehen wollte und wenn, dann wahrscheinlich nur, um ihm für dieses Versteckspiel einen gar nicht so freundschaftlichen Schlag auf die Nase zu verpassen. Oder mehr.
»Außerdem versteht uns der Guide sowieso nicht. Wir haben eine feste Tour gebucht, und die macht er jetzt mit uns.«
»Das ist doch Unsinn, wir sind Gefangene unseres Fremdenführers?«
»Sieh's mal so, je länger wir hier auf dem See herumschippern, desto mehr Zeit hat Morgana, um wieder fit zu werden.«
Ich seufzte und drehte mich wieder nach vorne, die Nase in den Wind. Wie schön es hier war und wie friedlich, hätte Herr Diesel damals nicht diesen Motor erfunden.

Wir saßen also in der Touristenfalle fest, doch zunächst bescherte uns das eine unglaubliche Erfahrung. Unser Führer steuerte das Boot in eine Siedlung von Pfahlbauten und legte schließlich an einem Haus an, vor dem ein hölzernes Schild in großen Lettern darauf hinwies, dass hier eine Seiden- und Lotusweberei zu Hause war. Lotusweberei? Darunter konnte ich mir nichts vorstellen. Eine freundliche Burmesin half uns vom Boot auf den Steg zu klettern. Sie führte uns an dem ersten, zweigeschossigen, roten Stelzenhaus vorbei zu einem zweiten, in dem die besagte Weberei untergebracht war. Überall hingen gefärbte Garne zum Trocknen. Wir folgten ihr in das Erdgeschoss, einen einzigen, großen Raum. Sie stellte uns jungen Mädchen vor, die rechts vom Eingang an Webstühlen saßen, wie sie auch bei uns zu Hause vor nicht einmal hundert Jahren noch gang und gäbe gewesen waren, heutzutage sah man das nur noch in Freilichtmuseen, die der bäuerlichen Kultur der Vergangenheit huldigten. Im hinteren Teil des Raums standen allerlei Blech- und Plastikbehälter. Hier wurde gefärbt, erklärte sie, und wir fragten lieber nicht nach, welche Rolle der

Umweltschutz bei der Auswahl der Farben spielte. Schließlich führte sie uns zu einem Mädchen, das links vom Eingang auf dem Boden saß und etwas tat, was wir nicht recht einordnen konnten. Sie trug Thanaka-Kreise auf den Wangen. Für Burmesen ist es selbstverständlich zu lächeln, auf unserer Reise waren wir nahezu ausnahmslos fröhlichen Menschen begegnet, doch das Lächeln dieses Mädchens war mehr als bezaubernd, es war einnehmend, sie leuchtete geradezu. Vielleicht lag es an ihren großen Augen, an ihren Lachfältchen am Mund, jedenfalls hatte sie die Ausstrahlung eines Filmstars. Malte haute ihr Anblick um, peinlich berührt sah ich, wie er sie anstarrte. Neben dem Mädchen lagen zwei armlange Pflanzenstängel. Sie nahm einen, brach ihn in der Mitte fast durch, so dass die beiden Enden nur noch durch einen Faden zusammengehalten wurden, und zog diesen Faden dann heraus. Wie ein Spinnwebfaden, dachte ich, so dünn war er. Auf einem Stein vor ihren Knien rollte sie mehrere davon zu einem dickeren Faden.

»Lotusseide ist ein Wunderstoff«, erklärte die Vertreterin der Weberei. »Der Stoff kühlt, wenn es heiß ist, und wärmt, wenn es kalt wird. Er ist leicht und luftig. Und er wird nur hier hergestellt, hier am Inle See.«

»Das macht ihn bestimmt nicht billig«, sagte Malte ironisch und mir war so, als hätte er dem Mädchen mit den Lotusfasern zugeblinzelt.

»Ein Halstuch gibt es schon ab 100 Dollar. Und ein maßgeschneidertes Jackett bekommen Sie in Italien ab 5000 Dollar.«

»Das klingt doch nach einem guten Geschäft«, sagte er ungewöhnlich unbestimmt und grinste. Hatte Hank weitere Bierdosen aufgetrieben? So kannte ich Malte gar nicht.

»Vergessen Sie nicht, dass für nur eine Mönchsrobe 120 Tausend Lotusstengel benötigt werden. Arbeiterinnen wie sie«, sie nickte dem Mädchen, das auf dem Boden saß zu und es lächelte glücklich zurück, »verdienen pro Tag einen Dollar. Für wen ist das ein gutes Geschäft? Ich denke, es ist ein faires Geschäft.«

»Ja«, stammelte Malte, »fair, so meinte ich das auch.« Er starrte wieder auf das Mädchen, das sich anmutig einem weiteren Bündel Lotusstängeln zuwandte.

»Kommen Sie, ich zeige Ihnen die fertigen Produkte. So günstig

wie hier, bekommen Sie die nirgendwo sonst auf der Welt.«
Sie ging voraus, wir folgten ihr. Malte blieb zwei Schritte zurück. Ich sah, wie er dem Mädchen zuwinkte und »Bye, Bye« sagte, doch sie lächelte stoisch und schien ihn nicht weiter zu beachten. Was hatte er erwartet? Wollte er sich mit ihr auf ein Date in Nyaung Schwe verabreden?

Im Nachbarhaus, an dem wir eben vorbeigekommen waren, war der Laden. Die Frau berichtete von den verschiedenen Färbetechniken, ließ uns einen Schal aus Seide und einen aus Lotusfasern anfassen und zum Vergleich einen aus Baumwolle. Das war alles sehr schön, aber sie konnte sich wahrscheinlich gar nicht vorstellen, wie ungern ich shoppen ging und wie wenig ich einen Schal brauchte, schon gar nicht jetzt oder hier.
»Sagen Sie«, fing Malte an, »ich hätte doch noch die eine oder andere Frage zu der Herstellung der Lotusfasern.« Tatsächlich, er hatte sich in das Mädchen verguckt. »Könnten wir noch einmal einen Blick auf den Fasergewinnungsprozess werfen?«
»Sie wollen also keinen Schal kaufen?«, fragte die Frau zurück.
»Vielleicht später«, versuchte Malte sich herauszureden.
»Schade. In der Produktion ist bereits die nächste Reisegruppe. Ich mache Ihnen ein letztes Angebot, 10 % Rabatt, weil es die einzige Gelegenheit in Ihrem Leben ist, einen echten Lotusschal zu kaufen.«
»Danke«, sagte Malte mürrisch. »So kalt ist es hier ja nicht.« Und grußlos verließ er den Raum.
Alina bedankte sich wortreich, aber wir hatten alle keine Lust auf weitere Verkäuferrhetorik und folgten Malte zum Boot. Genauer gesagt folgten wir ihm zum Steg, denn das Boot war weg. Malte rollte mit den Augen, irgendetwas stimmte nicht mit ihm. Doch schon hatte uns der Mann auf dem Steg gesehen und gab uns mit geschickt gewählten Gesten zu verstehen, dass unser Führer mit dem Boot nur Platz für weitere Touristen gemacht hatte und nun, da wir abfahrbereit waren, gleich zurückkommen würde.
»Woher er das nur wieder wissen will«, grollte Malte.
»Er ruft ihn an«, zeigte ich auf den Mann, der gerade sein Handy aus der Hosentasche zog.
»Was ist los mit dir?«, fragte ich Malte. »Warum bist du so schlecht drauf?«
Ich dachte kurz an früher. Damals hätte er, hätten wir alle, auf

so eine Frage einen coolen Spruch gebracht. Aber Myanmar hatte uns verändert.
»Hast du das Mädchen nicht gesehen? So habe ich mir immer meine Traumfrau vorgestellt.«
»Als Burmesin?« Ich konnte es nicht ganz lassen, das mit dem coolen Spruch.
»Blödsinn, als eine Frau, die von innen heraus strahlt. Aber sie hat nicht mal meinen Abschiedsgruß erwidert. Für sie sind wohl alle Touristen gleich.«
»Warum um alles in der Welt sollte sie in dir nicht einen x beliebigen Touristen sehen?«, mischte sich Alina ein, die neben uns stand.
»Aber ich habe ihr nett zugelächelt und eine freundliche Bemerkung über den Wert ihrer Arbeit gemacht. Das hätte sie doch würdigen können.«
Alina starrte ihn an. Dann lachte sie zweimal. Oder schnappte sie nach Luft?
»Du hast was? Eine freundliche Bemerkung über ihre Arbeit gemacht? Malte, du hast nicht mit ihr gesprochen, sondern mit der Vertreterin der Weberei. Und deine Bemerkung war alles, nur nicht besonders freundlich.«
»Nicht?«, fragte er und schien es auch so zu meinen. »Nun gut, ich finde, ich bin ja immer sehr, sehr nett und zuvorkommend. Vielleicht ein bisschen routiniert, das bringt mein Beruf eben so mit sich.«
»So siehst du dich?«, fragte ich nun überrascht. Hätte man mich nach den Adjektiven gefragt, die Malte am besten beschrieben, wären mir Worte wie besserwisserisch, neunmalklug, unempathisch, vielleicht sachlich oder professionell eingefallen, aber selbst nach einer durchzechten Nacht wäre ich nicht auf zuvorkommend oder gar nett gekommen.
Alina sagte ihm genau das, erzählte ihm von ihrem ersten Eindruck und wie sich dieses Bild in ihr verfestigt hatte und benutzte dabei Worte aus meiner gedanklichen Aufzählung. Ich stand mit meiner Meinung also nicht alleine da.
Als sie fertig war, sagte Malte nichts. Er starrte erst sie an, dann mich.
»So seht ihr mich? Und ihr seid euch da einig?«
Wir nickten beide wie auf Kommando. Malte klimperte mit den Wimpern. Er würde doch jetzt nicht weinen? In dem Moment

legte unser Boot an und Malte drehte sich weg, um einzusteigen.

36

Nach der Besichtigung der Manufakturen für Silberschmuck und Zigarren hatten wir die Nase gestrichen voll.
»Das ist das Kreuz mit dem Kapitalismus. Kaum öffnet sich ein Land, schon geht es nur noch ums Geld«, ereiferte sich Hank lautstark.
»Ich weiß nicht, ob das so viel mit Kapitalismus zu tun hat, oder ob es nicht eher in den Genen des Menschen steckt, etwas Schönes zu erschaffen und es dann mit anderen Menschen gegen andere schöne Dinge zu tauschen«, versuchte ich ihn zu beschwichtigen, ohne genau zu wissen, warum. Mir ging dieses ewige Shoppen auch auf die Nerven.
»Du idealisierst schamlos. Ich brauche weder Zigarren noch Weihwassergefäße. Es interessiert mich nicht, wie sie hergestellt werden, und ich will sie definitiv nicht kaufen. Und selbst wenn ich wollte, ich könnte sie mir nicht mal leisten. Die sehen Touristen hier immer als Goldesel. Ich finde das entwürdigend.«
Er sprach mir ja aus der Seele. Malte sagte nichts, er war noch immer in Gedanken.
»Wenn ich mich recht erinnere, dürften wir das Kunsthandwerk hinter uns haben«, tröstete uns Alina. »Als nächstes sollten die schwimmenden Gärten dran sein.«
»Aber die haben wir doch schon aus dem Fenster unseres Bungalows sehen können«, verbreitete Hank weiter schlechte Laune.
Ich hingegen genoss den Fahrtwind und den idyllischen Blick auf die Fischer, die hinten auf Plattformen auf ihren Einbäumen standen, eine Hand und ein Bein am Ruder, mit der anderen am Netz. Doch wir sahen auch Männer, die keine Fische, sondern Algen 'fingen'. Mit Stangen angelten sie große Wasserpflanzenbündel aus dem See, den Einbaum so sehr zur Seite gekippt, dass sie das Grün leicht hineinraken konnten, doch da die Bootskante dem Wasser so nah war, wirkte es, als könnten die kleinen Boote jederzeit bei einer unbedachten Bewegung vollaufen und untergehen. Die Männer, einige mit freiem Oberkörper und nur mit Shorts bekleidet, andere

vollständig vermummt, inklusive Reishut, balancierten äußerst geschickt und schafften es, erstaunliche Mengen in ihren Booten zu stapeln.
Wir erreichten die schwimmenden Gärten. Grüne Streifen schwammen mitten im Wasser. Männer in ihren Booten arbeiteten fleißig wie die Ameisen an diesem Kunstwerk. Irgendetwas wuchs da, aber ich konnte nicht erkennen, was es war.
»Malte, erzähl doch mal, was bauen die hier an?«, fragte ich ihn.
»Sicher? Soll ich wirklich erzählen?«, fragte er kleinlaut.
»Ja, bitte.«
»Es sind vor allem Tomaten. Die wachsen hier besonders gut und der Inle See deckt mehr als 80 % des Bedarfs von ganz Myanmar.«
»Und was machen die mit diesen ganzen Flussgewächsen?«
»Die dienen als Dünger«, erklärte er.
»Na also, geht doch, Ackerbau ganz ohne Kunstdünger«, freute sich Alina.
»Und ganz ohne Acker«, scherzte ich.
»Die Bambusstangen, die ihr da seht, sind übrigens dafür da, die Grünstreifen an Ort und Stelle zu halten, sie sind so quasi am Seegrund festgetackert.«
»Kann man darauf stehen?«, fragte Hank überflüssigerweise, denn wir hatten Burmesen über die Grünstreifen hüpfen sehen.
»Nur wenn man schnell geht. Wenn man stehen bleibt, sinkt man ein.«
Während ich überlegte, wie lange diese Tradition noch bestehen bleiben würde, wenn erstmal billige chinesische Dosentomaten den Markt überschwemmten, näherte sich uns ein Boot, in dem nur ein Passagier saß, ein junger Mann in einem roten Hemd, der uns zuwinkte, als er uns sah. Er kam mir vage bekannt vor, aber nach wie vor hatte ich Mühe, die Einheimischen voneinander zu unterscheiden. Wahrscheinlich ähnelte er einem unserer Führer, an deren Gesichter ich mich nicht mehr im Detail erinnern konnte.
»Ich habe die Schnauze voll, jetzt verfolgen sie uns auch schon auf dem Wasser«, schrie Hank. »Den hab ich doch in diesem Silberwarenladen gesehen. Das war doch der mit dem roten Hemd, der den Chinesen diese Ketten angedreht hat.«
Stimmt, in dem Silberwarenladen schwirrten gleich mehrere

Verkäufer herum und einer von ihnen trug auch ein rotes Hemd. War es der gleiche Mann? Ich konnte mich kaum an ihn erinnern. Das Boot mit dem Mann kam näher, sein Winken wurde intensiver.
»Wir kaufen nichts, kein Silber, keine Schals, keine Zigarren. Nichts«, schrie Hank und stand nun sogar auf, wütend wie er war, und das Boot begann so sehr zu schaukeln, dass ich mich instinktiv am Rand festhielt. Das andere Boot machte neben unserem halt. Der junge Mann im roten Hemd lächelte breit, als er uns sah, stand auf, grüßte vertraut, also waren wir uns womöglich doch schon einmal begegnet, wenn ich nur wüsste wo, und wollte gerade etwas sagen, kam aber über ein »Guten Tag, mein Name ist ...« nicht hinaus, denn da hatte sich Hank bereits die Kante des Bootes gegriffen und ihm einen solchen Stoß versetzt, dass es wie wild zu schaukeln begann, der Mann im roten Hemd, der im Boot stand, das Gleichgewicht verlor und erstaunlich unelegant, mit dem Hinterteil voraus, in den See fiel. Unser Bootsführer bekam es mit der Angst zu tun. Wenn es Probleme gab, hatte er ja auch bisher schon in beeindruckender Geistesgegenwart die Flucht ergriffen, jetzt war es nicht anders, er drehte den Motor, der im Leerlauf getuckert hatte, auf Vollgas und schon blieb der schwimmende Mann, dem sein Bootsmann eine Hand reichte, hinter uns zurück.
»Geschieht dir recht«, schrie Hank ihm hinterher. Alina entrüstete sich und auch Malte bemühte sich um ein wenig Empathie. Und dann fiel mir ein, woher ich den Mann kannte.
»Zurück«, schrie ich. »Wir müssen sofort zurück.«
Hank starrte mich entgeistert an. Der Mann am Steuer aber nahm keine Notiz von mir.
»Ich kenn den vom Hinflug, das ist ein Musikmanager«, erklärte ich und Hank, der sich zu mir umgedreht hatte, wurde wieder so blass, wie er bei unserer Ankunft in Yangon gewesen war, als er sich das Gesicht noch weiß geschminkt hatte. Es kostete uns eine oskarreife Pantomime, um unseren Kapitän zur Umkehr zu bewegen, doch wir hatten zu viel Zeit verloren. Als wir endlich wieder den schwimmenden Garten erreichten, war das andere Boot spurlos verschwunden. Hank saß vorne im Boot, zusammengekauert, sein Gesicht in seinen Händen verborgen. »Ich Idiot«, sagte er immer wieder.
Ich wollte ihm da nicht widersprechen.

37

»Jetzt besuchen wir ein typisches Dorf der Itha«, sagte Alina in die Stille.
»Der was?«, fragte ich.
Malte schien antworten zu wollen, jedenfalls streckte er sich, wie er es immer machte, wenn er zu einem seiner Monologe ansetzte, doch dann kam - nichts. Er ließ sich wieder in die bequeme Sitzstellung fallen, nahm sich unsere kleine Diskussion am Steg der Weberei wohl zu Herzen.
»Sag's ruhig, Malte«, ermuntere ich ihn.
»Das ist die Volksgruppe, die hier am Inle See lebt«, erklärte er.

Alina lag fast richtig, wir fuhren zunächst zurück zu unserem Hotel. Am Anleger erwarteten uns unsere Koffer, also genaugenommen nur die Koffer von Alina und Morgana, wir anderen reisten ja mit überaus leichtem Gepäck und - Morgana. Wir legten nur kurz an, der Bootsführer ließ sich Koffer und Taschen von einem Hotelboy reichen und verstaute sie geschickt in dem langen Boot. Ich stand auf und reichte Morgana die Hand, um ihr beim Einsteigen zu helfen, sie dankte es mir mit einem Lächeln. Und doch fand ich, sah es aus, als habe sie geweint. Irgendeine komplizierte Frauensache ging da vor, eine von den Dingen, die wir Männer nicht ergründen, nicht verstehen können. Oder hatte es etwas mit mir zu tun? Mit unserer gemeinsamen Nacht? Zweifelte sie an uns? Was konnte ich tun, um sie von mir zu überzeugen? Ich freute mich jedenfalls, dass es ihr wieder besser ging, und sie setzte sich auf den letzten freien Stuhl, ganz hinten im Boot, noch hinter Alina.

Wir wollten gerade wieder losfahren, als der Rezeptionist angelaufen kam.
»Herr Hank?«, fragte er.
»Das bin ich«, sagte Hank mit gebrochener Stimme.
»Ich habe eine Nachricht für sie.« Er gab ihm einen Zettel. »Noch eine schöne Reise«, und er verschwand wieder in Richtung Rezeption.

Unser Bootsführer legte ab, langsam fuhr er zur Ausfahrt der Hotelsiedlung, dann gab er wie immer Vollgas.
»Hank, von wem ist es? Von Bhas?«, schrie ich.
»Nein«, sagte er so laut, dass ich ihn gerade noch verstand, und der Klang seiner Stimme machte mir Angst, so viel Traurigkeit lag darin.
»Von einem Musikmanager. Er sucht den geilen Gitarristen aus dem YouTube Video. Er will mich für ein Konzert in Yangon verpflichten.«
Ich lächelte säuerlich und überlegte kurz, was ich sagen sollte. Dann konnte ich aber doch nicht anders. »Gefunden hat er dich ja. Nur gebracht hat's ihm nichts.«
Ich konnte mir nur zu gut die Blicke von Morgana und Alina vorstellen. Aber Hank hatte sich selbst im Wege gestanden, den Spott hatte er sich redlich verdient. Wie hatte der Manager Hank überhaupt aufgespürt? Wahrscheinlich hatte Alina die neue Adresse im Hotel in Bagan hinterlassen und die Rezeptionistin hatte ihre Finger im Spiel.
Noch ein Gedanke ging mir durch den Kopf.
»Hank, reich mir bitte mal den Zettel«, schrie ich nach vorne. Ich musterte ihn gründlich von beiden Seiten und es war so, wie ich vermutet hatte. Ich lächelte und steckte die Notiz in meine Hosentasche.

Am Eingang des Dorfes stand ein großes Holzhaus mit mehreren Stockwerken. Hier wechselten wir auf zwei kleinere Boote, Malte und Hank in das eine, Alina, Morgana und ich in das andere. Es war 'Lady Kanu', eine Kooperative von Frauen, die diese Touren veranstaltete, deswegen saß eine Frau bei uns im Boot und paddelte. Englisch sprach sie nicht. Es war eine Wohltat, endlich ohne Dieselgeräusche über das Wasser zu gleiten, auf Wasserstraßen, in einem Dorf von kleinen Pfahlhütten. Kinder fuhren auf kleinen Einbäumen durch die Straßen, sie wuchsen quasi auf dem Wasser auf. Ich vermutete, dass die Häuser aus nur einem einzigen Raum bestanden, in dem sich das ganze Leben abspielte. An der Seite hatten sie alle einen Anbau, wohl die Toilette. Damit erübrigte sich auch die Frage nach einer Kanalisation. Fließend Wasser hatten sie immerhin - nämlich den See. Langsam glitten wir eine Nebenstraße entlang. Eine Frau paddelte uns entgegen, ihr Kanu war mit Taschen beladen, sie kam bestimmt gerade vom Einkaufen. Aus einem der Häuser hörten wir eindeutig das Grunzen eines Schweins. Ich schaute genauer hin, neben der Toilette gab es einen zweiten einfachen Anbau, mit einer blauen Plastikfolie als Dach. War das der Schweinestall? Auslauf hatte es darin nicht, es musste wohl sein ganzes Leben auf zwei Quadratmetern verbringen.

Morgana saß vor mir, Alina hinter mir, unsere Paddlerin ganz am Ende des Boots. Ich hätte gern gewusst, wie es Morgana ging, aber sie schwieg und ich wusste nicht, was ich sagen sollte. Die wichtigen Fragen konnte ich ihr nicht stellen, solange mir Alina im Nacken saß. Ich ließ meinen Blick schweifen, während ich überlegte, wann sich mir die nächste Gelegenheit bieten würde, unter vier Augen mit Morgana zu sprechen. Woran war ich? Wie stand sie zu mir? Das war die Wichtigste aller Fragen. Und dann blieb mein Blick an einem der Häuser haften und es wurde mir heiß und kalt. Da stand ein Mann. Mit einem Maschinengewehr. Plötzlich war ich hellwach und ganz im Jetzt. Rohingya, dachte ich. Die Sätze aus dem Reiseführer im Flugzeug fielen mir ein. Dass die Militärregierung in dem Vielvölkerstaat Myanmar eigentlich ständig mit irgendeiner Minderheit im Krieg lag. Und hier war er, der Krieg. Und wir waren mitten drin. Und jetzt zielte der Mann mit seiner Waffe auf uns.
Die Zeit blieb stehen, alles geschah in Zeitlupe, tausend Gedanken gingen mir durch den Kopf:
Klar, das passierte doch immer wieder in Krisengebieten, dass unschuldige Touristen zwischen die Fronten gerieten. Was für eine Schnapsidee, in dieses Dorf zu fahren, wahrscheinlich sammelte sich hier, abseits der großen Touristenpfade, der Widerstand.
Doch ich sorgte mich in diesem Moment nicht um mich, sondern um Morgana und um Alina. Sie sollten nicht sterben. Nicht hier, nicht jetzt. Der Mann sah direkt in unsere Richtung und schwenkte die Waffe. Wenn er jetzt den Abzug durchzog, würde es uns alle vier erwischen. Das konnte ich nicht zulassen. Kurz entschlossen ließ ich mich über Bord gleiten. Ich versank im See, hörte nichts, meine Augen gewöhnten sich langsam an das Licht unter Wasser, ich machte zwei, drei kräftige Schwimmzüge in die Richtung, wo ich den Mann gesehen hatte. Ich erinnerte mich an Filme, in denen man Projektile durchs Wasser pflügen

sah, doch da war nichts, er schoss nicht auf mich, es war noch nichts verloren. Ich tauchte auf, um Luft zu holen, kraulte die letzten paar Meter, zog mich am Holzsteg des Hauses blitzschnell aus dem Wasser und fackelte nicht lang. Der Mann war erfreulicherweise recht schmächtig und auch nicht besonder groß gewachsen, es reichte ein gezielter Schlag, um ihn außer Gefecht zu setzen. Erleichtert sank ich nieder auf das Holz und sah mir die Waffe, die ihm bei dem Schlag aus der Hand gerutscht war, genauer an. Und die Erkenntnis traf mich wie ein Schlag. Das war Plastik. Das war Spielzeug. Der Guerillero hatte uns nur Angst machen wollen. Doch meine Erleichterung, dass wir nicht in Gefahr waren, ja niemals in Gefahr gewesen waren, dauerte nicht lange, eine Frau stürzte schreiend aus dem Haus und widmete sich dem Mann, der neben mir lag. Nun sah auch ich genauer hin. Und die Erleichterung wich Scham. Der Mann war eher ein Kind, vielleicht zwölf Jahre alt. Er schlug die Augen auf und weinte. Seine Mutter hielt ihn im Arm und begann nun mich zu beschimpfen. Ich fühlte mich schlecht und böse. Ich hatte ein Kind geschlagen. Vor den Augen der Frau, die ich liebte. Das war nicht einfach nur peinlich, das war eine Katastrophe.

Die Mutter nahm ihr Kind in den Arm, schnappte das Plastikgewehr und verschwand über eine Treppe lauthals klagend in dem Haus. Ich saß pitschnass auf dem Steg und fühlte mich wie ein Pudel.

Wenig später legte das Kanu an. Seltsamerweise strahlten sowohl Alina als auch Morgana.

»Du bist ein Held«, sagte Alina.

Morgana stieg aus dem Boot, reichte mir ihre Hand und zog mich zu sich hoch. Und dann küsste sie mich. Lange. Ich nahm es als Trost und genoss es. Aus der Entfernung hatten sie offenbar nicht gesehen, dass die Gefahr überschaubar war. Und vor allem hatten beide nicht gesehen, dass der wilde Krieger ein kleiner Junge war.

Unsere Paddlerin schaute verwirrt, sie wusste natürlich, dass hier im Dorf keinerlei Gefahr drohte und verstand wahrscheinlich nicht, warum ich unbedingt dem Jungen das Gewehr wegnehmen wollte. Ich überlegte, dass es besser war, wenn sie keine Zeit hatte, die Mutter des Jungen zu rufen und kletterte eilig in das Boot zurück.

»Es wird besser sein, wir machen, dass wir wegkommen«, sagte ich resolut und versuchte mich daran zu erinnern, wie Arnold Schwarzenegger das in seinen Filmen sagte, wenn er Frauen aus gefährlichen Situationen rettete. Morgana und Alina kletterte eilig zurück in das Boot, Alina trieb unsere Frau Kapitän zur Eile an. Die zuckte nur mit den Schultern und paddelte uns weiter durch das Dorf.
»Keine Angst«, sagte ich zu Morgana. »Wenn du etwas Verdächtiges siehst, sag es mir einfach.« Ich machte das Beste aus der vertrackten Situation. Wie hieß es doch so schön, Wahrnehmung ist Realität. In der Realität dieser beiden Frauen war ich ein Held, ich gedachte nicht, daran etwas zu ändern.

38

Ein Schnellboot brachte uns in einer Dreiviertelstunde zurück nach Nyaung Shwe. Dort wartete bereits ein Taxi, das uns an den Rand des Städtchens in das Blue Vanda Hotel fuhr. Wir schlossen diesen idyllischen Ort sogleich in unser Herz: Die Zimmer waren in Holzhütten, die rund um einen tropischen Garten voller Palmen lagen.

»Es trägt seinen Namen zurecht, es ist so schön wie die Blue-Vanda-Orchidee«, sagte Malte und ich schaute ihn schräg von der Seite an. Das passte nicht zu ihm. Nur, weil wir ihm nahegelegt hatten, sich ein paar mehr Gedanken über seine Wirkung auf andere Menschen zu machen, musste er ja nicht gleich Gedichte schreiben.

»Super, aber ich habe Hunger«, sagte Hank und damit traf er den Nagel auf den Kopf. Es war ein langer Tag auf dem See gewesen und wenn es einen Moment still war, hörte ich meinen Magen knurren. Bildete ich mir jedenfalls ein.

»Für wann hat sich Bhas angesagt?«, fragte ich, doch Morgana machte eine wegwerfende Handbewegung.

»Bhas. Der hat uns schon so oft an der Nase herumgeführt. Der kann auch mal warten.«

Ich hätte sie dafür küssen können. Und hätte das am liebsten auch gemacht, wenn ich nicht Angst vor ihren unvorhersehbaren Stimmungsschwankungen gehabt hätte. Bei der Belegung der Bungalows hatte sie wieder die Aufteilung in Männer und Frauen bevorzugt. Angeblich, weil Alina ja schlecht einen Bungalow ganz für sich alleine nehmen konnte und es sinnlos war, drei zu buchen, wo auch zwei reichten. Aber was sollte das? Es war doch sowieso Bhas' Geld, das wir hier verjubelten. Ich war mir sicher, da steckte mehr dahinter.

Wir ließen uns ein Restaurant empfehlen und zogen los. Zu Fuß. Es war noch zu früh, um direkt zum Restaurant zu gehen, es öffnete erst in einer knappen Stunde, deswegen gingen wir in Richtung der Hauptstraße. Wir wollten den örtlichen Markt ansehen. Nicht alle Straßen waren geteert, Autos und Motorräder flitzten an uns vorbei, viele Einheimische waren aber

auch mit dem Fahrrad unterwegs. Die Hütten an den Straßen waren einfach, aber sauber. Immer wieder sahen wir Hotels, Restaurants und Massagesalons.
»Eine Massage wäre jetzt ein Traum«, sagte Alina.
Niemand widersprach - außer Hank. »Ich habe immer noch Hunger.«
»Vielleicht nach dem Essen?«, schlug Morgana vor.
Endlich hatten wir die Hauptstraße erreicht. Sie war so dicht befahren wie eine Autobahn, sodass wir Mühe hatten, sie zu überqueren. Nyaung Shwe galt als das Tor zum Inle See. Von hier aus starteten die meisten der Seetouren, hier sammelten sich die Backpacker. Dafür waren gar nicht so viele Touristen unterwegs.
Und der Markt war ganz offensichtlich nicht für westliche Ausländer gebaut: Die Gänge zwischen den Ständen waren mit Plastikplanen überdacht, die so niedrig hingen, dass ich den Kopf leicht einziehen musste. Hank, der deutlich größer war als ich, musste noch gebückter laufen, als es sowieso schon seine Angewohnheit war. Noch immer trug er seinen Ledermantel, und obwohl er sich das Gesicht nicht mehr weiß schminkte, war er doch auch nicht wirklich braun geworden. Es war schon ein seltsamer Anblick, wenn diese lange, schwarze Gestalt durch die Gänge schlurfte, bucklig wie der Glöckner von Notre Dame, und überaus mürrisch guckte, was wohl dem Hunger geschuldet war. Deswegen war ich gar nicht überrascht, dass vielen der Burmesen, an denen wir vorbeikamen, das ewige Lächeln verging und einige sogar reißaus nahmen. Sie mussten Hank für einen mythischen bösen Geist halten. Seine Laune verschlechterte sich und in gleichem Maße steigerte sich der Effekt. Als wir anhielten, weil sich Morgana an einem Stand Hosen zeigen ließ, erreichte seine Wirkung ihren Höhepunkt. Als Hank, der ein wenig hinter uns ging, den Laden erreichte, stieß der Verkäufer einen schrillen Angstschrei aus und verschwand im Gewirr der Gänge.
»Was hat er?«, fragte er säuerlich.
»Was er hat?«, wiederholte Alina seine Frage. »Er hat Angst vor dir. Sonst nichts. Kannst du dir nicht denken, wie ein eins neunzig großer Europäer im schwarzen Ledermantel mit dem traurigen Blick eines Bestatters auf die Menschen hier wirkt?«
Hank starrte sie einen Moment lang an und ich dachte schon, er

würde laut werden, doch das Gegenteil war der Fall.
»Ich bin ein Rockstar. Ich muss cool sein.«
»Unfreundlich sein ist nicht cool«, sagte Morgana. »Ich glaube, du verwechselst da was.«
»Überleg doch mal«, sagte Alina, »ob Leute einfach so ins Wasser zu werfen, die beste Idee des Tages war. Menschen werden zu Stars, weil andere Menschen sie lieben. Warum machst du es ihnen so schwer?«
»Ich bin nicht der Grinsepeter«, sagte Hank schwach, und ich sah ihm an, wie es in ihm arbeitete.
»Nein, bist du ganz sicher nicht.« Malte lachte. »Aber die Mädels haben recht. Du stehst dir mit dieser Rockstar-Nummer selbst im Weg. Ist es denn das, was du wirklich sein willst, genau dieser Typ von Rockstar, schwarzer Mantel, böser Blick?«
Hank gab ein Geräusch von sich. Wahrscheinlich sollte es ein Wort sein, doch es war so entstellt, dass wir es nicht erkannten.
Ich schaute auf meine Uhr. »Das Chillax macht auf. Auf geht's, endlich was zu essen.«
»Geht ihr doch schon mal vor. Hank und ich kaufen noch ein bisschen ein«, sagte Alina.
Hank sah sie erstaunt an, aber sie sagte das in einem Ton, der keinen Widerspruch duldete.

Wir aßen lauter westliche Dinge, Steak, Burger, Pizza, Enchiladas. In der Reihenfolge. Nach den ganzen Frühlingsrollen und Currys war es eine Wohltat, aber wir zahlten mehr als jemals zuvor in Myanmar, genauer gesagt Alina zahlte mehr, denn sie war ja nach wie vor für das Finanzielle zuständig und wir fühlten uns nicht gut. Sei es, dass unsere Mägen an Fett und Salz in diesem Ausmaß nicht mehr gewöhnt waren, sei es, dass wir uns schlicht und ergreifend überfressen hatten, wir schlichen durch die schlecht beleuchteten Straßen und beklagten das unangenehme Völlegefühl.
»Eine Massage«, fing Alina wieder an.
»Ein Himmelreich für eine Massage«, stimmte ich ihr gequält zu.
»So viel wird das nicht kosten«, sagte Malte und zeigte auf ein Schild, auf das wir zuliefen: 'Lilly Massage und Kochkurs', stand da, 'nächste Straße links'.
»Deal«, sagte ich.
»Deal«, sagte auch Alina.

Doch weitere Deals blieben aus.
»Ich geh schon mal vor, ich will Bhas nicht schon wieder verpassen«, sagte Malte.
»Mir ist selbst eine Massage zu anstrengend«, seufzte Morgana zu meinem Leidwesen.
Nur Hank sagte nichts. Er trug zwei prall gefüllte Tüten und war seit dem Vorfall im Markt ungewohnt schweigsam. Während des Essens war mir das gar nicht aufgefallen, er und Alina kamen spät, Hank bediente sich hungrig von unseren Tellern bis sein Steak kam, dass er mit einer Intensität aß, die keinen Raum für Sprechen ließ. Aber auf dem Rückweg hatte er, soweit ich das in der Dämmerung erkennen konnte, meist in die unbestimmte Ferne gestarrt, ich wäre nicht überrascht gewesen, wenn ich aus seinem Kopf ein Rattern gehört hätte, so intensiv schien er zu denken. Jedenfalls folgte er wortlos den anderen beiden und Alina und ich bogen ab in die dunkle Straße.
»Oder doch lieber den Kochkurs?«, scherzte sie.
»Um keinen Preis der Welt, nachher muss man das Selbstgekochte auch noch essen«, sagte ich fröhlicher als ich war. Die Seitenstraße verzweigte weiter, hier war es sogar noch dunkler, zwischen den etwas heruntergekommenen Häusern waren Baulücken. Und trotzdem fühlten wir uns sicher. Das war Myanmar.
»Hier ist es«, sagte ich. Von außen sah das Gebäude wie ein ganz normales Einfamilienhaus aus. Nur ein Schild, das gleiche, wie an der Straße, wies auf Massage und Kochkurs hin. Eine Klingel gab es nicht, ich klopfte. Und nur Sekunden später ging die Tür auf und eine freundlich lächelnde Frau, vielleicht ein paar Jahre jünger als ich, bat uns hinein. Zögernd folgten wir ihr. Sie zog zwei Stühle unter einem Tisch hervor und bat uns, doch Platz zu nehmen. Es war eine Mischung aus Wartezimmer eines Massagesalons und Wohnküche einer Familie. An dem Tisch saßen ein Mann, wahrscheinlich ihr Mann und eine deutlich ältere Frau, ich tippte auf ihre Mutter. Sie starrten auf einen kleinen Röhrenfernseher, der an der Wand befestigt war und auf dem das gleiche Video von glücklichen jungen Leuten, die singen und sich mit Wasser bespritzen lief, das wir schon von der Busfahrt kannten. Wahrscheinlich waren es echte Superstars, wobei ich nicht fand, dass das an der Musik liegen konnte, die sie machten. Ein Kind kam in den Raum gelaufen,

verfolgt von einem anderen, quietschte laut und verschwand wieder dorthin, woher es gekommen war.
»Darf ich Ihnen einen Tee anbieten? Was kann ich für Sie tun?«, fragte die Frau.
»Wir sind wegen einer Massage hier. Geht das noch, so spät?«, fragte ich.
»Wir nehmen gerne Tee«, sagte Alina entschuldigend.
»Bitte warten Sie einen Moment, ich sage meiner Schwester Bescheid.« Sie verschwand in dem Raum, aus dem die Kinder gekommen waren, während die ältere Frau uns Tee einschenkte. Er war heiß, wir tranken in kleinen Schlucken und wir hatten Zeit, uns umzuschauen. Eine Wand war mit den Grüßen von Reisenden aus aller Welt übersät. Eine beliebte Tour schien von Nyaung Shwe in die Berge zu führen. So mancher Reisende hatte bei seiner Rückkehr wohl dringend eine Massage gebraucht, um überhaupt weitergehen zu können. Und alle, die sich hier mit dicken und bunten Filzstiften verewigt hatten, lobten die Massage über den grünen Klee. Und so billig. Wir lasen Grüße in fast allen europäischen Sprachen. Seltsamerweise hatten nur die deutschen und finnischen Besucher ihre Botschaften auf englisch hinterlassen. Warum eigentlich?
»Es kann losgehen«, sagte eine drahtige Frau, offenbar die Schwester, die eine weiße Bluse mit Minnie-Maus-Gesichtern trug. Wir folgten ihr durch die zweite Tür des Zimmers in einen länglichen Raum. Ein Teil war durch Tücher abgehängt. Sie zog eines davon zur Seite, bat uns, Schuhe und Oberbekleidung abzulegen und dort hineinzugehen, und verschwand wieder. Matratzen lagen auf dem Boden, jeweils ein Kopfkissen. Das alles wirkte weder besonders neu noch besonders sauber, aber das störte mich nicht und auch Alina rümpfte nicht die Nase. Wir legten uns auf zwei nebeneinanderliegende Matratzen. Nur bei dem Gedanken, in Bauchlage meine Nase in das Kissen zu drücken, in dem schon die Nasen von hunderten von Wanderern aus der ganzen Welt gelegen hatten, behagte mir nicht so recht. Einen Moment später kam Minnie Maus zurück und mit ihr eine zweite Frau, vielleicht eine weitere Schwester. Sie rieben sich die Hände mit Öl ein und begannen uns zu kneten. Ich erwartete eine entspannte Wellnessmassage, aber sie ging eher robust zu Werke, drückte meine Beine in Richtung meines Kopfes, bis die

Gelenke knackten, wanderte mit ihren kleinen Füßen über meinen Rücken und entwickelte alles in allem eine erstaunliche Kraft. Und doch war gerade das eine Wohltat. Erst jetzt merkte ich, wie verspannt ich gewesen war. Wir hatten uns auf eine Stunde Massage für 7000 Kyat geeinigt, das waren keine vier Euro.

»Es ist dir gar nicht mehr so wichtig, Bhas zu treffen?«, fragte Alina, als die Massage doch noch in einen ruhigeren Teil überging.

»Nein. Aber schön wäre es schon. Ich habe in den letzten Tagen viel über ihn nachgedacht. Er war so eine Lichtgestalt für mich und ich habe mich so in ihm getäuscht. Und auch in mir. Ich freue mich darauf, ihn wiederzusehen, im Tageslicht der Gegenwart. Um endlich den Menschen zu sehen und nicht dieses überhöhte Ideal. Und ich hab ein paar Fragen, auf die ich gerne eine Antwort hätte.«

»Welches ist die Wichtigste? Ich meine neben der Sache mit deiner Firma?«

»Die gleiche Frage, die auch Hank hat, vermute ich. Warum er damals gekniffen hat, als wir den Plattenvertrag bekommen sollten.«

»Das kann ich dir sagen«, sagte Alina leichthin.

»Er hat es dir anvertraut?«

»Nein. Ich weiß es von von Nickys Tochter. Nicky hat es ihr hinterlassen.«

»Hinterlassen?«

»In ihrem Testament hat sie so einiges aufgeschrieben, worüber sie zu Lebzeiten nicht sprechen wollte. Ich kenne die Tochter ja nicht so gut, aber noch vor ein paar Wochen trafen wir uns zufällig bei Bhas und sie hat mir ein paar Dinge erzählt. Zum Beispiel die Sache mit der Band.«

»Schieß los«, sagte ich aufgeregt und vergaß völlig, dass mir Minnie Maus soeben fast den Arm gebrochen hatte.

»Du warst ja im Studio dabei: Trotz aller Querelen war die Plattenfirma begeistert von Z&A und sie legten ihm als Kopf der Band einen Vertrag vor.«

»Ja, da war ich dabei. Er hatte den Kugelschreiber in der Hand, las den Vertrag, wir waren ausgelassen wie Kinder, Hank machte einen blöden Witz nach dem nächsten. Und dann klingelte das Telefon, der Manager nahm ab, gab den Hörer an

Bhas. Und dann hörte ich den Kugelschreiber brechen, er stand auf und lief aus dem Raum. Und das wars.«

»Hast du dich nie gefragt, wer angerufen hat?«

»Doch, klar, aber Bhas hat darüber nicht sprechen wollen. Alles rund um Z&A war tabu.«

»Es war ein Anruf aus einem Krankenhaus. Seine Mutter hatte einen Herzinfarkt. Sie war noch im Krankenwagen gestorben. Für ihn brach eine Welt zusammen.«

»Warum hat er uns das nicht gesagt? Jeder hätte dafür Verständnis gehabt, dass er eine Auszeit gebraucht hätte.«

»Er wusste, das würde bei ihm nicht reichen. Ohne seine Mutter war sein Leben nicht mehr das gleiche. Er stellte alles in Frage. Er war ja sowieso schon immer voller Zweifel.«

Ich spürte, wie mein anderer Arm geknetet wurde, der Schmerz tat mir gut.

»Wie ist eigentlich Nicky gestorben? Weißt du das?«

»Das war eine sehr skurrile Geschichte, so extrem wie ihr ganzes Leben.«

Anders konnte es ja auch gar nicht sein, dachte ich.

»Je älter sie wurde, um so mehr beschäftigte sie sich mit gesunder Ernährung. Und kam zu dem Schluss, dass Karottensaft das gesündeste Lebensmittel überhaupt war. Sie trank Unmengen davon, bis zu vier Liter am Tag.«

»Vier Liter? Wie geht das denn?«, fragte ich erstaunt. »Ich schaff nicht mal ein Glas.«

»Zum Frühstück etwas Obst und Karottensaft, zum Mittagessen etwas Obst und mehr Karottensaft und als Abendbrot Eier, Tomaten, Käse - und dazu Karottensaft. Und damit es nicht zu einseitig wurde, nahm sie Unmengen von Vitamin A ein.«

»Sie starb an Karottensaft-Vergiftung?«

»Vitamin-A-Vergiftung. Das ist genauso, als wenn man an Alkoholvergiftung stirbt. Beides verursacht eine Leberzirrhose. Ihre Tochter hat erzählt, dass sie nach Nickys Tod die Vitamin-A-Packungen gezählt hat. Sie hat in zehn Tagen 70 Millionen Einheiten zu sich genommen.«

Ich starrte Alina ungläubig an, jedenfalls so lange, bis Minnie, die Masseuse, meinen Kopf wieder unsanft in die richtige Position schob. »Hatte sie denn keinen Arzt, der ihr das ausgeredet hat?«

»Aber ja, sie war beim Arzt, ihre Tochter hatte sie dahin

geschleift. Aber Nicky hat nie viel auf Ärzte gegeben und durch seine Warnungen vor übermäßigem Karottensaftgenuss hatte er sich in ihren Augen disqualifiziert.«
»Tragisch.«
»Allerdings.« Alinas Stimme klang seltsam, irgendwie schien ihr die Geschichte näher zu gehen, als ich vermutet hatte. »Als sie starb, war ihre Haut von den ganzen Karotten hellgelb. Ihr Tod war so verrückt wie ihr Leben.«
»Sag mal«, sagte ich nach einer angemessenen Pause, »in dem Testament, gab es da auch einen Hinweis, wer der Vater ihrer Tochter ist?«
»Ich glaube, sie hat so etwas angedeutet«, sagte Alina leise.

39

»Schlechte Nachrichten«, sagte Alina.
Wir hatten es uns auf der Terrasse des 'Mädchen-Bungalows' gemütlich gemacht und warteten auf Bhas. Alina war zur Rezeption gegangen, um zu fragen, wo wir ihn finden würden. Es war schon dunkel. Statt der Geräusche der Natur hörten wir stampfende Technorhythmen aus der Nachbarschaft.
»Ich hasse diesen Kulturimperialismus«, sagte Hank.
Malte schüttelte den Kopf. »Sehr störend. So feiern die Burmesen ihre Tempelfeste. Ich hab das auf dem Flug in einem Info-Video gesehen.«
Ich starrte ihn irritiert an, ich hatte keine Ahnung, dass es so etwas gab.
»Das sieht aus wie die Love-Parade, Wagen mit Tänzerinnen in traditioneller Kleidung, aber dazu Bässe, die dir das Trommelfell einen Meter in den Kopf drücken«, fuhr er fort.
Ich nippte an meinem Bier, das mir nicht schmeckte. Aber ich wollte nicht undankbar sein, denn Morgana hatte sich um die Getränke gekümmert.
»Mir reicht's«, sagte ich und stand auf, denn natürlich war uns allen klar, was das für schlechte Nachrichten waren. »Ich bin raus. Was immer das für ein Spiel ist, ich lasse mich nicht weiter verarschen. Versteht mich nicht falsch, das ist ein Super-Land. Ich habe die Reise genossen, es war wunderbar, euch alle wiederzusehen.« Ich warf Morgana einen Blick zu, von dem ich hoffte, dass sie aus ihm all meine Liebe zu ihr würde lesen können. »Aber genug ist genug. Ich fliege zurück. Wer kommt mit?«
Malte erhob sich. »Seh ich genauso. Hier ist doch was faul. Und bei aller Wertschätzung, meine liebe Alina, wer sagt uns denn, dass du wirklich Anweisungen von Bhas bekommst?«
Mir schien, dass Alinas Gesicht sich verfärbte, aber im fahlen Lichtschein der Außenlampe war das nicht klar zu erkennen. Ich roch den Rauch des glimmenden Anti-Mücken Riegels, mehr Licht war nicht zu empfehlen, wenn wir den Abend nicht mit Mückenjagen verbringen wollten.

»Hank?, Morgana?«, fragte ich.
»Ich bin dabei«, stimmte Morgana zu. »Ich kläre es mit ihm in Deutschland, irgendwann kommt er sowieso zurück.
Sie war viel ausgeglichener als im Bus, als ich sie wiedergesehen hatte. Sie wusste nun, dass Bhas sie nicht mit Alina betrog, ich hoffte, ich hatte sie ein Stück weit zurückgewonnen. Und darum war ihr die Aussprache mit Bhas zwar wichtig, aber vielleicht aus anderen Gründen.
Nur Hank saß noch.
»Hank?«, sagte Malte.
»Ich find's hier geil«, sagte er und nahm einen Schluck von seinem Bier. »Und ich suche nicht mehr Bhas, sondern meine Tochter. Ich bin sicher, sie ist hier. Ich kann das fühlen.«
Er schlug sich melodramatisch mit der rechten flachen Hand auf sein Herz, als spielte er in einer Soap Opera mit. Ich spürte, wie ich reflexartig die Augen verdrehte, aber bei den Lichtverhältnissen konnte er das nicht sehen. Ich wunderte mich ein wenig über mich selbst, dass es mir wichtig war, ihn nicht zu verletzen. Erkannte man daran Freunde? Dass es einem wichtig war, wie es ihnen ging? Dass man ihnen helfen wollte, indem man sie darin bestärkte, was sie sagten und was sie taten?
»Ihr glaubt mir nicht?«, fragte Alina und es war genauso sehr eine Feststellung.
»Doch. Ich glaube dir, dass wir Bhas heute nicht sehen werden«, sagte ich. »Aber ich glaube dir nicht, dass wir ihn irgendwann sehen werden. Jedenfalls nicht in Myanmar. Ich weiss nicht, wer dahintersteckt und was das soll, aber irgendwer führt uns hier gewaltig an der Nase herum.«
»Wenn wenigstens irgendwer von uns mal mit ihm gesprochen hätte«, unterstützte mich Malte. »Aber wir haben ja nichts in der Hand.«
»Gut«, sagte Alina und ihre Stimme klang etwas höher als sonst, ich hatte das schon vorher bei ihr festgestellt, wenn sie sich aufregte. »Ihr seid erwachsen. Ihr wolltet Bhas treffen. Ich arbeite nur für ihn. Ihr könnt machen was ihr wollt. Ich geh jetzt ins Bett. Nur noch zwei Dinge: Ich habe Flüge für uns alle nach Ngapali gebucht. Falls außer Hank noch jemand dorthin fliegen will, denn da ist Bhas jetzt, treffen wir uns um sieben zum Frühstück.«
Ich schüttelte den Kopf, auch die anderen reagierten abweisend.

»Und falls es euch interessiert, das ist die Notiz, die Bhas an der Rezeption für uns hinterlassen hat.« Sie reichte mir einen Papierschnipsel und ging, ohne noch ein weiteres Wort zu sagen oder sich auch nur umzudrehen, in den Bungalow. Es tat mir ein bisschen weh, mich so von ihr zu verabschieden, schwer zu sagen warum, irgendwie hatte ich sie in mein Herz geschlossen, ich spürte eine seltsame Verbindung, so, als ob wir uns viel länger kannten als nur diese paar Tage.

»Was hat er denn geschrieben?«, riss mich Malte aus meinen Gedanken.

Ich faltete den Zettel auseinander. Was für eine Sauklaue. Bhas hatte schon immer eine unleserliche Schrift gehabt. Er hatte drei Zeilen hingekritzelt, ich entzifferte die Worte »nicht« und »leider« und »wieder«. Damals, in der Schule, hatte seine Schrift anders ausgesehen, aber nicht viel, wahrscheinlich kindlicher. Ganz normal, dass sie sich verändert hatte. Ich reichte Malte wortlos das Papier. Er schaltete die Taschenlampe seines Handys ein und leuchtete darauf. Nach ein paar Sekunden schüttelte er den Kopf.

»Also ich kann das nicht lesen. Ist das seine Schrift?«

Ich nickte.

Morgana stellte sich neben Malte. »Ja, das ist sie. Bhas«, sagte sie tonlos.

Er war also doch hier. Hier in Myanmar. Alina hatte uns nicht an der Nase herumgeführt. Er war hier. Uns trennten heute nur wenige Stunden. Wir waren so nah dran.

»Scheiße, ich fliege nach Ngapali«, sagte ich und die anderen nickten, wie es mir schien, ein wenig resigniert, so als hätten sie versucht, ihrem Schicksal zu entkommen, und es war ihnen nicht gelungen.

40

In Ngapali war es wie im Paradies, doch schwarze Wolken zogen auf, nicht am Himmel, sondern in unseren Köpfen.
Ich stand auf der einen Seite des Volleyballnetzes, zusammen mit Alina und Morgana, Hank und Malte auf der anderen. Die beiden schlugen sich gut, was Malte an Sportlichkeit fehlte, machte er durch Einsatz wett und Hank nutzte seinen Größenvorteil am Netz schamlos aus. Sie führten drei zu null, doch das war uns allen egal. Wir hatten keine Augen für den weißen Traumstrand, auf dem wir spielten, nicht für das blaue Meer, das genau die Temperatur hatte, die ich so mochte, Badewanne, noch für das wunderbare Bayview Hotel mit seinen Bungalows, in denen ich mich sofort wie zu Hause gefühlt hatte.
»Lass«, schrie ich Alina zu und hechtete nach dem Ball. Ich erreichte ihn zwar, konnte ihn aber nicht mehr kontrolliert spielen, er landete im Netz.
»Ich hätte ihn gehabt«, maulte sie.
»Vier zu null«, triumphierte Malte und machte sich für den nächsten Aufschlag bereit.
»Ich war abgelenkt«, entschuldigte ich mich. Und das stimmte, ich hatte mich noch immer nicht an Hanks Anblick gewöhnt. Zum ersten Mal, seit ich ihn in Yangon wiedergesehen hatte, trug er den schwarzen Ledermantel nicht. Stattdessen lief er in bunten Hosen und einem ebenso vielfarbigen Hemd herum, als käme er direkt aus einer Hippie-Kolonie. Er zeigte mehr Haut als zuvor, denn das Hemd hatte kurze Arme, und diese Arme, bisher stets bedeckt, waren käseweiß. Ohne seine Rock-Star-Verkleidung sah er sich selbst nicht mehr ähnlich, war er ein neuer, ein freundlicherer Mensch, der Malte nach dem Punkt abklatschte und für unser Team ein aufmunterndes Lächeln über hatte.
»Reicht erst mal, Leute«, ächzte Morgana. »Ich spüre Transpiration, Zeit für eine Pause.«
Hank und Malte protestierten, aber wir anderen drei machten es uns schon auf den Strandliegen gemütlich, Morgana hatte sich sogar schon einen Cocktail bestellt. Super Service. Und

sagenhaft günstig. Nicht, dass mich das interessiert hätte. Nach wie vor zahlte Alina, also Bhas.
»Herr Bhas ist noch auf einem Ausflug«, hatte Christina, die Hotelmanagerin, uns bei unserer Ankunft mitgeteilt. Wir könnten doch am Strand auf ihn warten. Nach der Reise war das eine gute Idee, doch die Euphorie, die der Zettel mit Bhas Handschrift am Abend in uns entfacht hatte, war einem tiefen Kater gewichen. Er war schon wieder nicht da. Das war ein Dejà Vu zu viel.
»Er müsste am frühen Nachmittag wieder zurück sein.« Christina warf Alina einen Blick zu. »Soll ich Sie dann anrufen?«
»Ich habe kein Handy«, sagte Alina und ich versuchte ihrem Blick auszuweichen.
»Ich gebe Ihnen meine Nummer«, sagte Morgana schnell.

Deswegen also lagen wir im Paradies, am Strand und deswegen konnten wir es nicht genießen. In Gedanken waren wir bei unserem Treffen mit Bhas, das nun endlich vor uns lag.
»Ich werde Schluss machen«, sagte Morgana, aus heiterem Himmel. Sie saugte am Strohhalm ihrer Piña Colada, als wollte sie das Glas in einem Zug leeren. »Im Flugzeug war es mir plötzlich klar, als ich die Welt von oben sah, so klein. Dass es einfach keinen Sinn mehr macht. Ich werde es ihm endlich sagen. Dass es vorbei ist.« Ich hatte den Eindruck, die Hand, mit der sie das Glas hielt, zitterte leicht. Sie presste die Worte schnell heraus, wie Flüche.
Ich war genauso aufgeregt. Wenn sie das machte, war sie frei für mich. Auch wenn ich immer noch nicht wusste, ob sie sich für mich entscheiden würde, für Bhas jedenfalls nicht. Aber ich wusste auch, dass Bhas das alles wieder ändern konnte. Früher genügte ihm manchmal ein einziger Blick, um jemanden umzustimmen, ihn oder sie für sich einzunehmen. Hatte er immer noch diese Macht über Menschen? Ich hatte Angst davor ihn wiederzusehen, ich hatte Angst davor, dass er Morgana um seinen kleinen Finger wickeln würde, dass sie in seine Arme sinken würde, ihm wieder einmal alles verzeihen würde und ich sie für immer verlieren würde. Der Gedanke ließ mich bei mehr als dreißig Grad im Schatten frösteln. Und was würde aus meiner Firma? Mike hatte mehrmals versucht, mich anzurufen. Ich war nicht dran gegangen. Ich konnte es ihm nicht sagen, der

Gedanke daran brach mir das Herz. Es war zu spät. Bhas Spielchen hatte mich meine Existenz gekostet. Ich schaute auf die Palmenblätter über mir, die im leichten Wind schaukelten. Bhas hatte mir alles genommen, die Frau meiner Träume, die letzte Chance, mein Lebenswerk zu retten. Was sollte ich tun, wenn ich ihn nun endlich traf? Seine Nase brechen? Oder mehr?
Hank nahm einen ersten Schluck von dem Bier, das der Kellner gerade gebracht hatte.
»Recht so«, sagte er zu Morgana. »Der Spinner. Ich schnapp mir meine Tochter und hau ab.«
«Was ist mit der Re-Union?«, fragte ich überrascht.
»Wenn er mich bittet, denke ich darüber nach«, sagte Hank und lächelte. »Oder ich breche ihm gleich die Nase.«
Ich grinste. Es würde spannend werden, wer ihn zuerst erwischte.
»Oder auch mehr«, fuhr Hank fort. Das Lächeln war verschwunden. »Er ist schuld daran, dass wir damals keine Stars geworden sind, dass ich so lange durch die Provinz tingeln musste. Ich werde ihm das nicht vergessen. Da ist Nase brechen deutlich zu wenig.«
Ich drehte meinen Kopf in seine Richtung und erschrak. Aus seinen Augen sprach der blanke Hass. Ich hatte bisher nicht mitbekommen, wie sehr Hank Bhas hasste. Ich dachte die ganze Zeit, er wollte Bhas zu einem Comeback von Z&A überreden, doch als ich ihn jetzt so sah, war ich mir fast sicher, dass es ihm um Rache ging. Wollte er Bhas so leiden sehen, wie er zuletzt gelitten hatte?
»Gut, dann kannst du die Nase ja mir übrig lassen«, sagte Malte.
Noch einer.
»Ich dachte, du brauchst deinen Kompagnon noch?«, fragte ich irritiert.
»Ja. Ich hätte ihn gern zurück. Aber wenn ich ihn in die Finger kriege, wird er trotzdem bezahlen für das, was er mir und unserer Firma angetan hat. Einfach so zu verschwinden, sich aus der Verantwortung zu stehlen. Ich bin's leid. Er ist rücksichtslos und egoistisch. Wenn ich ihn ersetzen könnte, ich hätte es längst gemacht. Eine gebrochene Nase ist das Mindeste, was er verdient.«
Maltes Gesichtsausdruck war wie eine Maske, ich konnte ihn

nicht deuten. Aber ich hätte mich nicht gewundert, wenn auch er vor Wut kochte. Was würde das für ein Wiedersehen werden? Wir alle hatten ein Hühnchen mit Bhas zu rupfen, hatte er sich das so vorgestellt? Oder war das der Grund, warum er das Treffen mit uns immer weiter hinauszögerte?

41

Gegen Mittag wurden wir hungrig. Das Restaurant des Hotels lag direkt am Strand und sah einladend aus, doch das war Malte zu naheliegend. Er konnte sich einfach nicht entspannen. Während wir anderen auf unseren Liegen in der Sonne gedöst hatten, hatte er sich 'mit den lokalen Gegebenheiten vertraut gemacht', so sagte er jedenfalls in seiner etwas gestelzten Sprache, wischte sich seine nicht vorhandenen Haare aus der Stirn und begann, uns vom Green Umbrella vorzuschwärmen, das im Internet unglaublich gut bewertet sei, Preise habe, 'geschenkt', sagt er und nur einen kurzen Strandspaziergang entfernt läge. Ich wagte einzuwenden, dass es viel zu heiß für irgendwelche Spaziergänge wäre, egal wie kurz, und dass wir doch sowieso nicht selber zahlten, aber Morgana war es wohl auch leid, faul herumzuliegen, und seltsamerweise schlug sich auch Hank auf die Seite der Hektiker. Da Alina es vorzog, sich auf ihr Zimmer zurückzuziehen, sie murmelte etwas von Kopfschmerzen, blieb mir keine Wahl.

Der Sand war heiß. Ich meine damit nicht die Hitze, die man kennt, wenn der Sand wohlig die Fußsohlen wärmt wie ein Kirschkernkissen, das direkt aus dem Backofen kommt. Ich meine so heiß, dass es schmerzte, dass man gehen musste, laufen musste, da ich das Gefühl hatte, meine Füße würden sonst verbrennen. Es wurde besser, sobald wir den feuchten Sand nah am Meer erreicht hatten. Burmesen hatten Stände aufgebaut, an denen sie Obst und Souvenirs an Touristen verkauften. Einige gingen auch ins Wasser. Sie waren sehr leicht von den Touristen zu unterscheiden, da sie von Kopf bis Fuß bekleidet waren. Im Wasser spielten sie mit alten Gummireifen. Wir trabten weiter durch den Sand, die Sonne brannte, wir hatten uns nicht mit Sonnencreme eingerieben, bis auf Malte natürlich. Jetzt beneidete ich ihn, als einziger würde er morgen nicht wie ein frisch gekochter Krebs aussehen.

Und dann waren wir endlich da, 'Green Umbrella, the beach restaurant' stand da. Links und rechts befanden sich ein

Dutzend weiterer Beach-Restaurants, sie unterschieden sich nur im Namen und in der Farbe der Liegestühle, aber das war mir egal, endlich Schatten. Und schön war es hier. Wir saßen in unseren bequemen, grünen Stühlen unter grünen Sonnenschirmen, direkt am Meer. Seele, was willst du mehr? Eine einheimische Frau mittleren Alters kam schnurstracks auf uns zu, lächelnd, selbstverständlich. Wir folgten Maltes Rat, der die Bewertungen gründlich studiert hatte, und bestellten jeder eine Kokosnuss, gefüllt mit Piña colada. Niemand dachte mehr an Bhas. Sie brachte uns ein Schälchen Erdnüsse.

»Der Cocktail kostet uns keine zwei Euro«, triumphierte Malte. Seltsam, warum war ihm Geld selbst jetzt noch wichtig? Was war nur mit unserem Wertesystem nicht in Ordnung, dass Geld immer und überall eine entscheidende Rolle spielte? Selbst hier, im Paradies?

»Ihr müsst Fisch essen, unbedingt Fisch. Super Preis-Leistungs-Verhältnis. Sie haben Barracuda, Red Snapper, White Snapper, Tuna, Squid, Octopus, King Prawns und Tiger Prawns.«

Aha, er war wohl auf einer englischen Internetseite gewesen. Ich bestellte große Garnelen, mit den meisten Fischnamen konnte ich nichts anfangen.

Und dann, als wir so entspannt und fast ein wenig glücklich, frei von allen bösen Gedanken an unseren Cocktails nippten, kam da plötzlich dieser Typ über den Strand gelaufen. Offenbar war auch ihm der Sand zu heiß, er vollführte kleine Sprünge und er kam direkt auf das Green Umbrella zu.

»Schaut euch den an, der hat bestimmt auch die Bewertungen im Internet gelesen«, ulkte Hank.

Doch als er näher kam, erkannte ich erst sein rotes Hemd und dann sein Gesicht. Ich stand auf und lächelte, er wollte zu uns, der Musikmanager vom Hinflug. Er jedoch grinste mich nur kurz an und hüpfte auf Hank zu.

»Endlich«, sagte er. »Es war nicht leicht, Sie zu finden. Ich möchte Ihnen ein Angebot machen. Country. Ein Album. Ich mache Sie zum größten Country Star dieses Landes.« Er fiel mit der Tür ins Haus. Er hatte vielleicht Angst, Hank sei nur eine Fata Morgana.

Ich genoss Hanks Gesichtsausdruck. Wie sieht jemand aus, dessen Lebenstraum gerade in Erfüllung geht? In Hanks Fall

erstaunlich dumm, ein bisschen wie ein Esel, sein Mund stand weit offen, seine Lebenssysteme schienen zum Erliegen gekommen zu sein, alles in ihm war wohl damit beschäftigt, zu versuchen zu verstehen, was der Mann ihm da gerade sagte.
»Meinen Sie mich?«, fragte er schließlich.
Der Burmese lächelte. »Sie sind doch der Mann mit der Gitarre auf der Pagode? Aching Heart?«
Hank nickte, mechanisch, er musste sich wie in einem Traum vorkommen. In einem Traum, den er schon oft geträumt hatte, da war ich mir sicher.
»Aber«, sagte er, noch einmal »Aber«, und dann, »Wie haben Sie mich gefunden, nachdem ich Sie, auf dem Inle See..?«
Der Mann im roten Hemd winkte ab und lächelte. »Vergessen Sie das, ich war aber auch zu aufdringlich. Ihr Freund hier hat mich angerufen und mir gesagt, wo ich Sie finden kann.«
»Du?«, fragte Hank und starrte mich mit großen Augen an. »Woher hattest du seine Nummer?«
»Stand hinten auf der Message vom Hotel«, sagte ich schulterzuckend.
Hank stand auf, kam auf mich zu und fiel mir um den Hals. Ich hasste solche melodramatischen Szenen. Weil der Liegestuhl so tief lag, kniete Hank neben mir im Sand. Es musste grotesk albern aussehen. Nur gut, dass das Restaurant um die Mittagszeit spärlich besucht war, den meisten Touristen war es wohl zu heiß für einen Strandspaziergang.
»Zur Hölle mit Bhas«, sagte er und ich fürchtete, er weinte sogar ein wenig. »Wer braucht Bhas, wenn er einen Freund wie dich hat?«
Jetzt war ich doch ein bisschen gerührt und antwortete lieber nicht, bevor es noch peinlicher wurde.
In dem Moment klingelte mein Telefon.

Wäre ich klar im Kopf gewesen, hätte ich den Anruf nicht angenommen, aber überwältigt von dem Moment, schaute ich nicht nach, wer dran war. Stattdessen dachte ich, dass Bhas sich ausgerechnet in diesem Moment melden musste. Dass das wieder typisch war und genau zu ihm passte. Ich wollte wütend irgendetwas zur Begrüßung sagen, etwas im Stile von »Wurde aber auch Zeit, du alter Sack, uns hier eine Woche lang an der Nase herumzuführen«, ich kam aber nur bis alter Sack und dann

erkannte ich die Stimme von Mike, der diese vertrauliche Anrede von seinem Chef nicht gewohnt war. Ich spürte, wie ich rot wurde.
»Ich, ich, ich hatte ja versucht, mich früher zu melden«, stotterte Mike, »aber ich hab dich nicht erreicht.«
Ich räusperte mich. So gut die Neuigkeiten für Hank gewesen waren, so sehr schmerzte mich, was nun kommen musste.
»Giselher war hier«, sagte Mike.
Der Verräter, dachte ich wütend.
»Er hatte gute Neuigkeiten. Er hat eine Fristverlängerung für uns rausgeschlagen. Einen Monat mehr. Einen ganzen Monat.«
Er klang fast euphorisch. Genauso wie ich mich jetzt fühlte. Einen Monat. Das war eine Ewigkeit. Nichts war verloren. Und heute Nachmittag würde ich Bhas sehen. Ich war wieder im Spiel.
»Yes«, schrie ich so laut, dass meine Gefährten mich überrascht anstarrten und die burmesische Bedienung besorgt angelaufen kam.
»Eine Runde Myanmar für alle«, sagte ich, denn das letzte Mal, dass ich Champagner getrunken hatte, hatte ich in schlechter Erinnerung.

Der Mann mit dem roten Hemd hatte sich zu uns gesetzt. Wahrscheinlich wollte er nicht eher wieder gehen, als bis Hank den Vertrag unterschrieben hatte, den er ihm neben seinen Teller legte. Doch Hank hatte damit keine Eile. Er bat Malte, mal einen Blick darauf zu werden, meiner Meinung nach eine bemerkenswert gute Idee, und textete den Musikmanager zu. Wie lange er das wohl aushalten würde, bevor er es sich nochmal überlegte?
»Kennen Sie Barclay James Harvest?«, fragte er ihn.
Der Mann lächelte, warf mir einen amüsierten Blick zu und nickte.
»Bei denen fing der große Erfolg ja mit ihrem ersten Live Album an. Mit der Platte waren sie zum ersten Mal in den Charts, bis auf Platz 40, in England. Danach erschien 'Time Honoured Ghosts' und sie tourten durch Holland, Belgien und Deutschland. Und dann gingen sie ab wie eine Rakete. Das nächste Album war 1977 'Gone to earth' mit dem Klassiker *Hymn*. Ne, Malte, das kennst sogar du?«

Malte schaute ihn beleidigt an. Auch wenn er nur der Drummer gewesen war, wie wir alle war er glühender Verehrer von Barclay James Harvest.
»Die nächsten Jahre waren eine Fahrt auf dem Regenbogen, im Himmelswagen, nah an der Sonne. 1980 erschien 'Eyes of the Universe', der Höhepunkt ihres Schaffens. Platin in Deutschland. Hammer, oder? Und dann im Sommer, das Konzert vor dem Reichstag. Und *Life is for Living* wurde ein Superhit.«
Er hätte noch ewig so weiterreden können, er strahlte, ich gönnte es ihm so sehr. Ich schaute zu Morgana und ich war sicher, sie dachte dasselbe, so wie sie grinste. Wir stießen an, mit unseren Biergläsern und es war so ein Moment, von dem man sich wünscht, er würde nie zu Ende gehen. Tat er aber. Und was dann folgte war ein Kontrastprogramm, dass wir uns nicht hatten vorstellen können.

42

Es war wieder mein Telefon. Ich ging unbeschwert, fast heiter dran. Einen Monat mehr Zeit, jetzt konnte es nur noch gute Neuigkeiten geben. Fast.
»Christina hier, vom Bayview Hotel. Alina bittet mich, euch zu sagen, es wäre gut, wenn ihr zurück zum Hotel kommen würdet. Er sei jetzt da.« Sie nannte eine Raumnummer.
Es war soweit. Ich wollte es gar nicht wahrhaben, so unwirklich war es. Ich erzählte es den andern, sie wirkten genauso unsicher, ob sie das nun glauben sollten oder nicht. Hank verabschiedete sich herzlich von dem Mann im roten Hemd, wie alte Freunde lagen sie sich in den Armen, die Frau vom Restaurant verabschiedete sich per Handschlag und der Sand war zwar noch heiß, aber wir mussten nicht mehr hüpfen. Mit jedem Schritt wurden wir nachdenklicher.
»Ich glaube, ich will ihn gar nicht mehr sehen«, sagte Morgana.
Ich nickte, der Gedanke war mir auch durch den Kopf gegangen. Nach allem, was er mit uns angestellt hatte, warum sollten wir eigentlich nach seiner Pfeife tanzen? Aber leider waren meine Schulden nicht bezahlt, ich hatte nur eine Fristverlängerung bekommen. Ich erläuterte Morgana mein Problem.
Sie seufzte, wollte ja ihre Lage auch endlich klären.
»Wie machen wir es?«, fragte Malte. »Gehen wir einer nach dem anderen zu ihm oder alle auf einmal?«
»Auf einmal natürlich«, sagte ich, »nicht, dass ihr in mir lyncht, bevor ich ihn anbetteln konnte.« Ich grinste. Die anderen nicht.

Als wir vor der Tür mit der Zimmernummer neun standen, waren wir alle ganz still. Nach all den Tagen hatte es etwas so Unwirkliches, fast Feierliches. Ich klopfte.
»Die Tür ist offen«, rief Alina von innen. Ah, sie hatte sich also bereits mit Bhas getroffen. Er war also auf dem neuesten Stand. Klar, dafür war sie seine Assistentin.
Ich drückte die Klinke herunter und trat ein. Das Zimmer sah genauso aus wie meins, geräumig, modern, gemütlich. Auf einem Beistelltisch stand ein Teller mit einer Apfelsine und

einem Apfel, daneben lag ein Schälmesser. Warum mir das auffiel? Meine Augen suchten Halt, denn außer Alina war niemand in diesem Raum. Bhas war nicht hier.

Malte fand als erster die Sprache wieder. »OK. Das wars. Game Over«, sagte er. »Ich bin raus. Egal, welche Story du uns dieses Mal auftischst.«
Doch Alina sah anders aus als sonst, sah uns anders an, als die vielen Male davor. Sah mich anders an.
»Was ist denn los?«, fragte ich sie, weniger genervt, enttäuscht, wütend, als noch vor ein paar Augenblicken.
»Es tut mir leid«, stammelte sie. Tränen schossen ihr in die Augen. »Ich hätte es euch viel eher sagen sollen. Aber ich konnte nicht, weil ich das Ergebnis des DNA-Tests noch nicht bekommen hatte und weil ich nicht allein reisen wollte. Ich hätte das nicht ausgehalten.«
»Was hättest du uns eher sagen sollen?«, fragte ich und versuchte dabei fürsorglich zu klingen, sie tat mir leid, sie sah aus wie ein Häuflein Elend. Sie hatte sich auf das Bett sinken lassen, Morgana setzte sich neben sie und hielt ihre Hand.
»Dass Bhas tot ist«, sagte sie und sie schniefte laut und schüttelte sich. »Schon seit Wochen. Tot.«
Ich war nicht überrascht. Niemand von uns wirkte überrascht. Kein Aufschrei, nicht einmal echte Betroffenheit. Ich weiß nicht, warum das bei den anderen so war. Ich fühlte nichts, denn mein Bhas war schon damals gestorben, als wir uns nach der Auflösung der Band aus den Augen verloren hatten. Ich hatte das erst während dieser Reise verstanden. Dass er jetzt wirklich tot war, schien mir realer, als wäre er plötzlich leibhaftig aufgetaucht. Und ein wenig war ich dankbar, dass ich den Bhas der Gegenwart nicht kennenlernen musste. Ich hatte die ganze Zeit Angst gehabt, dass dieser gealterte Bhas mein Bild von meinem Bhas für immer zerstören würde. Vielleicht hatte er das sogar, obwohl ich ihm nie mehr begegnet war, ihm nie begegnen würde. Allein aus den Gesprächen mit den anderen hatte er viel von seinem Nimbus verloren, war der übermenschliche Bhas zu einem Sterblichen geworden und nun war es ihm gegangen, wie es Sterblichen nun einmal so geht.
»Wie ist er gestorben?«, fragte Morgana leise.
»Schlaftabletten«, sagte Alina. »Es war eine seiner Phasen.

Ohne Nicky hat er es nicht ertragen.
Vielleicht wenn die Phase später gekommen wäre, aber sie kam an dem Tag, an dem er von Nickys Tod erfahren hatte. Vielleicht hat ihr Tod seine depressive Phase auch ausgelöst. Vielleicht hat ihr Tod ihn umgebracht.«
Sie sagte eine Weile nichts, blickte verlegen von einem zum anderen. Niemand sagte etwas.
»Ich habe ihn gefunden. Es war so unwirklich. Seine Haut so wächsern, er hatte schon einige Zeit so gelegen, er sah sich selbst nicht ähnlich. Man liest immer wieder, dass Menschen im Tod glücklich aussehen, wie erlöst von den Schmerzen der Welt. Ich kann das über Bhas nicht sagen, er sah aus, als sei er nur ein Körper, eine Hülle, aus der jedes Leben, die Seele entwichen war. Es hatte etwas Tröstliches, so als wäre etwas gestorben, das nicht wichtig war.
»Was war das eben mit der DNA-Probe?«, fragte Malte.
Ein Punkt, der mich auch interessierte.
Alina blickte auf, sah uns an, einen nach dem anderen. »Ich bin Nickys Tochter«, sagte sie mit erstaunlich fester Stimme. Sie schien sich wieder gefangen zu haben.
Ich musste einmal tief ein- und ausatmen. Ich hatte es einen Moment lang vermutet, aber sie ähnelte ihrer Mutter so wenig, dass ich selbst jetzt, da sie es sagte, keine optischen Hinweise darauf fand.
»Mein Kind«, sagte Hank, ging zu ihr und nahm sie in seine Arme.
Alina ließ es geschehen, klopfte Hank freundschaftlich auf die Schulter, schenkte ihm ein dankbares Lächeln und wand sich aus seiner Umarmung.
Erstaunt ließ er sie los. »Nicht?«
»Nein, Hank, du bist nicht mein Vater, auch wenn ich dich in den letzten Tagen in mein Herz geschlossen habe. Obwohl ich am Anfang dachte, ich wäre im falschen Film, habe ich euch alle lieb gewonnen. Bei euch fühle ich mich wie in einer Familie.«
Hank wirkte nur einen Moment lang enttäuscht. Zu tief saß das Glück, das in der Erscheinung des Mannes mit dem roten Hemd zu ihm gekommen war.
Malte zuckte zusammen. Er schien es bisher nicht ernsthaft in Erwägung gezogen zu haben, der Vater von Nickys Tochter zu sein, dabei war er nach Hank der klare Favorit. Er war viel

länger mit Nicky zusammen gewesen als ich mit meiner einen Nacht. Ich musste grinsen. Malte als Vater war aber auch ein seltsamer Gedanke.
»Ich bin nach Myanmar gereist, weil das immer Nickys Land der Träume war. Soweit stimmt die Geschichte also, nur dass es eben nicht Bhas Idee war, sondern meine. Und ich wollte diese Reise nutzen, um meinen Vater zu finden. Nicky hat nie von meinem Vater gesprochen, als sie noch lebte, aber im Testament hat sie mir offenbart, dass es einer von euch dreien sein muss, mehr wusste sie selbst nicht, mehr wollte sie auch nicht wissen. Also habe ich euch nach Myanmar gelockt. Neckisch schlug sie die Augen auf, »Ich hoffe, ihr könnt mir verzeihen?«
»Kommt drauf an, wer dein Vater ist. Der wird dich erstmal übers Knie legen müssen«, scherzte ich lau.
»Und wer ist es nun?«, fragte Malte, der den Fakten nicht ins Gesicht sehen wollte.
Langsam schien Alina die Situation zu genießen. »Vor der Reise dachte ich, ich würde meinen Vater erkennen, sobald ich ihm nur gegenüber stehen würde. Die Stimme des Blutes und so. Aber als ich euch dann traf, war da nichts, eher Entsetzen. Ihr habt es mir wirklich nicht leicht gemacht.« Sie machte eine Pause. Ich dachte an ein paar eher unglückliche Situationen, ganz am Anfang der Reise.
»Aber heute sind die Ergebnisse des DNA-Tests endlich angekommen. Ich hatte nicht erwartet, dass es so lange dauern würde.«
»Jetzt aber raus mit der Sprache«, sagte Morgana, »sonst platzen die beiden noch vor Neugierde.«
»Du bist es«, sagte sie und ich hatte einen Moment lang den irritierenden Eindruck, sie hätte mich gemeint. Ich schaute zu Malte, aber der grinste nur zufrieden. Ich schaute zu Alina, sie sah mich irgendwie durchdringend an.
»Meinst du mich?«, fragte ich möglicherweise etwas dümmlich.
»Ja genau, dich meine ich. Du bist mein Vater.«
Eine Nacht, dachte ich immer wieder. Das konnte doch nicht sein. Und tausend Gefühle breiteten sich in mir aus. Neben Überraschung waren da Stolz und Freude und eine Wärme, die ich so stark noch nie empfunden hatte, das musste Vaterliebe sein. Ich setzte mich.

»Das«, sagte ich, machte eine Pause. »Also das«, versuchte ich es nochmal. »Das also«, sagte ich, »kommt jetzt ein wenig überraschend.«
»Ja, das verstehe ich«, sagte Alina. »War es für mich auch.«
Ich stand wieder auf. »Na, dann komm mal her, meine Kleine. Wird Zeit, dass du deinen Papa mal in den Arm nehmen kannst.«
Und als ich sie zaghaft in meinen Armen hielt, spürte ich eine Träne meine Wange herunterlaufen. Ich hatte noch nie zuvor vor Glück geweint.

43

Das Frühstück im Bayview war ein Traum. Ich häufte mir Obst auf einen Teller, Papaya, Wassermelone, Dragonfruit. Und dazu vier Pains au Chocolat, die fast so lecker schmeckten wie in Frankreich. Und ich fand es auch gut, dass es starken Bohnenkaffee aus der Kanne gab, nicht schon wieder mäßig gelungenen Cappuccino, bei dem man den Kaffee vor lauter Milch nur erahnen konnte. Es war fast neun, die Sonne brannte bereits, ich setzte mich in den überdachten Bereich zu Morgana.

»Guten Morgen«, begrüßte sie mich. »Hast du dich von dem Schock erholt?«

Sie strich mir über den Arm, ich bekam eine Gänsehaut. Am liebsten hätte ich sie hier und jetzt geküsst.

»Ich weiß es nicht. Mein Leben steht seit gestern auf dem Kopf. Sorry, dass ich mich aus dem Staub gemacht habe, ich brauchte Zeit für mich, musste erstmal über alles nachdenken.«

»Verstehe. Ging mir ähnlich. Dir wurde Familie gegeben, mir genommen.«

Ich wusste nicht, wie ich es sagen sollte. Aber meine drängendste Frage war, wie es zwischen uns stand. War der Weg frei? War es pietätlos, darüber jetzt zu sprechen? Aber Bhas war ja nicht gestern gestorben. Wobei, für uns ja eigentlich schon.

»Ich wäre bereit, dir Familie abzugeben«, scherzte ich unbeholfen.

Sie sah mich mit ihren großen Augen an, sodass ich wieder dieses Morgana-Gefühl in der Magengegend hatte. Ich betete still, dass diese Geschichte ein Happy End haben würde und wunderte mich gleichzeitig über mich. Seit wann betete ich überhaupt? Was hatte dieses Land in mir verändert?

»Ich bin traurig, dass ich mich von Bhas nicht verabschieden konnte«, sagte Morgana. »Alina und ich haben uns gestern Abend eine Flasche Weißwein geteilt. Ich glaube, erst jetzt haben wir uns wirklich versöhnt. Sie hat mir berichtet, wie sie ihn gefunden hat. Wie sie versucht hat, mich zu erreichen. Aber ich habe mich ja immer unsichtbar gemacht, wenn es Bhas

schlecht ging. Ich schäme mich, aber mit so etwas habe ich nie gerechnet. Dabei hätte ich das tun müssen. Depressionen sind kein Kindergeburtstag.«
Jetzt streichelte ich ihr über den Arm und genoss den dankbaren Blick, den sie mir dafür schenkte.
»Alina hat sich um alles gekümmert.«
»Sie hat ihn bereits begraben lassen?«
»Nein, er liegt auf Eis.«
Wir mussten beide fast ein wenig lächeln.
»Sie wusste ja, dass ich früher oder später auftauchen würde und wollte mir die Chance auf einen Abschied nicht nehmen. Aber den ganzen Papierkram, um den hat sie sich gekümmert. Sie hatte ja weitreichende Vollmachten.«
»Erstaunlich«, sagte ich. Ich trank von dem starken Kaffee, sah Morgana in die Augen und nahm all meinen Mut zusammen. Ich machte ihr einen Vorschlag.

Alina kam als nächste zu uns. Nach einer ewigen Sekunde, in der wir beide unsicher waren, wie wir uns begrüßen sollten, stand ich auf und nahm sie einfach in den Arm.
»Guten Morgen, mein Kind«, sagte ich und spürte das ungewohnte Wort unbeholfen auf meiner Zunge balancieren.
»Guten Morgen, Papa«, sagte sie nicht ohne Ironie. Jetzt konnten wir beide die leichte Verspannung weglächeln. Sie setzte sich zu uns. Wir plauderten ein wenig in den Morgen hinein, ich machte ein paar Scherze, die ich für Vater-spricht-mit-Tochter-Situationen für angemessen hielt. Alina fand das nicht und dass wir darüber nicht einer Meinung waren, fühlte sich unwahrscheinlich gut und unwahrscheinlich normal an. Ich hatte Alina die ganze Zeit sympathisch gefunden. Jetzt glaubte ich zu verstehen, woran das lag. Ich liebte dieses Kind und vermisste jeden Tag ihres bisherigen Lebens, den ich sie nicht gekannt hatte.
Da saß die Frau, die ich liebte und da saß meine Tochter. Ich war glücklich, vielmehr, wäre es gewesen, wenn nicht noch immer dieser eine Schatten über mir gelegen hätte. Die 3S war nicht wichtig, verglichen mit diesen beiden, aber sie lag mir natürlich immer noch am Herzen. Gab es nun, da Bhas tot war, noch eine Chance auf Rettung? Konnte ich das Thema ansprechen, ohne die Gefühle der beiden zu verletzen? Ich

musste, ich war es Mike und den anderen schuldig.
»Alina«, begann ich verlegen. »Du weißt, warum ich nach Myanmar gekommen bin.«
»Weil ich dir eine Botschaft gesendet habe«, sagte sie schnippisch.
»Du weißt, warum ich dieser Botschaft gefolgt bin«, setzte ich noch einmal an, ernsthaft.
»Bhas kann dir bei der Rettung deiner Firma nun nicht mehr helfen«, sagte sie. Sie spielte mit mir. Ich fühlte mich ohnmächtig.
»Wer kann mir denn helfen? Hast du Verfügungsgewalt über sein Geld? Oder du und Malte?«
»Morgana ist seine Frau. Sie erbt alles. Es gab kein Testament.«
Ich nickte. »Bhas hielt sich immer für unsterblich.«
»Ich glaube eher, er hat den Tod nicht ernst genommen. Er hatte keine Angst davor. Er hat ihn einfach ignoriert.«
»Du sagst also, Morgana kann meine Firma retten? Morgana?«, ich sah sie nun anders an als eben.
»Es sieht ganz so aus«, grinste sie. »Alina hat mir das in allen Einzelheiten schon gestern Abend erklärt.«
Ich atmete heftig aus. Ich machte mich hier zum Elch und die beiden hatten die Sache längst besprochen. Die Anspannung wich Erleichterung.
»Ihr helft mir also?«
«Klar«, sagte Morgana. »Alina meint, für vierhunderttausend sollte aber eine mindestens fünfprozentige Beteiligung an der 3S drin sein.«
Alles andere hätte mich enttäuscht. Sie war wirklich meine Tochter.
Während ich mit Mike telefonierte, ich hatte ihn um 4:30 morgens aus dem Bett geklingelt, aber für Glück, fand ich, war es nie zu früh, kam Malte vom Strand her zu uns. Er war schwimmen gewesen, ich meinte, ihm die Erleichterung anzumerken, dass er nicht Alinas Vater war. Er setzte sich zu uns, ließ sich einen Kaffee bringen und ich spürte, neben der Erleichterung war da noch etwas.
»Sein Tod geht dir näher, als du gestern gedacht hast, was?«
So jedenfalls ging es mir. Bhas schien so weit weg gewesen zu sein, aber er war ein Teil meines Lebens. Wenn gute Freunde sterben, stirbt ein Teil von uns. Das ist nicht leicht.

Malte nickte. »Bhas war nicht einfach, aber ohne Bhas wäre ich schon vor langer Zeit am Ende gewesen. Ich habe gestern einen schwierigen Freund verloren. Darüber kommt man hinweg. Aber es ist das Herz meiner Firma gegangen. MWC ist am Ende.«
»Ihr seid nicht gerade pleite«, warf ich zaghaft ein.
»Natürlich nicht. Ich werde die Firma abwickeln und könnte mich mit dem Geld, das wir verdient haben, zur Ruhe setzen. Will ich aber nicht.«
»Ich glaub's nicht, ihr elenden Frühaufsteher«, platzte in dem Moment Hank in unser Gespräch. Er trug zwar die bunte Kleidung vom Vortag, ging aber in seiner leicht gebückten Haltung und hatte eine große Sonnenbrille auf der Nase.
»Du siehst nicht gut aus«, begrüßte ich ihn.
»Du auch nicht, aber bei mir ist das morgen wieder weg. Habe gestern Abend am Strand mit einer Flasche Whiskey über Bhas getrauert. Dafür geht's mir gut.«
»Setz dich«, sagte Malte und holte für Hank einen Stuhl vom Nachbartisch. »Ich besorg dir Kaffee.«
»Hättest du das zu unserer Schulzeit schon gemacht, hätte ich dich geheiratet«, sagte Hank.
»Genau deswegen habe ich es damals nicht gemacht«, sagte Malte mit breitem Grinsen.
Der Kellner informierte uns, dass das Frühstücksbuffet bald abgebaut werden würde und ich holte den Korb mit den restlichen Pains au Chocolat und stellte ihn auf unseren Tisch.
»Also, ich hab da so eine Idee«, sagte ich, als wir alle wieder saßen. »Oder ein Angebot, wie man will.« Ich schaute zu Morgana, sie nickte und ich war der glücklichste Mensch der Welt.
»Es ist nämlich so.« Ich machte eine Pause, weil ich spürte, wie wenig die anderen die Spannung ertrugen. Malte rutschte unruhig auf seinem Stuhl herum und zerrupfte seine Papierserviette in kleine Teile.
»Komm schon, spann uns nicht auf die Folter«, sagte Alina.
»Morgana und ich werden eine Weltreise machen. Ich steig aus der 3S aus. Ich habe es Mike schon gesagt.«
Niemand schien überrascht außer mir. Das Leben war seltsam.
»Ich gönne euch das«, sagte Hank. Solange ihr bei meinem Yangon-Konzert vorbeischaut.« Der Mann mit dem roten Hemd leistete ganze Arbeit, dachte ich anerkennend.

»Und was ist das Angebot?«, fragte Malte. Er wusste noch nicht, ob er enttäuscht sein sollte.
»Ich würde mich wirklich sehr freuen, wenn du in meine Firma einsteigen würdest. Mike ist ein super Programmierer, aber alleine kann er den Laden nicht managen.«
In Maltes Gesicht ging die Sonne auf. »Klar, gerne«, sagte er. Doch nur einen Moment später wurde er ernst.
»Ich weiß das echt zu schätzen. Aber so einfach ist das nicht. Du weißt genauso gut wie ich, was ich kann und was nicht. Mike und ich, nur wir zwei, das reicht nicht.«
Ich schmunzelte. »Stimmt. Ich war auch noch nicht fertig. Alina, ich bin überzeugt, es funktioniert, wenn du auch mit einsteigst, als Tochter vom Chef.«
Sie sah mich neugierig an. »Jedenfalls brauche ich einen neuen Job«, sagte sie schließlich.

44

»Christina«, ermahnte ich unsere Hotelmanagerin, »wir erwarten wichtige Gäste«.
Sie stöhnte gekünstelt auf. »Das sind ja mal Neuigkeiten. Seit zwei Monaten reden wir über nichts anderes als eure Hochzeit und die illustren Berühmtheiten, die wir erwarten.«
Ich strahlte. Ich konnte das gar nicht oft genug hören. Jedes Mal, wenn jemand über die bevorstehende Hochzeit von Morgana und mir sprach, musste ich mich kneifen, so unwirklich kam es mir noch immer vor.
Alina und Malte die 3S managen zu lassen war die beste Idee meines beruflichen Lebens gewesen. Sie machten das viel besser als ich. Die 3S wuchs stärker als jede andere Firma ihrer Branche. Ich hatte Anteile an die beiden verkauft, sie hatten sich das verdient, und von dem Geld hatte ich das Bayview erworben, denn hier wollten Morgana und ich viel Zeit verbringen. Und unsere Hochzeit feiern.
»Sie sind da«, rief jemand vom Eingang zu uns rüber.
Ich zog mein Handy aus der Hosentasche und schickte Morgana eine Botschaft, sie war irgendwo am Strand und beaufsichtigte den Aufbau des Barbecues. Ich joggte in Richtung Haupteingang. Alina sah ich zuerst. Wir fielen uns in die Arme. Trotz Weltreise und trotz der vielen Arbeit standen wir uns nahe, wir skypten fast täglich, wir sprachen meist erst über die Firma, das Tagesgeschäft, die Strategie und dann über alles andere. Malte folgte ihr auf dem Fuß, zusammen mit seiner neuen Freundin, Moni vom Empfang. Auf die Idee wäre ich nicht gekommen, aber die beiden, so gegensätzlich sie waren, hatten sich auf den ersten Blick ineinander verliebt und waren ganz offensichtlich füreinander geschaffen. Welche Musik sie gemeinsam hörten, fragte ich allerdings lieber nicht. Wir gingen zum Strand.
»Kommt Hank auch?«, fragte Malte.
»Das war das komplizierteste an der ganzen Planung. Wir mussten den Termin der Hochzeit nach seinem Tourplan legen.«
»Kein Wunder, der ist hier in Myanmar berühmter als Jim

Morrison«, sagte Malte und eine seltsame Erinnerung durchzuckte mich, ein kleiner grüner Jade-Elefant spielte dabei eine Rolle.
Morgana kam uns entgegen. Um sie herum wuselten Hotelmitarbeiter, denen sie knappe Anweisungen gab. Sie war ganz in ihrem Element und strahlte vor Glück und Erfüllung, sogar noch ein wenig mehr, als sie Alina und Malte sah. Beiden fiel sie um den Hals. Gegen ihren Protest navigierte ich unsere Gruppe ins Restaurant und orderte Getränke, soviel Zeit musste sein.
»Und ihr reist also immer noch in der Weltgeschichte herum?«, fragte Malte, nachdem wir unseren ersten Durst gestillt hatten.
»Nein, für den Moment sind wir hier sesshaft geworden«, sagte ich.
»Es ist nirgendwo auf der Welt schöner als hier«, sagte Morgana und ich nickte.
»Aber vermisst ihr hier denn nichts?«
»Was?«, fragte ich überrascht.
»Na, die Zivilisation, Kultur, ihr wisst schon«, sagte Malte.
Ich lachte überrascht auf. »Ach was. Außerdem gibt es hier das beste Theater der Welt.«
Ich sah in drei fragende Gesichter, aber überließ es Morgana zu antworten.
»Heute ist Premiere, wir führen König Arthus auf, für die Touristen. Und ich spiele die Morgana.«
»Und du den Arthus?«, fragte Malte.
»Darauf kannst du Gift nehmen«, sagte ich und grinste zufrieden.

Eine Stunde später spazierte ich alleine mit Alina über den Strand. Morgana hatte sich nicht lange von der Arbeit abhalten lassen und Malte musste Moni das Hotel in allen Details zeigen.
»Ich habe gesehen, dass die alte Dalli-Rechnung tatsächlich endlich bezahlt worden ist. Wie habt ihr das denn hinbekommen? Jetzt, wo es nicht mehr drauf ankommt. Es ist schon seltsam.«
Alina blieb stehen und sah mich irgendwie komisch an. »Ich habe dir das schon lange sagen wollen, wusste aber nicht, wo ich anfangen sollte.«
Auch ich blieb stehen und sah sie aufmerksam an. So gut

kannte ich sie inzwischen, sie plagte ein ausnehmend schlechtes Gewissen.
»Hinter der Consultingfirma steckte MWC, also Bhas, also ich. Ich habe die Zahlungen eingefroren, um dich nach Myanmar zu locken. Ich wusste ja, deine Firma ging dir über alles. Wenn es nicht um sie gegangen wäre, hättest du Deutschland nie verlassen.«
»Und ich hätte nie die Menschen gefunden, die mir wirklich wichtig sind. Gut gemacht, mein Kind. Sehr gut gemacht.«
»Du verzeihst mir?«
»Aber natürlich.«
Ich sah sie an und auch sie kannte mich inzwischen ziemlich gut.
»Du willst mir auch etwas beichten, oder?«
»Eine Kleinigkeit. Hank kann ja nicht die ganze Zeit die Musik auf der Hochzeit machen, wir wollen ja auch etwas von ihm als Gast haben.«
»Ihr habt doch wohl nicht?« Sie stemmte die Hände in die Hüften. Wenn es um ihren Musikgeschmack ging, war ich mir nicht sicher, ob sie meine Tochter war.
»Doch haben wir. Es ist die beste Barclay James Harvest Cover Band, die wir finden konnten.«

Ende

Printed in Poland
by Amazon Fulfillment
Poland Sp. z o.o., Wrocław

52967634R00125